Otto Franz Gensichen

Das Haideröslein von Sesenheim

Otto Franz Gensichen

Das Haideröslein von Sesenheim

ISBN/EAN: 9783741124556

Hergestellt in Europa, USA, Kanada, Australien, Japan

Cover: Foto ©Andreas Hilbeck / pixelio.de

Manufactured and distributed by brebook publishing software
(www.brebook.com)

Otto Franz Gensichen

Das Haideröslein von Sesenheim

Das
Haideröslein von Sesenheim.

×

Von

Otto Franz Gensichen.

Berlin.
Verlag von Gebrüder Paetel.
(Elwin Paetel.)
1896.

Inhalt.

Goethe's Leben bis zur Uebersiedelung nach Strassburg.

— ✕ — —

Im Jahre 1809, nach beendeter Drucklegung der „Wahl=
verwandtschaften", faßte der sechzigjährige Goethe den
Plan, die Geschichte seines Lebens zu schreiben, „mit dem
Entschluß, gegen sich und Andere aufrichtig zu sein und
sich der Wahrheit möglichst zu nähern, insoweit die Er=
innerung nur immer dazu behülflich sein wollte". Die
Ausführung verzögerte sich bis in das Jahr 1811, und er
fühlte, daß er zu lange gezaudert hatte; „bescheiden genug
nannte er ein solches mit sorgfältiger Treue behandeltes
Werk: ‚Wahrheit und Dichtung', innigst überzeugt, daß
der Mensch in der Gegenwart, ja, vielmehr noch in der
Erinnerung die Außenwelt nach seinen Eigenheiten bildend
modele". Der erste Band erschien noch 1811 und betonte
auch am Schlusse des Vorwortes „die halb poetische, halb
historische Behandlung". Der zweite Band erschien 1812,
der dritte 1813, der vierte und letzte Band erst nach
Goethe's Tode.

Diese vier Bände schildern nur die sechsundzwanzig
Jugendjahre des Dichters und enden mit seiner Ueber=
siedlung nach Weimar im Herbst 1775. Daß Goethe trotz

Gensichen, Das Haideröslein.   1

der „halb poetiſchen, halb hiſtoriſchen Behandlung" mit
der redlichen Abſicht an ſein Werk ging, „gegen ſich und
Andere aufrichtig zu ſein und ſich der Wahrheit möglichſt
zu nähern", iſt nicht zu bezweifeln, und wenn die neuere
Forſchung ihm manchen Irrthum, manche Ungenauigkeit
nachgewieſen hat, ſo mag dem Dichter theils „die Erinnerung nicht behülflich" geweſen ſein, theils mag er von
der Höhe des nahenden Greiſenalters herab Manches mit
Recht anders beurtheilt haben, als in der Jugend.

Aus dem culturgeſchichtlich geradezu meiſterhaften Bilde,
das er von den Jahren 1749—1775 entwirft, hebt ſich
menſchlich und poetiſch am weitaus ſchönſten die Schilderung ſeines Straßburger Aufenthaltes ab. Das herrliche
Rheinland mit dem Wunderbau des Straßburger Münſters
iſt die würdige landſchaftliche Umgebung für ſeine Begegnung mit dem größten Manne, den er bisher kennen
lernte, mit Herder, und mit der lieblichſten Frauengeſtalt,
die er in „Wahrheit und Dichtung" verewigte, mit Friederike Brion, dem Haideröslein von Seſenheim.

Keine andere Epiſode aus Goethe's Autobiographie hat
deshalb die Kunſt und die Forſchung ſtets von Neuem ſo
mächtig angezogen und eine ſo umfangreiche Literatur hervorgerufen. Das vorliegende Buch will nicht mit neuen
Forſchungen hervortreten, nein, es will nur jene ent-
zückende Epiſode als in ſich geſchloſſenes Ganzes mit des
Dichters eignen Worten bieten und die Geſchichte der glücklich unglücklichen Friederike nach bereits bekannten, wahr-
heitsgetreuen Quellen erzählen.

Denn die große Mehrzahl des deutſchen Publicums
lieſt heute leider die umfangreiche Autobiographie des

Dichters kaum mehr ganz durch, und wer es thut, hegt gewiß den Wunsch, von Friederike's ferneren Schicksalen Etwas zu erfahren. Den Bedürfnissen solcher Leser wünscht dies Buch zu entsprechen, und deshalb sei nur Goethe's Lebensgang bis zu seiner Uebersiedlung nach Straßburg zuvor in Kürze erzählt.

Als erster geschichtlich nachweisbarer Ahnherr Goethe's wird der Hufschmied Hans Christian Goethe zu Artern in der Grafschaft Mansfeld (Thüringen) genannt. Diesem wurde am 7. September 1657 ebendort ein Sohn Friedrich Georg Goethe geboren, welcher das Schneiderhandwerk ergriff, sich fast vier Jahre in Frankreich für sein Gewerbe vervollkommnete, sich dann in Frankfurt am Main nieder- ließ und die Tochter des dasigen Schneidermeisters Lutz heirathete. Am 28. Februar 1687 erhielt er das Stadt- bürgerrecht daselbst und heirathete, nach dem Tode seiner 1700 verstorbenen ersten Frau, in zweiter Ehe am 4. Mai 1705 die am 27. September 1668 geborne verwittwete Frau Cornelia Schellhorn, geborne Walter, die ihm außer einem hübschen Vermögen das Gasthaus zum Weidenhof in Frankfurt als Mitgift zubrachte. Friedrich Georg Goethe legte nun Elle und Schere beiseite und starb als wohl- habender Gastwirth im Februar 1730. Seine Wittwe über- lebte ihn bis zum März 1754.

Aus dieser zweiten Ehe des einstigen Schneiders mit der verwittweten Gasthofbesitzerin wurde am 27. Juli 1710 Johann Kaspar Goethe, der Vater des Dichters, geboren. Ein Stiefbruder von ihm war Zinngießer, ein Vetter Schuhmacher in Frankfurt; die übrigen Blutsverwandten starben früh oder blieben im Dunkel. Nur Johann Kaspar

1*

Goethe erwarb academische Bildung. Bei seiner Geburt
zählte sein Vater 53, seine Mutter 42 Jahre, und dies
immerhin vorgerückte Alter der Eltern mag es erklären,
daß Johann Kaspar eines frischen seelischen Schwunges
entbehrt zu haben und stets ernst, nüchtern, bedächtig ge=
wesen zu sein scheint. Er besuchte das Pädagogium zu
Coburg, studirte in Leipzig und Gießen die Rechte und
erwarb an letzterer Universität die juristische Doctorwürde.
Einige Zeit prakticirte er am Reichskammergericht zu
Wetzlar und durchreiste dann Italien, Frankreich, Holland.
Nach Frankfurt zurückgekehrt, wo sein Vater inzwischen
verstorben war, gelang es ihm nicht, eins der erstrebten
städtischen Aemter zu erhalten. Verstimmt und durch sein
mütterliches Vermögen unabhängig gestellt, zog er sich
völlig ins Privatleben zurück. Er sammelte mit Eifer und
arbeitete an seiner Reisebeschreibung. Aus Ehrgeiz bewarb
er sich um den Titel „Kaiserlicher Rath", der ihm am
16. Mai 1742 vom Kaiser Karl VII. verliehen wurde, —
jenem unglücklichen Kaiser, der eigentlich nur durch das
Schwert Friedrich's II. von Preußen, gleichsam als „Gegen=
kaiser" gegen Maria Theresia's Ansprüche, auf dem Thron
erhalten wurde und noch während des zweiten schlesischen
Krieges im Januar 1745 starb. Durch den Titel „Kaiser=
licher Rath" war Johann Kaspar Goethe zwar den höchsten
städtischen Beamten an Rang gleich gestellt, aber es war
doch nur ein leerer Titel ohne Amt. Daß er diesen Titel
indirect gleichsam dem Siegesschwert Friedrich's des Großen
verdankte, mag vielleicht mit dazu beigetragen haben, daß
Johann Kaspar Goethe stets treu zu Preußen hielt.

Mit beendetem 38. Lebensjahre vermählte er sich am

20. Juli 1748 mit der noch nicht achtzehnjährigen Katharina Elisabeth Textor aus Frankfurt am Main.

Die Familie Textor hieß ursprünglich Weber und stammte von Georg Weber aus Weickersheim bei Mergentheim im Jaxtkreise (Württemberg). Georg Weber's Sohn Wolfgang Weber wurde Hohenlohe'scher Rath und Kanzleidirector zu Neuenstein und übersetzte nach der gelehrten Unsitte der Zeit seinen deutschen Namen „Weber" in den lateinischen Namen „Textor". Sein Sohn nannte sich deshalb Johann Wolfgang Textor, war bis 1690 Vicehofrichter und Präses-Vicarius beim kurfürstlichen Hof- und Ehrengericht in Heidelberg, übersiedelte dann nach Frankfurt am Main, ward dort Consulent und erster Syndicus und starb daselbst am 27. December 1702. Er hinterließ zwei Söhne, von denen der ältere Christoph Heinrich Textor 1717 als kurpfälzischer Hofgerichtsrath und Advocat starb, während der jüngere Johann Nicolaus Textor Obrist und Stadtcommandant von Frankfurt am Main wurde und sich 1737 mit einer verwittweten Frau von Backhausen, gebornen von Klettenberg, vermählte.

Von dem älteren Christoph Heinrich Textor stammte der am 12. December 1693 geborne Johann Wolfgang Textor, welcher sich mit der am 31. Juli 1711 geborenen Anna Margarethe Lindheimer, Tochter des Dr. Cornelius Lindheimer, Procurators des Kammergerichts zu Wetzlar, vermählte. Aus dieser Ehe wurde am 19. Februar 1731 Katharina Elisabeth Textor, die Mutter Johann Wolfgang Goethe's, geboren. Bei ihrer Geburt stand ihr Vater im 38., ihre Mutter im 20. Lebensjahre, und diese frische Jugendkraft der Eltern mag ihr, im Gegensatz zu ihrem

späteren Gatten, die unverwüstliche Heiterkeit und Jugend=
frische mitgegeben haben.

Nach dem Tode Karl's VII. war Franz I., Gemahl
der Maria Theresia, am 13. September 1745 zum deutschen
Kaiser erwählt und nach dem am 25. December desselben
Jahres beendeten zweiten schlesischen Kriege auch von
Friedrich dem Großen anerkannt worden. Noch vor dem
Abschluß des Friedens ließ Franz I. sich, in Gegenwart
seiner alle Herzen bezaubernden Gattin, zu Frankfurt als
Kaiser krönen, und bei dieser Gelegenheit trug Johann
Wolfgang Textor als Frankfurter Schöff den Krönungs=
himmel über den Kaiser. Maria Theresia verlieh ihm eine
gewichtige goldene Kette mit ihrem Bildniß, und am
10. August 1747 wurde er zum Stadt= und Gerichts=
schultheißen, der höchsten reichsstädtischen Würde, erhoben.

Katharina Elisabeth Textor's Vorfahren waren somit
väterlicher= wie mütterlicherseits in hervorragenden juristi=
schen Aemtern, während der kaiserliche Rath Dr. Goethe
nur einen Hufschmied und einen Schneider als seine Ahnen
aufweisen konnte. Aber die Textor's waren unbemittelt,
während Goethe der einzige Erbe seiner reichen achtzig=
jährigen Mutter war.

Diese hatte vor fünfzehn Jahren, als sie schon Wittwe
war, ein auf dem „Hirschgraben" gelegenes Haus nebst
einem Nebengebäude angekauft, dessen großer Keller ihr
reichlichen Raum für das noch aus ihrer früheren Gast=
wirthschaft erhaltene treffliche Weinlager bot. Es war ein
unschönes Haus, ohne Garten, in enger, düsterer Straße.
Der kleine Hof war von einer hohen Steinmauer begrenzt.
Ueber diese hinweg hatte man aus den oberen Hinter=

fenstern wenigstens den freien Blick über an einander grenzende Nachbargärten. In dies von seiner greisen Mutter regierte Haus führte Johann Kaspar Goethe im Juli 1748 seine junge Gattin. Hier wurde am 28. August 1749 Mittags zwölf Uhr ein Knabe geboren, welcher dem mütterlichen Groß= vater zu Ehren Johann Wolfgang getauft wurde, und am 7. December 1750 eine Tochter, welche nach der väterlichen Großmutter den Namen Cornelia erhielt. Mehrere später geborene Kinder starben schon in zartestem Alter.

Johann Kaspar Goethe war seiner um mehr als zwanzig Jahre jüngeren Gattin an Tiefe und Vielseitig= keit der Bildung bei Weitem überlegen. Er war ein treuer, biederer, fürsorglicher Ehrenmann, mit ausgesprochenem Sinn für alles Schöne, mit Liebe zur Kunst, mit Ver= ständniß für moderne Poesie. Italienisch war seine Lieb= lingssprache, Prospecte und Bilder der von ihm durchreisten herrlichen Halbinsel füllten seine Zimmer und Vorflure. Er besaß eine reichhaltige Bibliothek und bekundete jenen nachmals von seinem Sohne in großartigerem Maßstabe bethätigten Trieb nach allseitiger harmonischer Ausbildung.

Seine Gattin bezauberte durch ihre Jugendschönheit, Liebenswürdigkeit, Heiterkeit, Erzählungskunst. Beide ge= hörten, wie auch die Vorfahren, dem protestantischen Glaubensbekenntniß an und hatten einen tief religiösen Sinn. Schon frühzeitig hielten sie ihre Kinder zu regel= mäßigen Morgen= und Abendgebeten und, sobald thunlich, zu sonntäglichem Kirchenbesuch an. Eine Stammbuch= einzeichnung der jungen Frau Rath Goethe zeigt einen sehr frommen Gesangbuchvers, und ihr frühzeitiger Ver=

kehr mit ihrer frommen Halbconsine Susanna Katharina von Klettenberg mag ihren religiösen Sinn noch gestärkt haben. Verheirathete sich doch überdies eine ihrer jüngeren Schwestern an den streng gläubigen Prediger Starck zu Frankfurt am Main, den Verfasser vieler Erbauungs= schriften und geistlichen Lieder, so daß auch wohl dieser neue Schwager noch zur Stärkung des religiösen Sinnes im Goethe'schen Hause beigetragen haben mag.

Ob es nur der Altersunterschied von mehr als zwanzig Jahren oder eine zu tiefe Verschiedenheit der Charaktere war, — ein wahrhaft inniges Verhältniß stellte sich zwischen Johann Kaspar Goethe und seiner Gattin nicht her. Aeußerlich war es eine ungetrübte Musterehe, aber inner= lich fehlte die Zaubermacht beglückender Liebe. Vielleicht wäre Manches besser gewesen, hätte der Gatte ein festes Amt gehabt. So aber, ohne Beruf, ständig daheim, nur von ererbtem Vermögen lebend, wandte er die reiche Muße, die das Ordnen seiner Sammlungen und die Abfassung seiner Reisebeschreibung ihm übrig ließ, frühzeitig dazu an, um die etwas oberflächliche Erziehung seiner Gattin zu vervollkommnen. Selbst im Schreiben gab er ihr noch Unterricht, dann in der Musik und im Italienischen. Früh= zeitig begann er auch mit dem Unterricht der Kinder, die er Jahre lang ohne Beihülfe eines Lehrers allein vor= bereitete. Sogar das Tanzen lehrte er sie, wobei er selbst die Flöte blies.

Seine Mutter bewohnte ein großes Hinterzimmer, und die Enkel dehnten ihre Spiele bis an ihren Sessel, ja, wenn sie krank war, bis an ihr Bett aus. An ihrem letzten Weihnachtsabend 1753 schenkte sie ihnen ein Puppenspiel, das die Phantasie des Knaben mächtig anregte und später noch auf seinen „Wilhelm Meister" nachwirkte. Als schöne, hagere, immer weiß und reinlich gekleidete, sanfte, freund=liche, wohlwollende Frau lebte sie in Wolfgang's Erinne=rung fort. Sie starb fünfundachtzigjährig im März 1754.

Schon im folgenden Jahre begann ihr Sohn mit einem gründlichen Umbau beider Häuser, wodurch sie zu dem einen Hause umgemodelt wurden, wie es noch heute existirt. Der noch nicht sechsjährige Wolfgang legte dabei, als Maurer gekleidet, nach der Weisung des Steinmetzmeisters den Grundstein zu dem völlig niedergerissenen Nebenhause, während das bisher bewohnte Hauptgebäude stockwerkweis, ohne völligen Abbruch und ohne von der Familie geräumt zu werden, umgebaut wurde. Dadurch wurden die täg=lichen Unterrichtsstunden beim Vater unterbrochen, und Frau und Kinder athmeten freier auf. Schließlich zwang ein trotz aller Schutzvorrichtungen eindringender Regen doch dazu, die Kinder bei Verwandten unterzubringen und in eine Privatschule zu schicken. Aber noch in demselben Jahre 1755 wurde der eifrig betriebene Bau beendet, und nachdem erst die Gemälde und die reiche Bibliothek glück=lich untergebracht waren, übernahm Rath Goethe bald wieder allein den Unterricht der Kinder. Von mehreren einheimischen Malern wie Hirth, Trautmann, Schütz, Junker und dem Darmstädter Seekatz ließ er damals eine Reihe neuer Bilder malen und war in jener Zeit heiterer und besser gelaunt, als er sich sonst zu zeigen pflegte.

Das Erdbeben, welches am 1. November 1755 Lissabon heimsuchte und sechzigtausend Menschen jählings tödtete, erschütterte das Gemüth des kleinen Wolfgang aufs Tiefste.

Die Väterlichkeit des als weise und gnädig gerühmten Schöpfers erschien dem Kinde fortan etwas fragwürdig, weil sie Gerechte und Ungerechte dem gleichen Verderben preisgab. Im nächsten Sommer zerstörte ein Hagelschlag mit wolkenbruchartigem Regen die neuen Spiegelscheiben an der Hinterseite des Vaterhauses und gemahnte den Knaben an den zornigen Gott des alten Testamentes.

Im Frühjahr 1756 wurde die Goethe'sche Familie von den Pocken heimgesucht, welche besonders den kleinen Wolfgang schwer trafen. Die Narben seien, erzählt er in „Wahrheit und Dichtung", nach erfolgter Genesung zwar völlig verschwunden, doch habe seine frühere Schönheit so sehr darunter gelitten, daß eine lebhafte Tante ihm selbst in späteren Jahren noch häufig zugerufen habe: „Pfui Teufel! Vetter, ist er garstig geworden!" Daß die Pocken= narben übrigens keineswegs, wie er versichert, sein Gesicht völlig verschonten, beweist der einzige Gipsabguß, der jemals direct über sein Haupt abgeformt wurde, und den sein damaliger Secretär Kräuter aus der von Goethe an= befohlenen Vernichtung rettete und auf Robert Keil ver= erbte. Dieser Gipsabguß aus der Zeit des nahenden Greisenalters zeigt noch unverkennbare Pockennarben, die in der Jugend, trotz der damaligen Mode des Puders, wohl noch auffälliger gewesen sein mögen.

Nach den Pocken folgten Masern, Windblattern und alle sonstigen Quälgeister der Kindheit, wodurch der Hang zum Nachdenken, bei der erzwungenen Ruhe, in dem Knaben noch gesteigert wurde. Bedenklicher war es, daß der Vater, der sich einen Erziehungs= und Unterrichts= kalender gemacht zu haben schien, das durch solche Störun=

gen Berſäumte unmittelbar wieder einbringen wollte und
den geneſenden Kindern doppelte Lectionen auflegte.

Der proteſtantiſche Religionsunterricht, den dieſe ge=
noſſen, war, nach Goethe's Verſicherung, geiſtlos und
trocken, und eigene Zweifel, ſowie die oft mitangehörten
Geſpräche ſeiner Verwandten brachten den Knaben auf
die Idee, ſich mit Gott auf altteſtamentliche Weiſe in Be=
ziehung zu ſetzen. Aus den beſten Stufen und Exemplaren
der Naturalienſammlung ſeines Vaters baute er auf deſſen
ſchönem, rothlackirtem, goldgeblümtem Muſikpult einen Altar
auf, ſetzte in einer Porcellanſchale wohlriechende Räucher=
kerzchen darauf und entzündete dieſe mittels eines Brenn=
glaſes durch die Sonne. Als er aber einſt, da die Por=
cellanſchale nicht zur Hand war, die Räucherkerzchen direct
auf das Muſikpult ſetzte, ließ er ſie achtlos ſo tief in den
ſchönen Lack hineinbrennen, daß er es gerathen fand, ſeine
altteſtamentlichen Opfer wieder einzuſtellen.

Vergnügte Stunden verbrachten die Kinder namentlich
des Sonntags beim Großvater Textor, der mit ſeiner
Gattin in der Friedberger Gaſſe ein alterthümliches, ge=
räumiges, burgartiges Haus bewohnte und ſeinen großen,
mit herrlichem Spalierobſt und Blumen geſchmückten Garten
gar ſorgfältig ſelbſt pflegte. Von ſeinen jüngeren Töchtern
war die älteſte an den Materialwaarenhändler Melber in
Frankfurt am Main verheirathet, die zweite, wie ſchon er=
wähnt, an den Prediger Starck daſelbſt, die dritte ſcheint
unvermählt geblieben zu ſein, und der einzige Sohn, der
jüngſte Familienſproß, ward gleichfalls Juriſt und Schöffe
in ſeiner Vaterſtadt. Großvater Textor ſtand mit dem
Sohn und den beiden letztgenannten Schwiegerſöhnen feſt

auf Oesterreichs Seite, und schon dadurch ergab sich manche Differenz mit dem streng preußisch gesinnten Rath Goethe. Uebrigens weist bereits die erste geschichtlich erhaltene Urkunde auf eine Spannung zwischen den Goethe's und Textor's hin: das Frankfurter Goethehaus ist im Besitz einer Eingabe, welche der ehemalige Schneidermeister Goethe (der Großvater des Dichters) an den Rath der Stadt richtete, ihm doch zu einem Betrage von 35 Florin 25 Kreuzern zu verhelfen, die er für gelieferte Schneider= arbeiten von der J. W. Textor'schen Familie zu fordern habe und trotz mehrfacher Mahnungen nicht eintreiben könne. Die von namhaften Juristen abstammenden Textor's mögen dem Sohne des ehemals für sie arbeitenden Schneiders Goethe gegenüber sich etwas auf die „Aristo= kraten" aufgespielt, im Uebrigen aber, bei ihrer Vermögens= losigkeit, auf den soliden Reichthum der Goethe's mit stillem Neid geblickt haben.

Diese geheime Spannung führte 1756 durch den Aus= bruch des siebenjährigen Krieges zu heftigen Scenen. Mit dem Rath Goethe, seinem Halbbruder, dem Zinngießer= meister, und seinem Vetter, dem Schuster, stand die Mehr= heit der Frankfurter Bürgerschaft auf Seite Friedrichs II., in dem sie den Hort des Protestantismus erblickte, während das katholische Oesterreich nur für eine Hausmacht zu kämpfen schien und sich überdies durch das Bündniß mit dem „Erbfeind" Frankreich verhaßt machte. Die Frank= furter wollten mindestens, nach Friedrichs Wunsch, neutral bleiben und ihre Neutralität nöthigen Falles mit den Waffen behaupten. Stadtschultheiß Textor aber und die Mehrheit des Rathes hielten zu Oesterreich, und diesem schloß die freie Reichsstadt Frankfurt sich endlich an. Wie scharf auch der Rath das Erscheinen und Verbreiten von Parteischriften, sowie alles „Discuriren und Judiciren" verbot, — Frankfurter Buchhändler verlegten doch Schriften zu Gunsten des Preußenkönigs, und die Mehrheit der Bürger bejubelte seine Siege. Der kleine Wolfgang war als Sohn seines Vaters gut „fritzisch", schrieb mit Herzenslust die Siegeslieder auf den Helden ab und prägte sich die Spottverse über die Kaiserlichen lebhaft ein. Die Sonntage beim Großvater Textor, wo er nur Uebles über Friedrich zu hören bekam, waren ihm verleidet, und der Verkehr der Verwandten lockerte sich seither.

Am 2. Januar 1759 rückten siebentausend Franzosen unter dem Vorwande eines Durchmarsches in Frankfurt ein, überwältigten die Wachen und den Stadtcommandanten Textor und besetzten durch Verrath zum ersten Mal die kaiserliche Reichsstadt. Starke Einquartierung wurde den Bürgern auferlegt, die um so ingrimmiger knirschten, als der Handstreich unter Mitwissen des Stadtschultheißen Textor und sieben anderer Rathsmitglieder durchgeführt war. Im Goethe'schen Hause beschlagnahmte der Königslieutenant Graf Thorane aus Mouans bei Grasse in der Provence das ganze erste Stockwerk. Er betrug sich wahrhaft vornehm, suchte seinen Wirthen die Last der Einquartierung möglichst zu erleichtern, ließ als echter Kunstfreund für sein heimisches Schloß durch die Maler Hirth, Schütz, Trautmann, Junker, Nothnagel, Seekatz zahlreiche Bilder anfertigen, aber Rath Goethe verharrte gegen den Feind Preußens in schroffem Trotz. Wolfgang erfreute sich jetzt, da der Unterricht nicht mehr

so streng gehandhabt wurde, wieder größerer Freiheit und
beobachtete mit Erlaubniß des ihm wohlwollenden Königs=
lieutenants auch die Maler oft bei ihrer Arbeit, zu der
ihnen ein Mansardenstübchen des Goethe'schen Hauses als
Atelier eingeräumt worden war.

Die Franzosen hatten ein Theater mit nach Frankfurt
gebracht, und von seinem Großvater Textor erhielt Wolf=
gang ein Freibillet, dessen er sich, gegen den Willen des
Vaters, unter dem Beistand der Mutter täglich bediente.
Bald wurde er mit einem zur Schauspielertruppe gehörenden
Knaben Derones bekannt, der ihn auch auf die Bühne und
in die Ankleidezimmer führte, wo er Manches zu sehen
bekam, was Kinderaugen besser verborgen geblieben wäre.
In eine um ein Paar Jahre ältere Schwester seines
Freundes Derones verliebte sich Wolfgang ein wenig, ohne
dem stets stillen, traurigen Mädchen eine andere als
tantenhafte Neigung abgewinnen zu können. Mit Derones
selbst kreuzte er gelegentlich, auf dessen Herausforderung,
die Klingen der kindlichen Galanteriedegen in unblutigem
Zweikampf und besiegelte dann mit ihm die neu geschlossene
Freundschaft bei einem Glase Mandelmilch im nächsten
Kaffeehause.

Der Umstand, daß Graf Thorane im Goethe'schen
Hause wohnte, gab der Familie Gelegenheit, fast alle be=
deutenden Personen der französischen Armee, so den Prinzen
Soubise und den Marschall von Broglio, aus nächster
Nähe zu sehen.

Am Charfreitag 1759 machte der Herzog Ferdinand
von Braunschweig einen Versuch, die Franzosen aus Frank=
furt zu vertreiben. Unmittelbar vor der Stadt kam es

zum Gefecht, dessen Kanonen= und Gewehrdonner Wolf=
gang von dem obersten Boden des Vaterhauses mit an=
hörte, wenn er auch vom Kampfe nichts sehen konnte. Die
Franzosen blieben siegreich, und Rath Goethe, der auf
einen Sieg Ferdinands gehofft hatte, gab dem Grafen
Thorane auf dessen freundliche Begrüßung nach der Ent=
scheidung barsch zur Antwort: „Ich wollte, sie hätten euch
zum Teufel gejagt, und wenn ich hätte mitfahren sollen!"
Thorane brauste auf, wollte ihn verhaften und auf die
Wache führen lassen; aber einem bewährten Vermittler
gelang es, Verzeihung zu erwirken und die Bestrafung,
aus Rücksicht auf Frau und Kinder, abzuwenden.

Wolfgang setzte seinen Besuch des französischen Theaters
eifrig fort, begann sogar ein Stück mit mythologischem
Hintergrunde, Königstöchtern, Prinzen und Göttern zu
schreiben, und hoffte, es durch seinen Freund Derones
zur Aufführung zu bringen. Natürlich zerschlug sich der
Traum.

Die Anwesenheit der Franzosen veranlaßte noch einen
heftigen Zwist zwischen Rath Goethe und seinem Schwieger=
vater Textor. Jener verlangte von diesem, er solle in seiner
Eigenschaft als Stadtschultheiß ihn von der lästigen Ein=
quartierung befreien; Textor aber lehnte es rundweg ab.
Darüber kam es im April 1760 auf einem Kindtaufsschmause
bei dem Prediger Starck zu bösem Streit, wobei Rath Goethe
sich zu den Worten hinreißen ließ: er verfluche das Geld,
das Textor von den Franzosen für die verabredete Ueber=
rumpelung Frankfurt's genommen, und wolle nichts davon
erben. Textor warf in der Wuth ein Messer nach seinem
Schwiegersohn, dieser zog den Degen, und nur mit Mühe

gelang es dem gleichfalls anwesenden Pfarrer Claudius, endlich Frieden zu stiften.

Schließlich drang Rath Goethe mit seinen Klagen doch durch. Thorane bezog ein anderes Quartier, und um sein Haus vor neuer Einquartierung zu sichern, nahm Goethe den Kanzleidirector Moriz mit den Seinen als Miether auf. Wolfgang bezog wieder sein früheres, ehedem zum Maleratelier umgewandeltes hinteres Mansardenzimmer. Erst im December 1762 verließen die Franzosen Frankfurt, nachdem sie durch ihre Frivolität die Unsittlichkeit in manche Familien getragen. Bald darauf beendete am 15. Februar 1763 der Hubertusburger Frieden den siebenjährigen Krieg, und der sonst so haushälterische Rath Goethe beschenkte diesem Tage zu Ehren seine Gattin mit einer großen goldenen, reich mit Diamanten besetzten Dose, die er nach vorher auf seine Angabe eingereichten Zeichnungen schon lange zuvor bei einem kunstfertigen Juwelier bestellt hatte.

Wenn auch zeitweilig durch die Besatzungsunruhen unterbrochen, war der Unterricht der Kinder durch Rath Goethe doch gewissenhaft fortgesetzt worden. Fast in allen Disciplinen unterrichtete er sie allein; nur für einzelne Lectionen wurden theils Privatlehrer genommen, theils dem Knaben die Theilnahme am Unterricht anderer Altersgenossen gestattet. Italienisch, Französisch, Englisch lernte Wolfgang, ohne feste Beherrschung der Grammatik, schon ziemlich früh geläufig sprechen und schreiben; im Lateinischen machte er gute Fortschritte; im Griechischen blieb er so schwach, daß er noch als Straßburger Student den Homer nicht ohne Uebersetzung lesen konnte. Für Mathematik hatte er zeitlebens kein Verständniß; noch als sieben-

unddreißigjähriger Weimarischer Geheimrath nahm er Unterricht, um nur die vier Species in der Algebra zu erlernen!

Der religiöse Sinn des Hauses veranlaßte den Rath
Goethe, seinen frühreifen Wolfgang schon vor Vollendung
des zwölften Lebensjahres durch den Prediger Dr. Johann
Philipp Fresenius von der Barfüßerkirche einsegnen zu lassen.
Der Geistliche verlangte von dem Knaben ein Sünden-
bekenntniß nach Anleitung des „Beicht- und Communion-
buches", erzielte aber durch das verknöcherte Formelwesen
seiner Unterweisung eher eine entgegengesetzte Wirkung.
Stärker wurde Wolfgang durch das sanfte, glaubensselige
Fräulein von Klettenberg beeinflußt, die er später durch
die in den „Wilhelm Meister" eingeschobenen „Bekenntnisse
einer schönen Seele" unsterblich verherrlicht hat. Unter ihrer
Einwirkung und unter dem Einfluß der neuerdings bei
dem Gymnasialrector Albrecht auch im Hebräischen be-
triebenen Studien schrieb er geistliche Oden und Gedichte
im Klopstockisch-Bodmerischen Style und verfaßte in Prosa
sogar ein langes Epos über den alttestamentlichen Joseph.
Da er der Bequemlichkeit halber einem im Elternhause
lebenden Mündel seines Vaters dictirte, so fiel das Werk
besonders umfangreich aus, und als er es, sauber gebunden
und durch Anfügung mehrerer geistlicher Lieder erweitert,
seinem Vater überreichte, nahm dieser es mit Wohlgefallen
auf und ermunterte den Sohn, alljährlich einen so stattlichen Quartanten zu liefern.

Zum sonntäglichen Kirchenbesuch angehalten, begann
der Knabe um diese Zeit, die Predigten eines neu nach
Frankfurt berufenen Kanzelredners Plitt theils schon in
der Kirche, theils sofort nachher aus dem Gedächtniß

niederzuschreiben und sie noch vor Tisch dem Vater zu
überreichen. Dieser war auch hierüber hocherfreut und
spornte den Sohn an, bis zum letzten Trinitatissonntage
in gleichem Eifer zu beharren.

Von all' diesen frommen und oft wohl auch frömmeln=
den Jugendwerken hat sich keins erhalten. Aber für den
Dichter, der als letzte Schöpfung den von so tief religiösem
Empfinden durchklungenen zweiten Theil des „Faust" ver=
siegelt seinem Volke hinterließ, ist es doch charakteristisch,
daß er mit religiösen Dichtungen begann und später in die
Gesammtausgabe seiner Werke als ältestes Jugendproduct
sein im Jahre 1765 allerdings „auf Verlangen entworfenes"
Gedicht „Poetische Gedanken" über die Höllenfahrt Jesu
Christi" aufnahm, worin er, sei es ehrlich, sei es erheuchelt,
„den, der für uns am Kreuze starb," begeistert besingt.

Neben den wissenschaftlichen Lectionen, zu denen neuer=
dings auch noch Klavierunterricht gekommen war, wurde
von körperlichen Uebungen zuerst bei einem französischen,
dann bei einem deutschen Fechtmeister das Fechten erlernt
und fast gleichzeitig mit dem Reitunterricht begonnen.
Turnen war damals noch unbekannt, und Schwimmen
und Schlittschuhlaufen erlernte Wolfgang erst wesentlich
später.

Das Frankfurt jener Zeit gemahnte vielfach noch an
das Mittelalter. Auf dem Brückenthore war noch der
Schädel eines 1616 enthaupteten Staatsverbrechers auf=
gesteckt zu erschauen, der nun schon anderthalb Jahrhunderte
lang alle Unbilden der Witterung überdauert hatte und
jedem von Sachsenhausen zurückkehrenden Spaziergänger
entgegengrinste. Die enge, schmutzige Judengasse, in welcher

wenige Jahrzehnte später Amschel Rothschild den soliden Grund zu dem unermeßlichen Vermögen des heutigen Welthauses legte, das große Spott= und Schandgemälde, welches unter dem Brückenthurm an einer Bogenwand zu Unglimpf der Juden angebracht war, grausame, öffentliche Executionen an Brandstiftern oder sonstigen Verbrechern, Verbrennung von Büchern durch Henkershand bestanden noch in dem „Zeitalter der Aufklärung" und wurden von dem jungen Wolfgang mit eigenen Augen erschaut.

Erst während der durch den Umbau des väterlichen Hauses bedingten größeren Freiheit fanden die Goethe'schen Kinder Zeit und Gelegenheit, ihre Vaterstadt etwas näher zu besichtigen, das großstädtische Treiben während der Messen zu beobachten und in dem Kaisersaale des Römers oder in dem alten Dom die stummen Zeugen deutscher Kaiserherrlichkeit zu bewundern. Auf die Enkel des hoch= mögenden Stadtschultheißen wurde von den Schließern und anderen Unterbeamten gebührende Rücksicht genommen und ihnen Manches zu schauen gestattet, was anderen Augen verborgen blieb. Noch größere Freiheit brachte den Kindern die französische Einquartierung, obschon der Vater die Zügel bald wieder straffer anzog. Vor Allem hielt er stets an seinem Grundsatz fest, jedes einmal Be= gonnene bis zu Ende durchzuführen, wenn sich auch in= zwischen das Unbequeme, Langweilige, Verdrießliche, ja, Unnütze des Unterfangens herausgestellt hatte. Daneben verlor er seinen Hauptzweck: den Sohn für die Jurispru= denz zu gewinnen, nie aus dem Auge, und bald wußte dieser in einem kleinen rechtswissenschaftlichen Katechismus gründlich Bescheid.

2*

Frühzeitig hatte der Vater den Knaben gewöhnt, kleine Geschäfte für ihn in der Stadt zu besorgen und besonders die Handwerker zu schnellerer Ausführung der ertheilten Aufträge anzuspornen. Dadurch gelangte Wolfgang in fast alle Werkstätten, lernte die Herstellung der verschiedensten Erzeugnisse kennen und gewann Einblicke in die Beziehungen zwischen Meistern, Gesellen, Lehrlingen.

Gegen Ende des siebenjährigen Krieges starb der Zinngießermeister Goethe kinderlos, und Rath Goethe beerbte nun auch noch diesen Stiefbruder. Aber trotzdem gönnte er sich, ohne eigentlich knauserig zu sein, niemals eine Ausgabe, die durch augenblicklichen Genuß sogleich aufgezehrt wurde; nie fuhr er mit den Seinen spazieren oder ließ sie an einem Vergnügungsorte Etwas genießen. Aber auf den Ländereien, die er, als Ersatz für den seinem Hause mangelnden Garten, draußen vor den Thoren besaß, gewährte er seinen Kindern kostenfreie Belustigungen. Besonders sein Weinberg vor dem Friedberger Thore, wo zwischen den Weinstöcken auch lange Spargelreihen sorglichst gepflegt wurden, führte ihn in der guten Jahreszeit fast tagtäglich hinaus. Dorthin durften die Kinder ihn begleiten, sich mit leichten Gartenarbeiten beschäftigen und die Erzeugnisse jeder Jahreszeit genießen. Am lustigsten war natürlich stets die herbstliche Weinlese, und die nachherigen Bemühungen beim Keltern und während der Gährung im Keller führten schnell und unmerklich zum Winter hinüber.

Im Jahre 1763 durchlebte der vierzehnjährige Wolfgang die Geschichte seiner ersten Jugendliebe, die er in „Wahrheit und Dichtung" mit großer Ausführlichkeit und

herzlichster Antheilnahme beschreibt. Er war in einen
Kreis leichtfertiger Genossen und zweifelhafter Existenzen
aus den mittleren, ja, niederen Ständen gerathen und
machte auf ihren Antrieb sein poetisches Talent praktisch
nutzbar: er schrieb anonym Hochzeits= und Leichengedichte,
die von seinen Gefährten in Geld umgesetzt und dann bei
gemeinsamen Schmausereien verjubelt wurden. Bei einem
derartigen Gelage lernte er ein um mehrere Jahre älteres
Mädchen von einfacher, armer Herkunft, aber „von
ungemeiner, und wenn man sie in ihrer Umgebung sah,
unglaublicher Schönheit" kennen. Sie hieß Gretchen, war
von außerhalb und wohnte bei Verwandten in jenem Frank=
furter Hause, wo die Schmausereien des genannten Kreises
stattfanden. Sie machte sich dort im Haushalt nützlich
und arbeitete nebenbei als Putzmacherin für ein Geschäft.
Wolfgang verliebte sich sofort gründlich in sie, besuchte um
ihretwillen möglichst oft jenes Haus, erklärte ihr seine
Liebe, konnte aber als höchste Gunst nur erreichen, daß sie
ihn ein einziges Mal beim letzten Beisammensein auf die
Stirn küßte. Nach seiner Schilderung, auf die wir in
diesem Falle bei dem völligen Mangel anderweitiger Zeug=
nisse ausschließlich angewiesen sind, betrug sie sich in jeder
Beziehung untadelig und berieth auch ihn aufs Beste, in=
dem sie ihn zu bestimmen suchte, sich von jener lockeren
Gesellschaft zurückzuziehen.

Das hätte er wohl gern gethan, aber die Liebe zu
Gretchen, die er sonst nicht hätte sehen können, verwehrte
es ihm. Darüber kam das Frühjahr 1764 heran, und
Frankfurt rüstete sich zur feierlichen Krönung des nach=
maligen Kaisers Joseph II., den sein Vater Franz I. noch

bei eigenen Lebzeiten mit der römischen Königskrone geschmückt
sehen wollte. Rath Goethe ging mit seinem Sohne die
Wahl= und Krönungsdiarien der beiden letzten Krönungen
und die letzten Wahlkapitulationen gründlichst durch, und
all' die Pracht alter Reichsherrlichkeit bekam Wolfgang
während der dreimonatlichen Festlichkeiten bequem zu
schauen. Am 3. April war der Krönungstag, — aber auch
das Ende von Wolfgangs erster Jugendliebe!

Mit Gretchen am Arm und begleitet von einem Ge=
nossen mit seiner Schönen hatte er am Abend bis spät in die
Nacht die glänzende Illumination bewundert. Am anderen
Morgen wurde er von seiner Mutter mit schlimmer Bot=
schaft aus dem Schlaf geschreckt: einige seiner lockeren Ge=
fährten hatten böse Streiche gemacht, Handschriften gefälscht
und Unterschlagungen versucht. Gretchen und ihr Bruder
waren auch in die Anklage verwickelt, wiewohl mit Unrecht.
Wolfgang, dessen Verkehr in jenem Kreise ruchbar geworden,
hatte für sich zwar nichts zu fürchten, aber er zitterte für
Gretchen und deren Angehörige. Sein Vater war zornig,
den Sohn in eine so unsaubere Sache verwickelt zu sehen,
jedoch auf Bitten der Mutter besonnen genug, durch einen
oft bewährten Hausfreund mit Wolfgang verhandeln zu
lassen. Dieser konnte seine Unschuld zwar bald erweisen,
fühlte sich aber so unglücklich, daß er Tage lang einsam
auf seinem Zimmer verharrte, die willig angebotene Amnestie
des Vaters verschmähte und sich um die dem Krönungs=
tage noch nachfolgenden Festlichkeiten nicht mehr kümmerte.
In rastlosem Wiederkäuen seines vermeintlichen Elends zog
er sich schließlich eine heftige Krankheit zu, und jetzt erst,
da man ihn auf jede Weise zu beruhigen suchte, erfuhr

er, daß seine nächsten Freunde fast ganz schuldlos mit einem leichten Verweise entlassen worden, und daß Gret= chen sich aus der Stadt entfernt habe und wieder in ihre Heimath gezogen sei.

Gretchen aus der Stadt entfernt! Nie im Leben hat er die Jugendgeliebte wieder gesehen. Sein Schmerz war unsagbar. Da aber rettete ihn der Stolz, als er erfuhr, daß Gretchen, über ihre Beziehung zu ihm vor Gericht befragt, ehrlich zu den Acten erklärt habe: „Ich kann es nicht leugnen, daß ich ihn oft und gern gesehen habe, aber ich habe ihn immer als Kind betrachtet, und meine Neigung zu ihm war wahrhaft schwesterlich".

Als Kind betrachtet! Und das stand in den Acten! Er, der doch schon für einen ganz gescheiten und geschickten Jungen zu gelten glaubte! Jetzt raffte er sich wirklich auf und wollte sie vergessen. Aber ihr Bild umschwebte ihn beständig, und für das Gretchen im „Faust" entlehnte er nachmals nicht nur den Namen, sondern auch manchen, dem engen, kleinbürgerlichen Leben abgelauschten Zug von dieser frühsten Jugendliebe.

Philosophische und juristische Studien, Umherschweifen durch Wald und Feld, energische Versuche im Zeichnen halfen allmälig über das seelische Weh hinweg. Der Vater wollte auch die zeichnerische Begabung des Sohnes sorg= fältig entwickelt sehen, wozu Wolfgang freilich schwer an= zuhalten war. Ein Ausflug auf den Feldberg, nach Hom= burg, Kronburg, Königstein, Wiesbaden, Schwalbach, Mainz und an den Rhein brachte geringere malerische Ausbeute gen heim, als der Vater gehofft hatte.

Mit seiner Schwester Cornelia stand Wolfgang in

dem innigsten, zartesten Verhältniß, und beide bildeten
mit der jungen, lebenslustigen Mutter einen geheimen
Dreibund gegen den treuen, fürsorglichen, ehrenhaften,
aber etwas pedantischen, steifen, alternden Vater. Cornelia
besaß weder äußere Schönheit noch bestechende Liebens=
würdigkeit und gewann erst allmälig durch nähere Be=
kanntschaft. Sie erwarb das unbegrenzte Vertrauen, die
Achtung und Liebe ihrer Freundinnen, aber nicht die Zu=
neigung eines Mannes, bis endlich ein junger, schmucker
Engländer, dessen Gesicht nur allzu sehr durch die Blattern
entstellt war, sich ihr ernsthaft näherte. Bei Landpartieen
und Kahnfahrten sah man sich, und allmälig rückte die Zeit
heran, da Wolfgang die Universität beziehen sollte. Noch
hatte er, namentlich im Lateinischen und Griechischen, viel
nachzuholen; aber in jener Zeit, wo man noch keine
Abiturientenexamina kannte und Jeder auf die Universität
gehen konnte, wann er selbst sich für reif hielt, übersiedelte
er bereits im Oktober 1765, eben erst sechzehnjährig, auf
die Hochschule nach Leipzig.

Frankfurt war ihm durch den tragikomischen Ausgang
seiner Jugendliebe verleidet worden, das Viertel, in dem
Gretchen ehedem wohnte, hatte er seither nie betreten, und so
trennte er sich leichten Herzens vom Vaterhause. Mit dem
Buchhändler Fleischer'schen Ehepaar fuhr er nach Leipzig,
und in der Gegend des nachmals zu so trauriger Berühmt=
heit gelangten Schlachtfeldes von Auerstädt blieb der Wagen
auf den aufgeweichten Wegen bei einbrechender Nacht so
gründlich stecken, daß Wolfgang durch seine angestrengten
Bemühungen, ihn wieder flott machen zu helfen, sich eine
Jahre lang schmerzende Zerrung der Brustbänder zuzog.

In Leipzig, kam er gerade zur Meßzeit an, wurde an demselben 19. Oktober immatriculirt, an dem ebendort auch Lessing neunzehn Jahre vorher immatriculirt worden, und bezog eine Wohnung am Neumarkt in eben der „Feuerkugel", wo auch Lessing als Student gewohnt hatte. Mit Empfehlungen an den Hofrath Professor Böhme ver= sehen, welcher Geschichte und Staatsrecht lehrte, eröffnete er diesem alsbald seine Absicht, statt der Jurisprudenz das Studium der Alten zu erwählen. Doch mußte Böhme und fast mehr noch seine kränkelnde, sanfte, seine Gattin ihn davon wieder abzubringen, wogegen Wolfgang es wenigstens durchsetzte, bei dem berühmten Fabeldichter Gellert dessen Colleg über Literaturgeschichte zu hören und sein Praktikum deutscher Uebungen mitzumachen.

Gellert empfing ihn freundlich, und der junge Student schien anfangs recht fleißig werden zu wollen. Aber Philosophie und Logik und noch mehr die zur Fastnachts= zeit unmittelbar in der Nähe des Hörsaals heiß aus der Pfanne kommenden, schmackhaften „Kräpsel" trieben ihn bald aus den Auditorien, und die zuerst fleißig nach= geschriebenen Collegienhefte zerschmolzen mit dem Früh= lingsschnee.

Der sparsame Rath Goethe nahm stets gelernte Schneider zu Bedienten, die in den Mußestunden für ihn und die Kinder die Kleider anfertigen mußten, zu denen er selbst die gediegensten Stoffe zur Meßzeit von aus= wärtigen Handelsherren auf Vorrath einkaufte. Mit solcher, dem Stoffe nach vortrefflichen, dem Schnitt nach etwas gar zu altfränkischen Garderobe war Wolfgang auch nach Leipzig gekommen, wo er darüber so viel Spott zu er=

leiden hatte, daß er sie bald gegen eine neumodische, wenn auch minder reichliche umtauschen mußte.

Noch mehr Verdruß bereitete ihm sein Frankfurter Dialect und seine mit „biblischen Kernstellen und treu= herzigen Chroniken=Ausdrücken" untermischte Redeweise. Um dem ihm deshalb aufgelegten Zwange zu entrinnen, zog er sich allmälig aus den Gesellschaften jener guten Häuser zurück, in die er seither Eintritt gefunden. Nur bei Frau Hofrath Böhme verkehrte er noch manchen Abend, lernte von ihr Piquet, L'Hombre und feineren gesellschaft= lichen Schliff. Auch seinen literarischen Geschmack be= einflußte sie: von ihm bewunderten damaligen Mode= poeten zollte sie keinen Beifall, und seine eigenen, ihr zeit= weilig anonym vorgelesenen Gedichte verwarf sie gleichfalls. Gellert tadelte seine prosaischen Aufsätze, Professor Morus öffnete ihm noch gründlicher die Augen über seine lite= rarischen Urtheile, — schwankend in seinen Anschauungen geworden, verbrannte Wolfgang eines Tages alle seine von Frankfurt mitgebrachten poetischen und prosaischen Arbeiten, Beendigtes wie Angefangenes, Pläne, Entwürfe, Skizzen. Dafür gewann er durch den Arzt und Botaniker Hofrath Ludwig, bei dem er mit anderen, ausschließlich Medicin studirenden Jünglingen den Mittagstisch nahm, ein um so regeres Interesse für Naturwissenschaften, je ängstlicher er einstweilen der Poesie fern bleiben wollte.

Bei Gottsched, der heutzutage fast nur noch durch Lessings unsterbliche Streitschriften im Gedächtniß der Nachwelt fortlebt, besuchte er nur einmal ein Colleg, und auch des Philologen Ernesti Vorlesung über Cicero's Bücher „Vom Redner" hörte er nicht allzu lange. Wie

ehedem in Frankfurt gerieth er auch in Leipzig bald in
lockere, anrüchige Gesellschaft, und in dieser zerfahrenen
Stimmung versäumte er es auch, den von ihm aufs
Höchste geschätzten Lessing, der in jener Zeit besuchsweise
vier Wochen in Leipzig weilte, persönlich kennen zu lernen
oder auch nur zu sehen. Geflissentlich mied er die Orte,
wo Lessing verkehrte, und diese jugendliche Grille wurde
dadurch bestraft, daß er ihn auch im späteren Leben nie
von Angesicht zu schauen bekam.

Die Aufführung der „Minna von Barnhelm", die
Concerte, in denen die sechzehnjährige Corona Schröter,
nachmals der leuchtendste Stern des Weimarer Theaters,
und die später hochberühmte Gertrud Schmehling glänzten,
die Darstellungen der talentvollen Caroline Schulze, die
namentlich als Julie in Weiße's Bearbeitung von „Romeo
und Julie" Triumphe feierte, fesselten den jungen Studenten
wohl, aber sein Leben und Treiben blieb zerfahren. Bei
Oeser, dem Director der Zeichenakademie, nahm er Unterricht im Zeichnen, besuchte ihn auf seinem Landgute Dölitz
und trat zu seiner geistreichen, munteren, nur durch die
Blattern arg entstellten Tochter Friederike in harmlos
freundschaftlichen Verkehr. Den Unterricht bei Oeser, der
in der alten Pleißenburg Wohnung und Atelier hatte,
nahm er mit dem nachmaligen preußischen Staatskanzler
Hardenberg und anderen jungen Edelleuten zusammen.
Wenn er durch diese Stunden auch in der Ausübung der
Kunst nicht sonderlich vorrückte, so lernte er doch seine Augen
gebrauchen, und zwei Jahre später nennt er in einem Briefe
an einen Freund ausdrücklich Oeser neben Shakespeare und
Wieland den einzigen, den er für seinen echten Lehrer er-

kennen könne. Aus Winckelmann's Schriften und Lessing's
eben damals erscheinendem „Laokoon" sammelte er neue
Aufschlüsse über das Wesen der Kunst, und um die Schätze
der Dresdener Galerie kennen zu lernen, machte er in tiefstem
Geheimniß einen Ausflug dorthin. Bei einem originellen
Schuster, den er aus Briefen an einen Leipziger Kameraden
schätzen gelernt hatte, miethete er sich auf der Vorstadt ein.
In der Galerie fesselten ihn doch die Landschaften und die
Niederländer am Meisten, während ihm für die Größe der
italienischen Kunst noch das Verständniß fehlte.

Nach seiner Rückkehr von Dresden lernte er in Leipzig
den Kupferstecher Stock kennen, bei dem er nun auch die
Kunst des Kupferstechens zu üben begann, ohne es jedoch
über dilettantische Anfänge sonderlich hinauszubringen.
Anregend für ihn war auch der Verkehr in dem Hause
des Buchdruckers Breitkopf, dessen älterer Sohn zwanzig
Gedichte von ihm componirte und im Herbst 1769 im
Verlage seines Vaters ohne Nennung des Dichternamens
erscheinen ließ. Es sind Liebeslieder im Geiste des Catull
und Wieland und preisen mit jugendlicher Renommisterei
das Glück der Unbeständigkeit:

> „Es küßt sich so süße die Lippe der Zweiten,
> Wie kaum sich die Lippe der Ersten geküßt."

Aus dem Kreise seiner Leipziger Bekannten ist noch
Behrisch zu erwähnen, ein Mann gegen Ende der Dreißig,
stets grau gekleidet, Hofmeister bei einem jungen Grafen
Lindenau, wohlunterrichtet, vortrefflicher Kalligraph. Er
kritisirte Goethe's Dichtungen nachsichtig, schrieb sie mit
Tusche und Rabenfedern säuberlichst ab, verzierte sie mit
Vignetten, nahm aber dafür dem jungen Autor das Ver=

sprechen ab: Nichts drucken zu lassen und nur Sachen zu dichten, die des mühsamen Aufwandes solcher Abschrift würdig seien!

Im October 1766 wurde das alte Theater geschlossen und das neue mit Schlegel's „Hermann" eröffnet. Oeser hatte, zum Theil unter Goethe's Augen, einen originellen Vorhang dafür gemalt: einen Vorhof zum Tempel des Ruhmes, geschmückt mit den Statuen des Sophokles, Aristophanes und den Bildern der neueren Schauspiel= dichter, durch deren freie Mitte hindurch ein nur von der Rückseite sichtbarer Mann in leichter Jacke gerade auf den Tempel loßschreitet, — eine Huldigung für Shakespeare, der, unbekümmert um Vorgänger oder Nachfolger, auf eigenem Wege zur Unsterblichkeit ging.

Um Ostern 1766 kam Goethe's Landsmann und nach= maliger Schwager, der um zehn Jahre ältere, ernste und vielseitig gebildete Johann Georg Schlosser auf der Durch= reise zu längerem Aufenthalte nach Leipzig und stieg in dem kleinen Gast= und Weinhause von Schönkopf auf dem Brühl ab. Dort suchte ihn Goethe auf, führte ihn gern zu den Berühmtheiten, die Schlosser kennen lernen wollte, und kam auf diese Weise auch zu Gottsched. Während Schlosser's Anwesenheit speiste Goethe täglich mit ihm im Schönkopf'schen Weinhause und fand eine so angenehme Tischgesellschaft, daß er auch nach Schlosser's Abreise dort weiter aß und den ehemaligen Mittagstisch bei Professor Ludwig völlig aufgab. Denn hier bei Schönkopf fesselte ihn die Tochter des Hauses, von der er in „Wahrheit und Dichtung" „nicht mehr zu sagen weiß, als daß sie jung, hübsch, munter, liebevoll und so angenehm war, daß sie

wohl verdiente, in dem Schrein des Herzens eine Zeit
lang als eine kleine Heilige aufgestellt zu werden, um ihr
jede Verehrung zu widmen, welche zu ertheilen oft mehr
Behagen erregt als zu empfangen." Schon dieser charakte=
ristische Nachsatz beweist, daß Goethe auch hier, wie ehedem
bei Gretchen, die Verehrung mehr ertheilte als empfing,
und seine noch erhaltenen Briefe an Käthchen Schönkopf
bestätigen das vollkommen. Sie war drei Jahre älter als
er, half in der Küche tüchtig am Feuerherd und servirte
wenigstens Abends dem nur kleinen, gewählten Kreise von
Gästen den Wein. Nach ihrem noch erhaltenen Bilde muß
sie wirklich hübsch und frisch gewesen sein. Als Wirths=
tochter war sie natürlich gegen alle Gäste ihres Vaters
artig, und daß ihr die Huldigungen des schmucken Wolf=
gang Goethe geschmeichelt haben mögen, ist wohl glaub=
haft. Nach seiner Schilderung hätte sie seine Liebe er=
widert, bis er diese durch unbegründete Eifersucht sich
verscherzt habe. Man vertrieb sich die Zeit in dem kleinen
Kreise so gut wie möglich, sang die Lieder von Zachariä,
spielte den „Herzog Michel" von Krüger, wobei ein zu=
sammengeknüpftes Schnupftuch die Stelle der Nachtigall
vertreten mußte, und wagte sich sogar an die Aufführung
von Lessing's „Minna von Barnhelm" und Diderot's
„Hausvater". In allen drei Stücken spielte Goethe mit,
und als er erkannt hatte, daß er Käthchens Herz durch
seine leidenschaftliche Eifersucht wirklich für immer verloren,
trieb es ihn, dies seelische Erlebniß zu einer quälenden und
belehrenden Buße poetisch zu behandeln. So entstand da=
mals die älteste seiner uns erhaltenen dramatischen Arbeiten:
das in gereimten Alexandrinern geschriebene einactige Lust=
spiel „Die Laune des Verliebten."

Hatte er, wie er versichert, bisher die Geliebte grund=
los mit Eifersucht gequält, so ward ihm seit 1768 Berechti=
gung dazu. Er selbst hatte einen um vier Jahre älteren
sächsischen Advocaten Johann Gottfried Kanne in das
Schönkopf'sche Haus eingeführt, der gar bald ernsthaft
um Käthchen zu werben begann. Das praktische Mädchen
wurde dem neuen Bewerber, der ungleich günstigere Chancen
einer baldigen Heirath bot, in Kurzem von Herzen gewogen,
und vergebens erschöpfte sich Goethe in Liebenswürdigkeit,
Galanterien und Geschenken. Allein es war zu spät, er
hatte sie wirklich verloren; und um seiner sittlichen Natur
etwas zu Leide zu thun, stürmte er nun unsinnig in seine
physische Natur. Schlechte Diät, Verdauungsstörungen,
ein Sturz mit dem Pferde, schwer bekömmlicher Genuß
des schweren Merseburger Bieres und manches Andere
trat hinzu, — in einer Julinacht wurde er von starkem
Blutsturz befallen und hatte nur noch Kraft, seinen
Stubennachbar zu wecken und zu dem befreundeten Arzt
Dr. Reichel zu senden.

Mehrere Tage schwebte er zwischen Leben und Tod,
und selbst die Freude an der Genesung wurde dadurch
getrübt, daß sich in Folge des Blutsturzes an der linken
Seite des Halses eine Geschwulst gebildet hatte, die nur
eine sehr langsame und kümmerliche Heilung versprach.
Aber eine Beruhigung brachte ihm die Krankheit: er sah
an der treuen Theilnahme, die ihm von den verschiedensten
Seiten erwiesen wurde, daß er sich doch viel Zuneigung
erworben hatte. Namentlich der Nachfolger des seiner
Stellung enthobenen und von Leipzig abberufenen Behrisch
trat ihm jetzt näher: Ernst Theodor Langer, nachheriger

Bibliothekar in Wolfenbüttel. Er war fünf Jahre älter als Goethe, ernst, tief gelehrt, geistig bedeutend. In langen Gesprächen gewann der frommgläubige Mann den Ge= nesenden „als einen getreuen und wohl vorbereiteten Pro= selyten" von Herzen lieb, und so wurde auch in der sonst ziemlich lockeren Leipziger Zeit wenigstens kurz vor dem Scheiden der religiöse Sinn in Goethe noch einmal genährt.

Denn das übliche akademische Triennium ging zu Ende, und an seinem Geburtstage 1768 verließ Goethe Leipzig. Was er als Ausbeute der drei Jahre heimbrachte, war nicht sonderlich viel: außer leichten lyrischen Liedern und der „Laune des Verliebten" noch das gleichfalls in gereimten Alexandrinern verfaßte Lustspiel „Die Mit= schuldigen", — Erstlinge, wie sie unbedeutender wohl selten ein großer Genius einheimste, und die nur das eine bedeut= same Charakteristikum zeigen: fortan nur Selbsterlebtes dichterisch zu gestalten und all' seine Dichtungen zu „Bruch= stücken einer großen Confession" zu machen. Die positiven Kenntnisse waren auch nicht sehr gewachsen, seine Liebe hatte unglücklich geendet, — wie aus der Scene in „Auer= bachs Keller zu Leipzig" seines „Faust" schied er mit katzenjämmerlicher Stimmung von dem freundlichen „klein Paris".

Die unbequeme Langwierigkeit des Reisens hatte ihn nie zu den Ferien heimkehren lassen, und so sah er erst am 3. September 1768 nach dreijähriger Abwesenheit sein Elternhaus wieder. Der wüste Lärm eines Studenten= krawalls in Leipzig war die nicht unpassende Abschieds= musik bei seinem Scheiden von dort, und mit den Gefühlen eines Schiffbrüchigen näherte er sich der Heimath. Der

Vater verhehlte nur mühsam sein Mißvergnügen, statt eines gesunden, rüstig auf die Promotion zuschreitenden Sohnes einen kranken, von dem gesteckten Ziele weit entfernten Schwächling wiederzusehen. Mutter und Schwester empfingen den Leidenden mit liebender Zärtlichkeit, vermehrten aber sein Unbehagen in anderer Hinsicht. Denn der Vater hatte während Wolfgangs Leipziger Studienzeit seine didaktische Liebhaberei ausschließlich der Tochter zugewendet und ihr in dem großen, abgeschlossenen, auch von Miethsleuten völlig geräumten Hause fast alle Mittel abgeschnitten, sich auswärts einigermaßen zu erholen. Cornelia, „ein indefinibles Wesen, das sonderbarste Gemisch von Strenge und Weichheit, von Eigensinn und Nachgiebigkeit", hatte deshalb auf eine geradezu fürchterliche Weise ihre Härte gegen den Vater gewendet und wollte von seinen guten, trefflichen Eigenschaften auch ganz und gar keine anerkennen. „Sie that Alles, was er befahl, aber auf die unlieblichste Weise von der Welt. Sie that es in hergebrachter Ordnung, aber auch nichts drüber oder drunter. Aus Liebe oder Gefälligkeit bequemte sie sich zu nichts, so daß dies eins der ersten Dinge war, über die sich die Mutter in einem geheimen Gespräche zu dem Sohne beklagte. Da nun aber die Schwester so liebebedürftig war, als irgend ein menschliches Wesen, so wendete sie ihre Neigung ganz auf den Bruder."

Dieser fühlte unter den unerquicklichen häuslichen Verhältnissen eine tiefe Sehnsucht nach Leipzig. Er correspondirte mit Käthchen Schönkopf, schickte ihr kleine Geschenke und wechselte auch mit Oeser und seiner Tochter Friederike häufige Briefe. Aber alle etwa für die Zukunft auf Leip-

zig gerichteten Pläne zerschlugen sich, als Käthchen ihm
am 20. Mai 1769 ihre Verlobung mit Dr. Kanne melden
ließ. Die Vermählung erfolgte am 7. März 1770, und
Käthchen bat ihn lange vorher um ein Hochzeitsgedicht.
Diese Bitte schlug er ab, nachdem er ihr früher bereits
einmal geschrieben, „es brenne ihm auf der Seele, daß sie
ihn als ihren guten oder besten Freund bezeichne, wenn
er an alle die Liebhaber denke, die sie schon mit Freund=
schaft eingesalzen habe."

Trübe Aussichten ringsumher! Ueberdies war Groß=
vater Textor durch einen Schlaganfall gelähmt und der
Sprache beraubt worden, Schwester Cornelia litt an einer
unglücklichen Liebe zu einem Engländer, Wolfgang selbst
wurde durch mehrfache Rückfälle seiner Krankheit, durch
Neubildung der Halsgeschwulst, durch Kolik und Magen=
leiden einige Male dem Tode nahe gebracht, der Vater
ward ungeduldig über die langsame Genesung und wünschte
eine methodischere Kur, — es waren sehr, sehr unerquickliche
anderthalb Jahre, die der Reconvalescent vom September 1768
bis Ende März 1770 im Vaterhause verlebte!

Schon vor der Rückkehr ihres Sohnes hatte die sehr
lebhafte, heitere, innerlich nie unbeschäftigte Mutter unter
der langweiligen Unerquicklichkeit der häuslichen Verhält=
nisse sich inniger der Religion zugewendet, und jetzt, als
sie ihren Erstgeborenen scheinbar gebrochen wiedersah,
flüchtete sie doppelt ängstlich zum beseligenden Gottesglauben.
Das feinsinnige, wahrhaft fromme Fräulein von Kletten=
berg, eine Verehrerin des Grafen Zinzendorf, bestärkte sie
darin, und Wolfgangs durch Krankheit, fehl geschlagene
Hoffnungen und unglückliche Liebe weich gestimmte Seele

ließ sich gleichfalls willig in diesen Kreis bannen. Ja,
er besuchte sogar eine Hauptversammlung der Herrnhutischen
Gemeinde und versichert, daß diese trefflichen Männer seine
ganze Verehrung hatten. In einer besonders gefährlichen Krisis seiner Krank=
heit rettete der Hausarzt ihn durch ein bisher mit mystischem
Dunkel geheim gehaltenes Mittel, — ein krystallisirtes
trockenes Salz von entschieden alkalischem Geschmack, das
der Arzt in Folge eigener chemisch=alchymischer Studien
selbst hergestellt hatte. Für letztere machte er auch bei
seinen Patienten Propaganda und gab zu verstehen, daß
man durch eigenes Studium gewisser Bücher dahin gelangen
könne, jenes Universalheilmittel selbst herzustellen. Und
als dieses bei Wolfgang wirklich Rettung aus Todesgefahr
erzielt hatte, da war es natürlich, daß der genesende Jüng=
ling, den die Naturwissenschaften überdies stets reizten,
sich den vom Arzt empfohlenen Studien ergab. Fräulein
von Klettenberg war ihm hierin schon mit energischem
Beispiel vorangegangen. Sie hatte bereits Wellings Opus
mago-cabbalisticum studiert; jetzt wurde es noch einmal
gemeinsam mit Wolfgang durchgearbeitet und überdies die
Werke des Theophrastus Paracelsus, des Basilius Valentinus
und anderer Alchymisten gelesen. Windofen, Kolben, Re=
torten wurden angeschafft und mit geheimnißvollem Feuer=
eifer nach den Grundstoffen der „jungfräulichen Erde"
geforscht, — eine weiche religiöse Stimmung, ein mystisch=
alchymisches Forschen nach den Geheimnissen der Natur:
alle Momente für die ersten Scenen des „Faust" waren
jetzt in der Seele des jungen Dichters beisammen.

Den aber schien gerade damals die Poesie völlig ver=

lassen zu haben. Die dichterische Ausbeute an wirklich
Ausgeführtem ist während dieser anderthalb Jahre gleich
Null. Eindrücke und seelische Erfahrungen mag er genug
gesammelt haben; dauernde Gestalt gewannen sie damals
noch nicht. Seine in Leipzig verfaßten Gedichte mißfielen
ihm bereits, und als er endlich so weit genesen war, um
zu Ostern 1770 die Straßburger Universität zu beziehen,
verbrannte er wiederum angefangene Stücke, Pläne, Ent=
würfe, Gedichte, Briefe und sonstige Papiere. Gedruckt
waren bis dahin nur die von Breitkopf in Leipzig com=
ponirten zwanzig Lieder, „Die Laune des Verliebten“ und
„Die Mitschuldigen“, aber auch diese drei Werke ohne
Nennung des Autornamens. Er war also ein völlig un=
bekannter Jüngling, als er in das schöne Elsaß übersiedelte.
Daheim hatte er sich vorher noch mit Zeichnen, Aetzen von
Kupferplatten, kirchengeschichtlichen Studien und der Lectüre
seiner von Leipzig aus nach Haus geschriebenen Briefe
beschäftigt und bei letzteren die beschämende Entdeckung
gemacht, daß er nur das von Gellert im Colleg Gehörte
sofort wieder gegen seine Schwester gewendet habe.

Wir folgen ihm nun im Fühjahr 1770 nach Straß=
burg. Diese schönste Episode seiner Autobiographie folgt
nachstehend wortgetreu aus „Wahrheit und Dichtung“.
Nur einzelne Kürzungen in den Berichten über literarische
und locale Verhältnisse sind vorgenommen; alles Wesent=
liche ist unverkürzt und ohne die leiseste Textänderung
wiedergegeben; namentlich an Allem, was Sesenheim und
Friederike Brion betrifft, ist nicht das Mindeste geändert
oder fortgelassen.

Goethe in Strassburg.

(Aus „Wahrheit und Dichtung.")

———×———

Im Frühjahre fühlte ich meine Gesundheit, noch mehr aber meinen jugendlichen Muth wiederhergestellt und sehnte mich abermals aus meinem väterlichen Hause, obgleich aus ganz andern Ursachen als das erste Mal; denn es waren mir diese hübschen Zimmer und Räume, wo ich so viel gelitten hatte, unerfreulich geworden, und mit dem Vater selbst konnte sich kein angenehmes Verhältniß anknüpfen; ich konnte ihm nicht ganz verzeihen, daß er bei den Recidiven meiner Krankheit und bei dem langsamen Genesen mehr Ungeduld als billig sehen lassen, ja daß er, anstatt durch Nachsicht mich zu trösten, sich oft auf eine grausame Weise über das, was in keines Menschen Hand lag, geäußert, als wenn es nur vom Willen abhinge. Aber auch er ward auf mancherlei Weise durch mich verletzt und beleidigt.

Denn junge Leute bringen von Akademien allgemeine Begriffe zurück, welches zwar ganz recht und gut ist; allein weil sie sich darin sehr weise dünken, so legen sie solche als Maßstab an die vorkommenden Gegenstände, welche denn meistens dabei verlieren müssen. So hatte ich von der Baukunst, der Einrichtung und Verzierung der Häuser eine allgemeine Vorstellung gewonnen und wendete diese

uns unvorsichtig im Gespräch auf unser eigen Haus an.
Mein Vater hatte die ganze Einrichtung desselben ersonnen
und den Bau mit großer Standhaftigkeit durchgeführt, und
es ließ sich auch, insofern es eine Wohnung für ihn und
seine Familie ausschließlich sein sollte, nichts dagegen ein-
wenden; auch waren in diesem Sinne sehr viele Häuser
von Frankfurt gebaut. Die Treppe ging frei hinauf und
berührte große Vorsäle, die selbst recht gut hätten Zimmer
sein können, wie wir denn auch die gute Jahreszeit immer
daselbst zubrachten. Allein dieses anmuthige heitere Dasein
einer einzelnen Familie, diese Kommunikation von oben
bis unten ward zur größten Unbequemlichkeit, sobald
mehrere Partien das Haus bewohnten, wie wir bei Gelegen=
heit der französischen Einquartierung nur zu sehr erfahren
hatten. Denn jene ängstliche Scene mit dem Königs=
lieutenant wäre nicht vorgefallen, ja mein Vater hätte
weniger von allen Unannehmlichkeiten empfunden, wenn
unsere Treppe nach der Leipziger Art an die Seite ge=
drängt und jedem Stockwerk eine abgeschlossene Thüre zu=
getheilt gewesen wäre. Diese Bauart rühmte ich einst
höchlich und setzte ihre Vortheile heraus, zeigte dem Vater
die Möglichkeit, auch seine Treppe zu verlegen, worüber
er in einen unglaublichen Zorn gerieth, der um so heftiger
war, als ich kurz vorher einige schnörkelhafte Spiegelrahmen
getadelt und gewisse chinesische Tapeten verworfen hatte.
Es gab eine Scene, welche, zwar wieder getüncht und aus=
geglichen, doch meine Reise nach dem schönen Elsaß be=
schleunigte, die ich denn auch auf der neu eingerichteten
bequemen Diligence ohne Aufhalt und in kurzer Zeit
vollbrachte.

Ich war im Wirthshaus „Zum Geist" abgestiegen und eilte sogleich, das sehnlichste Verlangen zu befriedigen und mich dem Münster zu nähern, welcher durch Mitreisende mir schon lange gezeigt und eine ganze Strecke her im Auge geblieben war. Als ich nun erst durch die schmale Gasse diesen Koloß gewahrte, sodann aber auf dem freilich sehr engen Platz allzu nah vor ihm stand, machte derselbe auf mich einen Eindruck ganz eigener Art, den ich aber auf der Stelle zu entwickeln unfähig, für diesmal nur dunkel mit mir nahm, indem ich das Gebäude eilig bestieg, um nicht den schönen Augenblick einer hohen und heitern Sonne zu versäumen, welche mir das weite, reiche Land auf einmal offenbaren sollte.

Und so sah ich denn von der Plattform die schöne Gegend vor mir, in welcher ich eine Zeit lang wohnen und hausen durfte: die ansehnliche Stadt, die weitumher= liegenden, mit herrlichen dichten Bäumen besetzten und durchflochtenen Auen, diesen auffallenden Reichthum der Vegetation, der, dem Laufe des Rheins folgend, die Ufer, Inseln und Werder bezeichnet. Nicht weniger mit mannig= faltigem Grün geschmückt ist der von Süden herab sich ziehende flache Grund, welchen die Iller bewässert; selbst westwärts nach dem Gebirge zu finden sich manche Niede= rungen, die einen eben so reizenden Anblick von Wald und Wiesenwuchs gewähren, so wie der nördliche, mehr hügelige Theil von unendlichen kleinen Bächen durchschnitten ist, die überall ein schnelles Wachsthum begünstigen. Denkt man sich nun zwischen diesen üppig ausgestreckten Matten, zwischen diesen fröhlich ausgesäeten Hainen alles zum Fruchtbau schickliche Land trefflich bearbeitet, grünend und

reifend und die besten und reichsten Stellen desselben durch
Dörfer und Meierhöfe bezeichnet und eine solche große und
unübersehliche, wie ein neues Paradies für den Menschen
recht vorbereitete Fläche näher und ferner von theils an=
gebauten, theils waldbewachsenen Bergen begrenzt, so wird
man das Entzücken begreifen, mit dem ich mein Schicksal
segnete, das mir für einige Zeit einen so schönen Wohn=
platz bestimmt hatte.

Ein solcher frischer Anblick in ein neues Land, in
welchem wir uns eine Zeit lang aufhalten sollen, hat noch
das Eigene, so Angenehme als Ahnungsvolle, daß das
Ganze wie eine unbeschriebene Tafel vor uns liegt. Noch
sind keine Leiden und Freuden, die sich auf uns beziehen,
darauf verzeichnet; diese heitere, bunte, belebte Fläche ist
noch stumm für uns; das Auge haftet nur an den Gegen=
ständen, insofern sie an und für sich bedeutend sind, und
noch haben weder Neigung noch Leidenschaft diese oder
jene Stelle besonders herauszuheben; aber eine Ahnung
dessen, was kommen wird, beunruhigt schon das junge Herz,
und ein unbefriedigtes Bedürfniß fordert im Stillen das=
jenige, was kommen soll und mag und welches auf alle
Fälle, es sei nun Wohl oder Weh, unmerklich den Charakter
der Gegend, in der wir uns befinden, annehmen wird.

Herabgestiegen von der Höhe, verweilte ich noch eine
Zeit lang vor dem Angesicht des ehrwürdigen Gebäudes;
aber was ich mir weder das erste Mal noch in der nächsten
Zeit ganz deutlich machen konnte, war, daß ich dieses
Wunderwerk als ein Ungeheures gewahrte, das mich hätte
erschrecken müssen, wenn es mir nicht zugleich als ein
Geregeltes faßlich und als ein Ausgearbeitetes sogar an=

genehm vorgekommen wäre. Ich beschäftigte mich doch
keineswegs, diesem Widerspruch nachzudenken, sondern ließ
ein so erstaunliches Denkmal durch seine Gegenwart ruhig
auf mich fortwirken.

Ich bezog ein kleines, aber wohlgelegenes und an=
muthiges Quartier an der Sommerseite des Fischmarkts,
einer schönen langen Straße, wo immerwährende Be=
wegung jedem unbeschäftigten Augenblick zu Hülfe kam.
Dann gab ich meine Empfehlungsschreiben ab und fand
unter meinen Gönnern einen Handelsmann, der mit seiner
Familie jenen frommen, mir genugsam bekannten Ge=
sinnungen ergeben war, ob er sich gleich, was den äußeren
Gottesdienst betrifft, nicht von der Kirche getrennt hatte.
Er war dabei ein verständiger Mann und keineswegs
kopfhängerisch in seinem Thun und Lassen. Die Tisch=
gesellschaft, die man mir und der man mich empfahl, war
sehr angenehm und unterhaltend Ein Paar alte Jungfrauen
hatten diese Pension schon lange mit Ordnung und gutem
Erfolg geführt; es konnten ungefähr zehn Personen sein,
ältere und jüngere, doch waren Studierende die Ueberzahl,
alle wirklich gut= und wohlgesinnt, nur mußten sie ihr ge=
wöhnliches Weindeputat nicht überschreiten. Daß dieses
nicht leicht geschah, war die Sorge unseres Präsidenten,
eines Doktor Salzmann. Schon in den Sechzigen, un=
verheirathet, hatte er diesen Mittagstisch seit vielen Jahren
besucht und in Ordnung und Ansehen erhalten. Er besaß
ein schönes Vermögen; in seinem Aeußeren hielt er sich
knapp und nett, ja er gehörte zu denen, die immer in
Schuh und Strümpfen und den Hut unter dem Arm gehen.
Den Hut aufzusetzen, war bei ihm eine außerordentliche

Handlung. Einen Regenschirm führte er gewöhnlich mit sich, wohl eingedenk, daß die schönsten Sommertage oft Gewitter und Streifschauer über das Land bringen.

Mit diesem Manne beredete ich meinen Vorsatz, mich hier in Straßburg der Rechtswissenschaft ferner zu befleißigen, um baldmöglichst promoviren zu können. Da er von Allem genau unterrichtet war, so befragte ich ihn über die Kollegia, die ich zu hören hätte, und was er allenfalls von der Sache denke. Darauf erwiderte er mir, daß es sich in Straßburg nicht etwa wie auf deutschen Akademien verhalte, wo man wohl Juristen im weiten und gelehrten Sinne zu bilden suche. Hier sei Alles, dem Verhältniß gegen Frankreich gemäß, eigentlich auf das Praktische gerichtet und nach dem Sinne der Franzosen eingeleitet, welche gern bei dem Gegebenen verharren. Gewisse allgemeine Grundsätze, gewisse Vorkenntnisse suche man einem Jeden beizubringen, man fasse sich so kurz wie möglich und überliefere nur das Nothwendigste. Er machte mich darauf mit einem Manne bekannt, zu dem man als Repetenten ein großes Vertrauen hegte, welches dieser sich auch bei mir sehr bald zu erwerben wußte.

Die meisten meiner Tischgenossen waren Mediziner. Diese sind, wie bekannt, die einzigen Studierenden, die sich von ihrer Wissenschaft, ihrem Metier auch außer den Lehrstunden mit Lebhaftigkeit unterhalten. Bei Tische also hörte ich nichts Anderes als medizinische Gespräche, eben wie vormals in der Pension des Hofraths Ludwig. Auf Spaziergängen und bei Lustpartien kam auch nicht viel Anderes zur Sprache; denn meine Tischgesellen, als gute Kumpane, waren mir auch Gesellen für die übrige Zeit

geworden, und an sie schlossen sich jedesmal Gleichgesinnte
und Gleiches Studierende von allen Seiten an. Die
medizinische Fakultät glänzte überhaupt vor den übrigen
sowohl in Absicht auf die Berühmtheit der Lehrer als die
Frequenz der Lernenden, und so zog mich der Strom
dahin, um so leichter, als ich von allen diesen Dingen
gerade so viel Kenntniß hatte, daß meine Wissenslust bald
vermehrt und angefeuert werden konnte. Beim Eintritt des
zweiten Semesters besuchte ich daher Chemie bei Spielmann,
Anatomie bei Lobstein und nahm mir vor, recht fleißig zu
sein, weil ich bei unserer Sozietät durch meine wunderlichen
Vor= oder vielmehr Ueberkenntnisse schon einiges Ansehen
und Zutrauen erworben hatte.

Doch es war an dieser Zerstreuung und Zerstückelung
meiner Studien nicht genug, sie sollten abermals bedeutend
gestört werden; denn eine merkwürdige Staatsbegebenheit
setzte Alles in Bewegung und verschaffte uns eine ziemliche
Reihe Feiertage. Marie Antoinette, Erzherzogin von Oester=
reich, Königin von Frankreich, sollte auf ihrem Wege nach
Paris über Straßburg gehen. Die Feierlichkeiten, durch
welche das Volk aufmerksam gemacht wird, daß es Große
in der Welt gibt, wurden emsig und häufig vorbereitet,
und mir besonders war dabei das Gebäude merkwürdig,
das zu ihrem Empfang und zur Uebergabe in die Hände
der Abgesandten ihres Gemahls auf einer Rheininsel
zwischen den beiden Brücken aufgerichtet stand. Es war
nur wenig über den Boden erhoben, hatte in der Mitte
einen großen Saal, an beiden Seiten kleinere, dann folgten
andere Zimmer, die sich noch etwas hinterwärts erstreckten;
genug, es hätte, dauerhafter gebaut, gar wohl für ein Lust=

haus hoher Personen gelten können. Was mich aber daran
besonders interessirte und weswegen ich manches Büsel (ein
kleines damals kurrentes Silberstück) nicht schonte, um mir
von dem Pförtner einen wiederholten Eintritt zu ver=
schaffen, waren die gewirkten Tapeten, mit denen man das
Ganze inwendig ausgeschlagen hatte. Hier sah ich zum
ersten Mal ein Exemplar jener nach Raphael's Kartonen
gewirkten Teppiche, und dieser Anblick war für mich von
ganz entschiedener Wirkung, indem ich das Rechte und
Vollkommene, obgleich nur nachgebildet, in Masse kennen
lernte. Ich ging und kam und kam und ging und konnte
mich nicht satt sehen; ja, ein vergebliches Streben quälte
mich, weil ich das, was mich so außerordentlich ansprach,
auch gern begriffen hätte. Höchst erfreulich und erquicklich
fand ich diese Nebensäle, desto schrecklicher aber den Haupt=
saal. Diesen hatte man mit viel größern, glänzendern,
reichern und von gedrängten Zierrathen umgebenen Haute=
lissen behängt, die nach Gemälden neuerer Franzosen ge=
wirkt waren.

Nun hätte ich mich wohl auch mit dieser Manier be=
freundet, weil meine Empfindung wie mein Urtheil nicht
leicht etwas völlig ausschloß; aber äußerst empörte mich
der Gegenstand. Diese Bilder enthielten die Geschichte von
Jason, Medea und Kreusa und also ein Beispiel der un=
glücklichsten Heirath. Zur Linken des Throns sah man
die mit dem grausamsten Tode ringende Braut, umgeben
von jammervollen Theilnehmenden; zur Rechten entsetzte
sich der Vater über die ermordeten Kinder zu seinen Füßen,
während die Furie auf dem Drachenwagen in die Luft
zog. Und damit ja dem Grausamen und Abscheulichen

nicht auch ein Abgeschmacktes fehle, so ringelte sich hinter dem rothen Sammt des goldgestickten Thronrückens rechter Hand der weiße Schweif jenes Zauberstiers hervor, inzwischen die feuerspeiende Bestie selbst und der sie bekämpfende Jason von jener kostbaren Draperie gänzlich bedeckt waren.

„Was!" rief ich aus, ohne mich um die Umstehenden zu bekümmern, „ist es erlaubt, einer jungen Königin das Beispiel der gräßlichsten Hochzeit, die vielleicht jemals vollzogen worden, bei dem ersten Schritt in ihr Land so unbesonnen vors Auge zu bringen! Gibt es denn unter den französischen Architecten, Decorateuren, Tapezierern gar keinen Menschen, der begreift, daß Bilder etwas vorstellen, daß Bilder auf Sinn und Gefühl wirken, daß sie Eindrücke machen, daß sie Ahnungen erregen! Ist es doch nicht anders, als hätte man dieser schönen und, wie man hört, lebenslustigen Dame das abscheulichste Gespenst bis an die Grenze entgegengeschickt." Ich weiß nicht, was ich noch Alles weiter sagte; genug, meine Gefährten suchten mich zu beschwichtigen und aus dem Hause zu schaffen, damit es nicht Verdruß setzen möchte. Alsdann versicherten sie mir, es wäre nicht Jedermanns Sache, Bedeutung in den Bildern zu suchen; ihnen wenigstens wäre nichts dabei eingefallen, und auf dergleichen Grillen würde die ganze Population Straßburgs und der Gegend, wie sie auch herbeiströmen sollte, so wenig als die Königin selbst mit ihrem Hofe jemals gerathen.

Der schönen und vornehmen, so heiteren als imposanten Miene dieser jungen Dame erinnere ich mich noch recht wohl. Sie schien in ihrem Glaswagen, uns Allen voll-

kommen sichtbar, mit ihren Begleiterinnen in vertraulicher
Unterhaltung über die Menge, die ihrem Zug entgegen=
strömte, zu scherzen. Abends zogen wir durch die Straßen,
um die verschiedenen illuminirten Gebäude, besonders aber
den brennenden Gipfel des Münsters zu sehen, an dem
wir sowohl in der Nähe als in der Ferne unsere Augen
nicht genugsam weiden konnten.

Die Königin verfolgte ihren Weg; das Landvolk ver=
lief sich, und die Stadt war bald ruhig wie vorher. Vor
Ankunft der Königin hatte man die ganz vernünftige An=
ordnung gemacht, daß sich keine mißgestalteten Personen,
keine Krüppel und ekelhafte Kranke auf ihrem Wege zeigen
sollten. Man scherzte hierüber, und ich machte ein kleines
französisches Gedicht, worin ich die Ankunft Christi, welcher
besonders der Kranken und Lahmen wegen auf der Welt
zu wandeln schien, und die Ankunft der Königin, welche
diese Unglücklichen verscheuchte, in Vergleichung brachte.
Meine Freunde ließen es passiren; ein Franzose hingegen,
der mit uns lebte, kritisirte sehr unbarmherzig Sprache
und Versmaß, obgleich, wie es schien, nur allzu gründlich,
und ich erinnere mich nicht, nachher je wieder ein fran=
zösisches Gedicht gemacht zu haben.

Kaum erscholl aus der Hauptstadt die Nachricht von
der glücklichen Ankunft der Königin, als eine Schreckenspost
ihr folgte: bei dem festlichen Feuerwerke sei durch ein
Polizeiversehen in einer von Baumaterialien versperrten
Straße eine Unzahl Menschen mit Pferden und Wagen zu
Grunde gegangen und die Stadt bei diesen Hochzeitfeier=
lichkeiten in Trauer und Leid versetzt worden. Die Größe
des Unglücks suchte man sowohl dem jungen königlichen

Paare als der Welt zu verbergen, indem man die um=
gekommenen Personen heimlich begrub, so daß viele Familien
nur durch das völlige Außenbleiben der Ihrigen überzeugt
wurden, daß auch diese von dem schrecklichen Ereigniß mit
hingerafft seien. Daß mir lebhaft bei dieser Gelegenheit
jene gräßlichen Bilder des Hauptsaales wieder vor die
Seele traten, brauche ich kaum zu erwähnen; denn Jedem
ist bekannt, wie mächtig gewisse sittliche Eindrücke sind,
wenn sie sich an sinnlichen gleichsam verkörpern.

Bei meiner Art zu empfinden und zu denken kostete
es mich gar nichts, einen Jeden gelten zu lassen für das,
was er war, ja sogar für das, was er gelten wollte, und
so machte die Offenheit eines frischen jugendlichen Muthes,
der sich fast zum ersten Mal in seiner vollen Blüthe her=
vorthat, mir sehr viele Freunde und Anhänger. Unsere
Tischgesellschaft vermehrte sich wohl auf zwanzig Personen,
und weil unser Salzmann bei seiner hergebrachten Methode
beharrte, so blieb Alles im alten Gange, ja die Unter=
haltung ward beinahe schicklicher, indem sich ein Jeder vor
Mehreren in Acht zu nehmen hatte. Unter den neuen An=
kömmlingen befand sich ein Mann, der mich besonders
interessirte: er hieß Jung und ist derselbe, der nachher
unter dem Namen Stilling zuerst bekannt geworden. Seine
Gestalt, ungeachtet einer veralteten Kleidungsart, hatte bei
einer gewissen Derbheit etwas Zartes. Eine Haarbeutel=
Perücke entstellte nicht sein bedeutendes und gefälliges Ge=
sicht. Seine Stimme war sanft, ohne weich und schwach
zu sein, ja sie wurde wohltönend und stark, sobald er in
Eifer gerieth, welches sehr leicht geschah. Wenn man ihn
näher kennen lernte, so fand man an ihm einen gesunden

Menschenverstand, der auf dem Gemüth ruhte und sich deswegen von Neigungen und Leidenschaften bestimmen ließ, und aus eben diesem Gemüth entsprang ein Enthusiasmus für das Gute, Wahre, Rechte in möglichster Reinheit. Denn der Lebensgang dieses Mannes war sehr einfach gewesen und doch gedrängt an Begebenheiten und mannig= faltiger Thätigkeit. Das Element seiner Energie war ein unverwüstlicher Glaube an Gott und an eine unmittelbar von daher fließende Hülfe, die sich in einer ununterbrochenen Vorsorge und in einer unfehlbaren Rettung aus aller Noth, von jedem Uebel augenscheinlich bestätige. Jung hatte der= gleichen Erfahrungen in seinem Leben so viele gemacht, sie hatten sich selbst in der neuern Zeit, in Straßburg, öfters wiederholt, so daß er mit der größten Freudigkeit ein zwar mäßiges, aber doch sorgloses Leben führte und seinen Studien aufs Ernstlichste oblag, wiewohl er auf kein sicheres Auskommen von einem Vierteljahre zum andern rechnen konnte. In seiner Jugend, auf dem Wege Kohlen= brenner zu werden, ergriff er das Schneiderhandwerk, und nachdem er sich nebenher von höheren Dingen selbst belehrt, so trieb ihn sein lehrlustiger Sinn zu einer Schulmeister= stelle. Dieser Versuch mißlang, und er kehrte zum Hand= werk zurück, von dem er jedoch zu wiederholten Malen, weil Jedermann für ihn leicht Zutrauen und Neigung faßte, abgerufen ward, um abermals eine Stelle als Haus= lehrer zu übernehmen. Seine innerlichste und eigentlichste Bildung aber hatte er jener ausgebreiteten Menschenart zu danken, welche auf ihre eigene Hand ihr Heil suchten, und indem sie sich durch Lesung der Schrift und wohlgemeinter Bücher, durch wechselseitiges Ermahnen und Bekennen zu

erbauen trachteten, dadurch einen Grad von Kultur er=
hielten, der Bewunderung erregen mußte. Denn indem
das Interesse, das sie stets begleitete, und das sie in Ge=
sellschaft unterhielt, auf dem einfachsten Grunde der Sittlich=
keit, des Wohlwollens und Wohlthuns ruhte, auch die
Abweichungen, welche bei Menschen von so beschränkten
Zuständen vorkommen können, von geringer Bedeutung
sind und daher ihr Gewissen meistens rein und ihr Geist
gewöhnlich heiter blieb, so entstand keine künstliche, sondern
eine wahrhaft natürliche Kultur, die noch darin vor anderen
den Vorzug hatte, daß sie allen Altern und Ständen gemäß
und ihrer Natur nach allgemein gesellig war; deßhalb auch
diese Personen in ihrem Kreise wirklich beredt und fähig
waren, über alle Herzensangelegenheiten, die zartesten und
tüchtigsten, sich gehörig und gefällig auszudrücken. In
demselben Falle nun war der gute Jung. Unter wenigen,
wenn auch nicht gerade Gleichgesinnten, doch solchen, die
sich seiner Denkweise nicht abgeneigt erklärten, fand man
ihn nicht allein redselig, sondern beredt; besonders erzählte
er seine Lebensgeschichte auf das Anmuthigste und wußte
dem Zuhörer alle Zustände deutlich und lebendig zu ver=
gegenwärtigen. Ich trieb ihn, solche aufzuschreiben, und
er versprach's. Weil er aber in seiner Art sich zu äußern
einem Nachtwandler glich, den man nicht anrufen darf,
wenn er nicht von seiner Höhe herabfallen, einem sanften
Strom, dem man nichts entgegenstellen darf, wenn er nicht
brausen soll, so mußte er sich in größerer Gesellschaft oft
unbehaglich fühlen. Sein Glaube duldete keinen Zweifel
und seine Ueberzeugung keinen Spott. Und wenn er in
freundlicher Mittheilung unerschöpflich war, so stockte gleich

4*

Alles bei ihm, wenn er Widerspruch erlitt. Ich half ihm
in solchen Fällen gewöhnlich über, wofür er mich mit aufrichtiger Neigung belohnte. Da mir seine Sinnesweise
nichts Fremdes war und ich dieselbe vielmehr an meinen
besten Freunden und Freundinnen schon genau hatte kennen
lernen, sie mir auch in ihrer Natürlichkeit und Naivität
überhaupt wohl zusagte, so konnte er sich mit mir durchaus am besten finden. Die Richtung seines Geistes war
mir angenehm, und seinen Wunderglauben, der ihm so
wohl zu statten kam, ließ ich unangetastet. Auch Salzmann betrug sich schonend gegen ihn; schonend, sage ich,
weil Salzmann seinem Charakter, Wesen, Alter und Zuständen nach auf der Seite der vernünftigen oder vielmehr
verständigen Christen stehen und halten mußte, deren Religion eigentlich auf der Rechtschaffenheit des Charakters
und auf einer männlichen Selbständigkeit beruhte, und die
sich daher nicht gern mit Empfindungen, die sie leicht ins
Trübe, und Schwärmerei, die sie bald ins Dunkle hätte
führen können, abgaben und vermengten. Auch diese Klasse
war respektabel und zahlreich; alle ehrliche, tüchtige Leute
verstanden sich und waren von gleicher Ueberzeugung sowie
von gleichem Lebensgang.

Lerse, ebenmäßig unser Tischgeselle, gehörte auch zu
dieser Zahl: ein vollkommen rechtlicher und bei beschränkten
Glücksgütern mäßiger und genauer junger Mann. Seine
Lebens- und Haushaltungsweise war die knappste, die ich
unter Studierenden je kannte. Er trug sich am saubersten
von uns Allen, und doch erschien er immer in denselben
Kleidern; aber er behandelte auch seine Garderobe mit der
größten Sorgfalt, er hielt seine Umgebung reinlich, und so

verlangte er auch nach seinem Beispiel Alles im gemeinen
Leben. Es begegnete ihm nicht, daß er sich irgendwo an=
gelehnt oder seinen Ellbogen auf den Tisch gestemmt hätte;
niemals vergaß er seine Serviette zu zeichnen, und der
Magd gerieth es immer zum Unheil, wenn die Stühle
nicht höchst sauber gefunden wurden. Bei allem diesen
hatte er nichts Steifes in seinem Aeußeren. Er sprach
treuherzig, bestimmt und trocken lebhaft, wobei ein leichter
ironischer Scherz ihn gar wohl kleidete. An Gestalt war
er gut gebildet, schlank und von ziemlicher Größe, sein
Gesicht pockennarbig und unscheinbar, seine kleinen blauen
Augen heiter und durchdringend. Wenn er uns nun von
so mancher Seite zu hofmeistern Ursache hatte, so ließen
wir ihn auch noch außerdem für unsern Fechtmeister gelten;
denn er führte ein sehr gutes Rappier, und es schien ihm
Spaß zu machen, bei dieser Gelegenheit alle Pedanterie
dieses Metiers an uns auszuüben. Auch profitirten wir
bei ihm wirklich und mußten ihm dankbar sein für manche
gesellige Stunde, die er uns in guter Bewegung und
Uebung verbringen ließ.

Durch alle diese Eigenschaften qualifizirte sich nun
Lerse völlig zu der Stelle eines Schieds= und Kampf=
richters bei allen kleinen und größern Händeln, die in
unserem Kreise, wiewohl selten, vorfielen und welche Salz=
mann auf seine väterliche Art nicht beschwichtigen konnte.
Ohne die äußeren Formen, welche auf Akademien so viel
Unheil anrichten, stellten wir eine durch Umstände und guten
Willen geschlossene Gesellschaft vor, die wohl mancher
Andere zufällig berühren, aber sich nicht in dieselbe ein=
drängen konnte. Bei Beurtheilung nun innerer Verdrieß=

lichkeiten zeigte Lerse stets die größte Unparteilichkeit und
wußte, wenn der Handel nicht mehr mit Worten und Er=
klärungen ausgemacht werden konnte, die zu erwartende
Genugthuung auf ehrenvolle Weise ins Unschädliche zu
leiten. Hiezu war wirklich kein Mensch geschickter als er;
auch pflegte er oft zu sagen, da ihn der Himmel weder
zu einem Kriegs= noch Liebeshelden bestimmt habe, so
wolle er sich im Romanen= und Fechtersinn mit der Rolle
des Secundanten begnügen. Da er sich nun durchaus
gleich blieb und als ein rechtes Muster einer guten und
beständigen Sinnesart angesehen werden konnte, so prägte
sich der Begriff von ihm so tief als liebenswürdig bei mir
ein, und als ich den Götz von Berlichingen schrieb, fühlte ich
mich veranlaßt, unserer Freundschaft ein Denkmal zu setzen
und der wackern Figur, die sich auf so eine würdige Art
zu suborbiniren weiß, den Namen Franz Lerse zu geben.

Indeß er nun mit seiner fortgesetzten humoristischen
Trockenheit uns immer zu erinnern wußte, was man sich
und Andern schuldig sei und wie man sich einzurichten
habe, um mit den Menschen so lange als möglich in Frieden
zu leben und sich deßhalb gegen sie in einige Positur zu
setzen, so hatte ich innerlich und äußerlich mit ganz anderen
Verhältnissen und Gegnern zu kämpfen, indem ich mit mir
selbst, mit den Gegenständen, ja mit den Elementen im
Streit lag. Ich befand mich in einem Gesundheitszustand,
der mich bei Allem, was ich unternehmen wollte und
sollte, hinreichend förderte; nur war mir noch eine gewisse
Reizbarkeit übrig geblieben, die mich nicht immer im
Gleichgewicht ließ. Ein starker Schall war mir zuwider,
krankhafte Gegenstände erregten mir Ekel und Abscheu.

Besonders aber ängstigte mich ein Schwindel, der mich jedesmal befiel, wenn ich von einer Höhe herunterblickte. Allen diesen Mängeln suchte ich abzuhelfen, und zwar, weil ich keine Zeit verlieren wollte, auf eine etwas heftige Weise. Abends beim Zapfenstreich ging ich neben der Menge Trommeln her, deren gewaltsame Wirbel und Schläge das Herz im Busen hätten zersprengen mögen. Ich erstieg ganz allein den höchsten Gipfel des Münster- thurms und saß in dem sogenannten Hals unter dem Knopf oder der Krone, wie man's nennt, wohl eine Viertel- stunde lang, bis ich es wagte, wieder heraus in die freie Luft zu treten, wo man auf einer Platte, die kaum eine Elle ins Gevierte haben wird, ohne sich sonderlich anhalten zu können, stehend das unendliche Land vor sich sieht, in- dessen die nächsten Umgebungen und Zierrathen die Kirche und Alles, worauf und worüber man steht, verbergen. Es ist völlig, als wenn man sich auf einer Montgolfiére in die Luft erhoben sähe.

Die Anatomie war mir auch deshalb doppelt werth, weil sie mich den widerwärtigsten Anblick ertragen lehrte, indem sie meine Wißbegierde befriedigte. Und so besuchte ich auch das Klinikum des älteren Doktor Ehrmann, sowie die Lektionen der Entbindungskunst seines Sohnes, in der doppelten Absicht, alle Zustände kennen zu lernen und mich von aller Apprehension gegen widerwärtige Dinge zu be- freien. Ich habe es auch wirklich darin so weit gebracht, daß nichts dergleichen mich jemals aus der Fassung setzen konnte. Aber nicht allein gegen diese sinnlichen Eindrücke, sondern auch gegen die Anfechtungen der Einbildungs- kraft suchte ich mich zu stählen. Die ahnungs- und schauervollen Eindrücke der Finsterniß, der Kirchhöfe, einsamer Oerter, nächtlicher Kirchen und Kapellen und was hiemit verwandt sein mag, mußte ich mir ebenfalls gleichgültig zu machen; und auch darin brachte ich es so weit, daß mir Tag und Nacht und jedes Lokal völlig gleich war.

Indem ich nun aber darauf sinne, was wohl zunächst weiter mitzutheilen wäre, so kommt mir durch ein seltsames Spiel der Erinnerung das ehrwürdige Münstergebäude wieder in die Gedanken, dem ich gerade in jenen Tagen eine besondere Aufmerksamkeit widmete und welches überhaupt in der Stadt sowohl als auf dem Lande sich den Augen beständig darbietet.

Je mehr ich die Façade desselben betrachtete, desto mehr bestärkte und entwickelte sich jener erste Eindruck, daß hier das Erhabene mit dem Gefälligen in Bund getreten sei. Soll das Ungeheuere, wenn es uns als Masse entgegentritt, nicht erschrecken, soll es nicht verwirren, wenn wir sein Einzelnes zu erforschen suchen, so muß es eine unnatürliche, scheinbar unmögliche Verbindung eingehen, es muß sich das Angenehme zugesellen.

Unter Tadlern der gothischen Baukunst aufgewachsen, nährte ich meine Abneigung gegen die vielfach überladenen, verworrenen Zierrathen, die durch ihre Willkürlichkeit einen religiös düsteren Charakter höchst widerwärtig machten; ich bestärkte mich in diesem Unwillen, da mir nur geistlose Werke dieser Art, an denen man weder gute Verhältnisse noch eine reine Konsequenz gewahr wird, vors Gesicht gekommen waren. Hier aber glaubte ich eine neue Offenbarung zu erblicken, indem mir jenes Tadelnswerthe keineswegs erschien, sondern vielmehr das Gegentheil davon sich aufdrang.

Wie ich nun aber immer länger fah und überlegte, glaubte ich über das Vorgesagte noch größere Verdienste zu entdecken. Herausgefunden war das richtige Verhältniß der größeren Abtheilungen, die so sinnige als reiche Verzierung bis ins Kleinste; nun aber erkannte ich noch die Verknüpfung dieser mannigfaltigen Zierrathen unter einander, die Hinleitung von einem Haupttheile zum anderen, die Verschränkung zwar gleichartiger, aber doch an Gestalt höchst abwechselnder Einzelheiten vom Heiligen bis zum Ungeheuer, vom Blatt bis zum Zacken. Je mehr ich untersuchte, desto mehr gerieth ich in Erstaunen; je mehr ich mich mit Messen und Zeichnen unterhielt und abmüdete, desto mehr wuchs meine Anhänglichkeit, so daß ich viele Zeit darauf verwendete, theils das Vorhandene zu studieren, theils das Fehlende, Unvollendete, besonders der Thürme, in Gedanken und auf dem Blatte wiederherzustellen.

Da ich nun an alter deutscher Stätte dieses Gebäude gegründet und in echter deutscher Zeit so weit gediehen fand, auch der Name des Meisters auf dem bescheidenen Grabstein gleichfalls vaterländischen Klanges und Ursprungs war, so wagte ich die bisher verrufene Benennung gothische Bauart, aufgefordert durch den Werth dieses Kunstwerks, abzuändern und sie als deutsche Baukunst unserer Nation zu vindiziren; sodann aber verfehlte ich nicht, erst mündlich und hernach in einem kleinen Aufsatz, D. M. Ervini a Steinbach gewidmet, meine patriotischen Gesinnungen an den Tag zu legen.

Von früher Jugend an hatte mir und meiner Schwester der Vater selbst im Tanzen Unterricht gegeben, welches einen so ernsthaften Mann wunderlich genug hätte kleiden

sollen; allein er ließ sich auch dabei nicht aus der Fassung
bringen, unterwies uns auf das Bestimmteste in den Po=
sitionen und Schritten, und als er uns weit genug gebracht
hatte, um eine Menuet zu tanzen, so blies er auf einer
Flöte douce uns etwas Faßliches im Dreiviertel=Takt
vor, und wir bewegten uns darnach, so gut wir konnten.
Auf dem französischen Theater hatte ich gleichfalls von
Jugend auf wo nicht Ballette, doch Solos und Pas=de=deux
gesehen und mir davon mancherlei wunderliche Bewegungen
der Füße und allerlei Sprünge gemerkt. Wenn wir nun
der Menuet genug hatten, so ersuchte ich den Vater um
andere Tanzmusiken, dergleichen die Notenbücher in ihren
Giguen und Murkis reichlich darboten, und ich erfand mir
sogleich die Schritte und übrigen Bewegungen dazu, in=
dem der Takt meinen Gliedern ganz gemäß und mit den=
selben geboren war. Dies belustigte meinen Vater bis auf
einen gewissen Grad, ja, er machte sich und uns manchmal
den Spaß, die Affen auf diese Weise tanzen zu lassen.
Nach meinem Unfall mit Gretchen und während meines
ganzen Aufenthalts in Leipzig kam ich nicht wieder auf
den Plan; vielmehr weiß ich noch, daß, als man mich auf
einem Balle zu einer Menuet nöthigte, Takt und Bewegung
aus meinen Gliedern gewichen schien und ich mich weder
der Schritte noch der Figuren mehr erinnerte, so daß ich
mit Schimpf und Schanden bestanden wäre, wenn nicht
der größere Theil der Zuschauer behauptet hätte, mein un=
geschicktes Betragen sei bloßer Eigensinn, in der Absicht,
den Frauenzimmern alle Lust zu benehmen, mich wider
Willen anzufordern und in ihre Reihen zu ziehen.

Während meines Aufenthalts in Frankfurt war ich von

solchen Freuden ganz abgeschnitten; aber in Straßburg
regte sich bald mit der übrigen Lebenslust die Taktfähigkeit
meiner Glieder. An Sonn= und Werkeltagen schlenderte man
keinen Lustort vorbei, ohne daselbst einen fröhlichen Haufen
zum Tanze versammelt und zwar meistens im Kreise drehend
zu finden. Ingleichen waren auf den Landhäusern Privat=
bälle, und man sprach schon von den brillanten Redouten
des zukommenden Winters. Hier wäre ich nun freilich
nicht an meinem Platz und der Gesellschaft unnütz gewesen;
da rieth mir ein Freund, der sehr gut walzte, mich erst in
minder guten Gesellschaften zu üben, damit ich hernach in
der besten etwas gelten könnte. Er brachte mich zu einem
Tanzmeister, der für geschickt bekannt war; dieser versprach
mir, wenn ich nur einigermaßen die ersten Anfangsgründe
wiederholt und mir zu eigen gemacht hätte, mich dann
weiter zu leiten. Er war eine von den trockenen, gewandten
französischen Naturen und nahm mich freundlich auf. Ich
zahlte ihm den Monat voraus und erhielt zwölf Billette,
gegen die er mir gewisse Stunden Unterricht zusagte. Der
Mann war streng, genau, aber nicht pedantisch; und da
ich schon einige Vorübung hatte, so machte ich es ihm
bald zu Danke und erhielt seinen Beifall.

Den Unterricht dieses Lehrers erleichterte jedoch ein
Umstand gar sehr: er hatte nämlich zwei Töchter, beide
hübsch und noch unter zwanzig Jahren. Von Jugend auf
in dieser Kunst unterrichtet, zeigten sie sich darin sehr
gewandt und hätten als Moitié auch dem ungeschicktesten
Scholaren bald zu einiger Bildung verhelfen können. Sie
waren beide sehr artig, sprachen nur Französisch, und ich
nahm mich von meiner Seite zusammen, um vor ihnen

nicht linkisch und lächerlich zu erscheinen. Ich hatte das
Glück, daß auch sie mich lobten, immer willig waren, nach
der kleinen Geige des Vaters eine Menuet zu tanzen,
ja sogar, was ihnen freilich beschwerlicher ward, mir nach
und nach das Walzen und Drehen einzulernen. Uebrigens
schien der Vater nicht viele Kunden zu haben, und sie
führten ein einsames Leben. Deshalb ersuchten sie mich
manchmal, nach der Stunde bei ihnen zu bleiben und die
Zeit ein Wenig zu verschwätzen, das ich denn auch ganz
gerne that, um so mehr, als die Jüngere mir wohl gefiel
und sie sich überhaupt sehr anständig betrugen. Ich las
manchmal aus einem Roman etwas vor, und sie thaten
das Gleiche. Die Aeltere, die so hübsch, vielleicht noch
hübscher war als die Zweite, mir aber nicht so gut wie
diese zusagte, betrug sich durchaus gegen mich verbind=
licher und in Allem gefälliger. Sie war in der Stunde
immer bei der Hand und zog sie manchmal in die Länge;
daher ich mich einigemal verpflichtet glaubte, dem Vater
zwei Billette anzubieten, die er jedoch nicht annahm. Die
Jüngere hingegen, ob sie gleich nicht unfreundlich gegen
mich that, war doch eher still für sich und ließ sich durch
den Vater herbeirufen, um die Aeltere abzulösen.

Die Ursache davon ward mir eines Abends deutlich.
Denn als ich mit der Aeltesten nach vollendetem Tanz in
das Wohnzimmer gehen wollte, hielt sie mich zurück und
sagte: „Bleiben wir noch ein wenig hier; denn ich will
es Ihnen nur gestehen, meine Schwester hat eine Karten=
schlägerin bei sich, die ihr offenbaren soll, wie es mit
einem auswärtigen Freund beschaffen ist, an dem ihr
ganzes Herz hängt, auf den sie alle ihre Hoffnungen gesetzt

hat. Das meinige ist frei," fuhr sie fort, „und ich werde mich gewöhnen müssen, es verschmäht zu sehen." Ich sagte ihr darauf einige Artigkeiten, indem ich versetzte, daß sie sich, wie es damit stehe, am Ersten überzeugen könne, wenn sie die weise Frau gleichfalls befragte; ich wolle es auch thun, denn ich hätte schon längst so etwas zu erfahren gewünscht, woran mir bisher der Glaube gefehlt habe. Sie tadelte mich deshalb und betheuerte, daß nichts in der Welt sicherer sei, als die Aussprüche dieses Orakels, nur müsse man es nicht aus Scherz und Frevel, sondern nur in wahren Anliegenheiten befragen. Ich nöthigte sie jedoch zuletzt, mit mir in jenes Zimmer zu gehen, sobald sie sich versichert hatte, daß die Funktion vorbei sei. Wir fanden die Schwester sehr aufgeräumt, und auch gegen mich war sie zuthulicher als sonst, scherzhaft und beinahe geistreich; denn da sie eines abwesenden Freundes sicher geworden zu sein schien, so mochte sie es für unverfänglich halten, mit einem gegenwärtigen Freund ihrer Schwester — denn dafür hielt sie mich — ein wenig artig zu thun.

Der Alten wurde nun geschmeichelt und ihr gute Be= zahlung zugesagt, wenn sie der älteren Schwester und auch mir das Wahrhafte sagen wollte. Mit den gewöhnlichen Vorbereitungen und Zeremonien legte sie nun ihren Kram aus, und zwar, um der Schönen zuerst zu weissagen. Sie betrachtete die Lage der Karten sorgfältig, schien aber zu stocken und wollte mit der Sprache nicht heraus. — „Ich sehe schon," sagte die Jüngere, die mit der Auslegung einer solchen magischen Tafel schon näher bekannt war, „Ihr zaudert und wollt meiner Schwester nichts Un= angenehmes eröffnen; aber das ist eine verwünschte Karte!"

Die Aeltere wurde blaß, doch faßte sie sich und sagte:
„So sprecht nur; es wird ja den Kopf nicht kosten!" Die
Alte, nach einem tiefen Seufzer, zeigte ihr nun an, daß
sie liebe, daß sie nicht geliebt werde, daß eine andere
Person dazwischen stehe, und was dergleichen Dinge mehr
waren. Man sah dem guten Mädchen die Verlegenheit
an. Die Alte glaubte die Sache wieder etwas zu ver-
bessern, indem sie auf Briefe und Geld Hoffnung machte.
— „Briefe," sagte das schöne Kind, „erwarte ich nicht
und Geld mag ich nicht. Wenn es wahr ist, wie Ihr
sagt, daß ich liebe, so verdiene ich ein Herz, das mich
wieder liebt." — ‚Wir wollen sehen, ob es nicht besser
wird,' versetzte die Alte, indem sie die Karten mischte und
zum zweiten Mal auflegte; allein es war vor unser Aller
Augen nur noch schlimmer geworden. Die Schöne stand
nicht allein einsamer, sondern auch mit mancherlei Verdruß
umgeben; der Freund war etwas weiter und die Zwischen-
figuren näher gerückt. Die Alte wollte zum dritten Mal
auslegen, in Hoffnung einer besseren Ansicht; allein das
schöne Kind hielt sich nicht länger, sie brach in unbändiges
Weinen aus, ihr holder Busen bewegte sich auf eine
gewaltsame Weise, sie wandte sich um und rannte zum
Zimmer hinaus. Ich wußte nicht, was ich thun sollte.
Die Neigung hielt mich bei der Gegenwärtigen, das Mitleid
trieb mich zu Jener; meine Lage war peinlich genug. —
„Trösten Sie Lucinden," sagte die Jüngere, „gehen Sie
ihr nach!" Ich zauderte; wie durfte ich sie trösten, ohne
sie wenigstens einer Art von Neigung zu versichern, und
konnte ich das wohl in einem solchen Augenblick auf eine
kalte, mäßige Weise! — ‚Lassen Sie uns zusammen gehen!'

sagte ich zu Emilien. — „Ich weiß nicht, ob ihr meine Gegenwart wohlthun wird," versetzte diese. Doch gingen wir, fanden aber die Thür verriegelt. Lucinde antwortete nicht, wir mochten pochen, rufen, bitten, wie wir wollten. — „Wir müssen sie gewähren lassen," sagte Emilie, „sie will nun nicht anders!" Und wenn ich mir freilich ihr Wesen von unserer ersten Bekanntschaft an erinnerte, so hatte sie immer etwas Heftiges und Ungleiches, und ihre Neigung zu mir zeigte sie am Meisten dadurch, daß sie ihre Unart nicht an mir bewies. Was wollte ich thun! Ich bezahlte die Alte reichlich für das Unheil, das sie gestiftet hatte, und wollte gehen, als Emilie sagte: „Ich bedinge mir, daß die Karte nun auch auf Sie geschlagen werde." Die Alte war bereit. — ‚Lassen Sie mich nicht dabei sein!' rief ich und eilte die Treppe hinunter.

Den andern Tag hatte ich nicht Muth hinzugehen. Den dritten ließ mir Emilie durch einen Knaben, der mir schon manche Botschaft von den Schwestern gebracht und Blumen und Früchte dagegen an sie getragen hatte, in aller Frühe sagen, ich möchte heute ja nicht fehlen. Ich kam zur gewöhnlichen Stunde und fand den Vater allein, der an meinen Tritten und Schritten, an meinem Gehen und Kommen, an meinem Tragen und Behaben noch manches ausbesserte und übrigens mit mir zufrieden schien. Die Jüngste kam gegen das Ende der Stunde und tanzte mit mir eine sehr graziöse Menuet, in der sie sich außerordentlich angenehm bewegte, und der Vater versicherte, nicht leicht ein hübscheres und gewandteres Paar auf seinem Plane gesehen zu haben. Nach der Stunde ging ich wie gewöhnlich ins Wohnzimmer; der Vater ließ uns allein, ich vermißte

Lucinden. — „Sie liegt im Bette,“ sagte Emilie, „und ich sehe es gern; haben Sie deshalb keine Sorge! Ihre Seelenkrankheit lindert sich am Ersten, wenn sie sich körperlich für krank hält; sterben mag sie nicht gern, und so thut sie alsdann, was wir wollen. Wir haben gewisse Hausmittel, die sie zu sich nimmt und ausruht, und so legen sich nach und nach die tobenden Wellen. Sie ist gar zu gut und liebenswürdig bei so einer eingebildeten Krankheit, und da sie sich im Grunde recht wohl befindet und nur von Leidenschaft angegriffen ist, so sinnt sie sich allerhand romanenhafte Todesarten aus, vor denen sie sich auf eine angenehme Weise fürchtet, wie Kinder, denen man von Gespenstern erzählt. So hat sie mir gestern Abend noch mit großer Heftigkeit erklärt, daß sie diesmal gewiß sterben würde, und man sollte den undankbaren falschen Freund, der ihr erst so schön gethan und sie nun so übel behandle, nur dann wieder zu ihr führen, wenn sie wirklich ganz nahe am Tode sei; sie wolle ihm recht bittre Vorwürfe machen und auch sogleich den Geist aufgeben.“ — ‚Ich weiß mich nicht schuldig,‘ rief ich aus, ‚daß ich irgend eine Neigung zu ihr geäußert! Ich kenne Jemand, der mir dieses Zeugniß am Besten ertheilen kann.‘ Emilie lächelte und versetzte: „Ich verstehe Sie, und wenn wir nicht klug und entschlossen sind, so kommen wir Alle zusammen in eine üble Lage. Was werden Sie sagen, wenn ich Sie ersuche, Ihre Stunden nicht weiter fortzusetzen? Sie haben von dem letzten Monat allenfalls noch vier Billette, und mein Vater äußerte schon, daß er es unverantwortlich finde, Ihnen noch länger Geld abzunehmen, es müßte denn sein, daß Sie sich der Tanzkunst auf eine

ernstlichere Weise widmen wollten; was ein junger Mann
in der Welt brauchte, besäßen Sie nun." — ,Und diesen
Rath, Ihr Haus zu meiden, geben Sie mir, Emilie?' ver=
setzte ich. — „Eben ich," sagte sie, „aber nicht aus mir
selbst. Hören Sie nur! Als Sie vorgestern wegeilten, ließ
ich die Karte auf Sie schlagen, und derselbe Ausspruch
wiederholte sich dreimal und immer stärker. Sie waren
umgeben von allerlei Gutem und Vergnüglichem, von
Freunden und großen Herren, an Geld fehlte es auch
nicht. Die Frauen hielten sich in einiger Entfernung.
Meine arme Schwester besonders stand immer am Wei=
testen; eine Andere rückte Ihnen immer näher, kam aber
nie an Ihre Seite; denn es stellte sich ein Dritter da=
zwischen. Ich will Ihnen nur gestehen, daß ich mich
unter der zweiten Dame gedacht hatte, und nach diesem
Bekenntnisse werden Sie meinen wohlmeinenden Rath am
Besten begreifen. Einem entfernten Freund habe ich mein
Herz und meine Hand zugesagt, und bis jetzt liebt' ich ihn
über Alles; doch es wäre möglich, daß Ihre Gegenwart
mir bedeutender würde als bisher, und was würden Sie
für einen Stand zwischen zwei Schwestern haben, davon
Sie die eine durch Neigung und die andere durch Kälte
unglücklich gemacht hätten, und alle diese Qual um nichts
und auf kurze Zeit! Denn wenn wir nicht schon wüßten,
wer Sie sind und was Sie zu hoffen haben, so hätte mir
es die Karte aufs Deutlichste vor Augen gestellt. Leben
Sie wohl," sagte sie und reichte mir die Hand. Ich zau=
derte. — „Nun," sagte sie, indem sie mich gegen die Thüre
führte, „damit es wirklich das letzte Mal sei, daß wir uns
sprechen, so nehmen Sie, was ich Ihnen sonst versagen würde."

Sie fiel mir um den Hals und küßte mich aufs Zärtlichste.
Ich umfaßte sie und drückte sie an mich.

In diesem Augenblicke flog die Seitenthür auf, und
die Schwester sprang in einem leichten, aber anständigen
Nachtkleide hervor und rief: „Du sollst nicht allein von
ihm Abschied nehmen!" Emilie ließ mich fahren, und
Lucinde ergriff mich, schloß sich fest an mein Herz, drückte
ihre schwarzen Locken an meine Wangen und blieb eine
Zeit lang in dieser Lage. Und so fand ich mich denn in
der Klemme zwischen beiden Schwestern, wie mir's Emilie
einen Augenblick vorher geweissagt hatte. Lucinde ließ
mich los und sah mir ernst ins Gesicht. Ich wollte ihre
Hand ergreifen und ihr etwas Freundliches sagen; allein
sie wandte sich weg, ging mit starken Schritten einigemal
im Zimmer auf und ab und warf sich dann in die Ecke
des Sophas. Emilie trat zu ihr, ward aber sogleich weg=
gewiesen, und hier entstand eine Scene, die mir noch in
der Erinnerung peinlich ist, und die, ob sie gleich in der
Wirklichkeit nichts Theatralisches hatte, sondern einer leb=
haften jungen Französin ganz angemessen war, dennoch
nur von einer guten empfindenden Schauspielerin auf dem
Theater würdig wiederholt werden könnte.

Lucinde überhäufte ihre Schwester mit tausend Vor=
würfen. „Es ist nicht das erste Herz," rief sie aus, „das
sich zu mir neigt, und das Du mir entwendest. War es
doch mit dem Abwesenden ebenso, der sich zuletzt unter
meinen Augen mit Dir verlobte. Ich mußte es ansehen,
ich ertrug's; ich weiß aber, wie viele tausend Thränen es
mich gekostet hat! Diesen hast Du mir nun auch weg=
gefangen, ohne Jenen fahren zu lassen, und wie Viele ver=

stehst Du nicht auf einmal zu halten! Ich bin offen und
gutmüthig, und Jedermann glaubt mich bald zu kennen
und mich vernachläſſigen zu dürfen; Du biſt verſteckt und
ſtill, und die Leute glauben Wunder, was hinter Dir ver=
borgen ſei. Aber es iſt nichts dahinter als ein kaltes,
ſelbſtiſches Herz, das ſich Alles aufzuopfern weiß; das
aber kennt Niemand ſo leicht, weil es tief in Deiner Bruſt
verborgen liegt, ſo wenig als mein warmes, treues Herz,
das ich offen trage wie mein Geſicht.“

Emilie ſchwieg und hatte ſich neben ihre Schweſter
geſetzt, die ſich im Reden immer mehr erhitzte und ſich
über gewiſſe beſondere Dinge herausließ, die mir zu wiſſen
eigentlich nicht frommte. Emilie dagegen, die ihre Schweſter
zu begütigen ſuchte, gab mir hinterwärts ein Zeichen, daß
ich mich entfernen ſollte; aber wie Eiferſucht und Argwohn
mit tauſend Augen ſehen, ſo ſchien auch Lucinde es bemerkt
zu haben. Sie ſprang auf und ging auf mich los, aber nicht
mit Heftigkeit. Sie ſtand vor mir und ſchien auf etwas
zu ſinnen. Drauf ſagte ſie: „Ich weiß, daß ich Sie ver=
loren habe; ich mache keine weiteren Anſprüche auf Sie.
Aber Du ſollſt ihn auch nicht haben, Schweſter!“ Sie
faßte mich mit dieſen Worten ganz eigentlich beim Kopf,
indem ſie mir mit beiden Händen in die Locken fuhr, mein
Geſicht an das ihre drückte und mich zu wiederholten Malen
auf den Mund küßte. „Nun,“ rief ſie aus, „fürchte meine
Verwünſchung! Unglück über Unglück für immer und immer
auf Diejenige, die zum erſten Male nach mir dieſe Lippen
küßt! Wage es nun, wieder mit ihm anzubinden; ich weiß,
der Himmel erhört mich diesmal. Und Sie, mein Herr,
eilen Sie nun, eilen Sie, was Sie können!“

5*

Ich flog die Treppe hinunter mit dem festen Vorsatze, das Haus nie wieder zu betreten. —

Das bedeutendste Ereigniß, was die wichtigsten Folgen für mich haben sollte, war die Bekanntschaft und die daran sich knüpfende nähere Verbindung mit Herder. Er hatte den Prinzen von Holstein-Eutin, der sich in traurigen Gemüthszuständen befand, auf Reisen begleitet und war mit ihm bis Straßburg gekommen. Unsere Sozietät, sobald sie seine Gegenwart vernahm, trug ein großes Verlangen, sich ihm zu nähern, und mir begegnete dies Glück zuerst ganz unvermuthet und zufällig. Ich war nämlich in den Gasthof ‚Zum Geist‘ gegangen, ich weiß nicht welchen bedeutenden Fremden aufzusuchen. Gleich unten an der Treppe fand ich einen Mann, der eben auch hinaufzusteigen im Begriff war und den ich für einen Geistlichen halten konnte. Sein gepudertes Haar war in eine runde Locke aufgesteckt, das schwarze Kleid bezeichnete ihn gleichfalls, mehr noch aber ein langer, schwarzer, seidener Mantel, dessen Ende er zusammengenommen und in die Tasche gesteckt hatte. Dieses einigermaßen auffallende, aber doch im Ganzen galante und gefällige Wesen, wovon ich schon hatte sprechen hören, ließ mich keineswegs zweifeln, daß er der berühmte Ankömmling sei, und meine Anrede mußte ihn sogleich überzeugen, daß ich ihn kenne. Er fragte nach meinem Namen, der ihm von keiner Bedeutung sein konnte; allein meine Offenheit schien ihm zu gefallen, indem er sie mit großer Freundlichkeit erwiderte, und als wir die Treppe hinaufstiegen, sich sogleich zu einer lebhaften Mittheilung bereit finden ließ. Es ist mir entfallen, wen wir damals besuchten; genug, beim Scheiden bat ich mir die Erlaubniß

aus, ihn bei sich zu sehen, die er mir denn auch freundlich
genug ertheilte. Ich versäumte nicht, mich dieser Vergünsti=
gung wiederholt zu bedienen, und ward immer mehr von
ihm angezogen. Er hatte etwas Weiches in seinem Be=
tragen, das sehr schicklich und anständig war, ohne daß
es eigentlich adrett gewesen wäre. Ein rundes Gesicht,
eine bedeutende Stirn, eine etwas stumpfe Nase, einen
etwas aufgeworfenen, aber höchst individuell angenehmen,
liebenswürdigen Mund. Unter schwarzen Augenbrauen ein
Paar kohlschwarze Augen, die ihre Wirkung nicht verfehlten,
obgleich das eine roth und entzündet zu sein pflegte. Durch
mannigfaltige Fragen suchte er sich mit mir und meinem
Zustande bekannt zu machen, und seine Anziehungskraft
wirkte immer stärker auf mich. Ich war überhaupt sehr
zutraulicher Natur, und vor ihm besonders hatte ich gar
kein Geheimniß. Es währte jedoch nicht lange, als der
abstoßende Puls seines Wesens eintrat und mich in nicht
geringes Mißbehagen versetzte. Ich erzählte ihm mancherlei
von meinen Jugendbeschäftigungen und Liebhabereien, unter
andern von einer Siegelsammlung, die ich hauptsächlich
durch des korrespondenzreichen Hausfreundes Theilnahme
zusammengebracht. Ich hatte sie nach dem Staatskalender
eingerichtet und war bei dieser Gelegenheit mit sämmt=
lichen Potentaten, größeren und geringeren Mächten und
Gewalten bis auf den Adel herunter wohl bekannt ge=
worden, und meinem Gedächtniß waren diese heraldischen
Zeichen gar oft und vorzüglich bei der Krönungs=
feierlichkeit zu Statten gekommen. Ich sprach von diesen
Dingen mit einiger Behaglichkeit; allein er war anderer
Meinung, verwarf nicht allein dieses ganze Interesse,

sondern wußte es mir auch lächerlich zu machen, ja bei=
nahe zu verleiden.

Von diesem seinem Widersprechungsgeiste sollte ich noch
gar Manches ausstehen; denn er entschloß sich, theils weil
er sich vom Prinzen abzusondern gedachte, theils eines
Augenübels wegen, in Straßburg zu verweilen. Dieses
Uebel ist eins der beschwerlichsten und unangenehmsten und
um desto lästiger, als es nur durch eine schmerzliche, höchst
verdrießliche und unsichere Operation geheilt werden kann.
Das Thränensäckchen nämlich ist nach unten zu verschlossen,
so daß die darin enthaltene Feuchtigkeit nicht nach der Nase
hin und um so weniger abfließen kann, als auch dem be=
nachbarten Knochen die Oeffnung fehlt, wodurch diese
Sekretion naturgemäß erfolgen sollte. Der Boden des
Säckchens muß daher aufgeschnitten und der Knochen
durchbohrt werden; da denn ein Pferdehaar durch den
Thränenpunkt, ferner durch das eröffnete Säckchen und
durch den damit in Verbindung gesetzten neuen Kanal ge=
zogen und täglich hin und wieder bewegt wird, um die
Kommunikation zwischen beiden Theilen herzustellen, welches
Alles nicht gethan noch erreicht werden kann, wenn nicht erst
in jener Gegend äußerlich ein Einschnitt gemacht worden.

Herder war nun vom Prinzen getrennt, in ein eigenes
Quartier gezogen; der Entschluß war gefaßt, sich durch
Lobstein operiren zu lassen. Hier kamen mir jene Uebun=
gen gut zu Statten, durch die ich meine Empfindlichkeit
abzustumpfen versucht hatte; ich konnte der Operation bei=
wohnen und einem so werthen Manne auf mancherlei
Weise dienstlich und behülflich sein. Hier fand ich nun
alle Ursache, seine große Standhaftigkeit und Geduld zu

bewundern; denn weder bei den vielfachen chirurgischen
Verwundungen, noch bei dem oftmals wiederholten schmerz=
lichen Verbande bewies er sich im Mindesten verdrießlich,
und er schien Derjenige von uns zu sein, der am Wenigsten
litt; aber in der Zwischenzeit hatten wir freilich den Wechsel
seiner Laune vielfach zu ertragen. Ich sage „wir": denn
es war außer mir ein behaglicher Russe, Namens Peglow,
meistens um ihn. Dieser war ein früherer Bekannter von
Herder in Riga gewesen und suchte sich, obgleich kein Jüng=
ling mehr, noch in der Chirurgie unter Lobstein's Anleitung
zu vervollkommnen. Herder konnte allerliebst einnehmend
und geistreich sein, aber eben so leicht eine verdrießliche
Seite hervorkehren. Dieses Anziehen und Abstoßen haben
zwar alle Menschen ihrer Natur nach, einige mehr, einige
weniger, einige in langsameren, andere in schnelleren Pulsen;
wenige können ihre Eigenheiten hierin wirklich bezwingen,
viele zum Schein. Was Herdern betrifft, so schrieb sich
das Uebergewicht seines widersprechenden, bittern, bissigen
Humors gewiß von seinem Uebel und den daraus ent=
springenden Leiden her. Dieser Fall kommt im Leben
öfters vor, und man beachtet nicht genug die moralische
Wirkung krankhafter Zustände und beurtheilt daher manche
Charactere sehr ungerecht, weil man alle Menschen für ge=
sund nimmt und von ihnen verlangt, daß sie sich auch in
solchem Maße betragen sollen.

Die ganze Zeit dieser Kur besuchte ich Herdern Morgens
und Abends; ich blieb auch wohl ganze Tage bei ihm und
gewöhnte mich in Kurzem um so mehr an sein Schelten
und Tadeln, als ich seine schönen und großen Eigenschaften,
seine ausgebreiteten Kenntnisse, seine tiefen Einsichten täglich

mehr schätzen lernte. Die Einwirkung dieses gutmüthigen
Polterers war groß und bedeutend. Er hatte fünf Jahre
mehr als ich, welches in jüngeren Tagen schon einen großen
Unterschied macht; und da ich ihn für das anerkannte, was
er war, da ich dasjenige zu schätzen suchte, was er schon
geleistet hatte, so mußte er eine große Superiorität über
mich gewinnen. Aber behaglich war der Zustand nicht;
denn ältere Personen, mit denen ich bisher umgegangen,
hatten mich mit Schonung zu bilden gesucht, vielleicht auch
durch Nachgiebigkeit verzogen; von Herdern aber konnte
man niemals eine Billigung erwarten, man mochte sich
anstellen, wie man wollte. Indem nun also auf der einen
Seite meine große Neigung und Verehrung für ihn und
auf der andern das Mißbehagen, das er in mir erweckte,
beständig miteinander im Streit lagen, so entstand ein
Zwiespalt in mir, der erste in seiner Art, den ich in
meinem Leben empfunden hatte. Da seine Gespräche jeder=
zeit bedeutend waren, er mochte fragen, antworten oder sich
sonst auf eine Weise mittheilen, so mußte er mich zu neuen
Ansichten täglich, ja stündlich befördern. In Leipzig hatte
ich mir eher ein enges und abgezirkeltes Wesen angewöhnt,
und meine allgemeinen Kenntnisse der deutschen Literatur
konnten durch meinen Frankfurter Zustand nicht erweitert
werden; ja, mich hatten jene mystisch=religiösen chemischen
Beschäftigungen in dunkle Regionen geführt, und was seit
einigen Jahren in der weiten literarischen Welt vorgegangen,
war mir meistens fremd geblieben. Nun wurde ich auf
einmal durch Herder mit allem neuen Streben und mit
allen den Richtungen bekannt, welche dasselbe zu nehmen
schien. Er selbst hatte sich schon genugsam berühmt ge=

macht und durch seine „Fragmente", die „Kritischen Wäl=
der" und Anderes unmittelbar an die Seite der vorzüg=
lichsten Männer gesetzt, welche seit längerer Zeit die Augen
des Vaterlandes auf sich zogen. Was in einem solchen
Geiste für eine Bewegung, was in einer solchen Natur für
eine Gährung müsse gewesen sein, läßt sich weder fassen
noch darstellen. Groß aber war gewiß das eingehüllte
Streben, wie man leicht eingestehen wird, wenn man be=
denkt, wie viele Jahre nachher und was er Alles gewirkt
und geleistet hat.

Wir hatten nicht lange auf diese Weise zusammen
gelebt, als er mir vertraute, daß er sich um den Preis,
welcher auf die beste Schrift über den Ursprung der Sprachen
von Berlin ausgesetzt war, mit zu bewerben gedenke. Seine
Arbeit war schon ihrer Vollendung nahe, und wie er eine
sehr reinliche Hand schrieb, so konnte er mir bald ein les=
bares Manuskript heftweise mittheilen. Ich hatte über
solche Gegenstände niemals nachgedacht; ich war noch zu
sehr in der Mitte der Dinge befangen, als daß ich hätte
an Anfang und Ende denken sollen. Auch schien mir die
Frage einigermaßen müßig; denn wenn Gott den Menschen
als Menschen erschaffen hatte, so war ihm ja so gut die
Sprache als der aufrechte Gang anerschaffen; so gut er
gleich merken mußte, daß er gehen und greifen könne, so
gut mußte er auch gewahr werden, daß er mit der Kehle
zu singen und diese Töne durch Zunge, Gaumen und Lippen
noch auf verschiedene Weise zu modificiren vermöge. War
der Mensch göttlichen Ursprungs, so war es ja auch die
Sprache selbst, und war der Mensch, in dem Umkreis der
Natur betrachtet, ein natürliches Wesen, so war die Sprache

gleichfalls natürlich. Diese beiden Dinge konnte ich wie
Seel' und Leib niemals auseinander bringen. Süßmilch,
bei einem kruden Realismus doch etwas phantastisch gesinnt,
hatte sich für den göttlichen Ursprung entschieden, das heißt,
daß Gott den Schulmeister bei den ersten Menschen
gespielt habe. Herders Abhandlung ging darauf hinaus,
zu zeigen, wie der Mensch als Mensch wohl aus eigenen
Kräften zu einer Sprache gelangen könne und müsse. Ich
las die Abhandlung mit großem Vergnügen und zu meiner
besonderen Kräftigung; allein ich stand nicht hoch genug
weder im Wissen noch im Denken, um ein Urtheil darüber
zu begründen. Ich bezeigte dem Verfasser daher meinen
Beifall, indem ich nur wenige Bemerkungen, die aus
meiner Sinnesweise herflossen, hinzufügte. Eins aber
wurde wie das Andere aufgenommen; man wurde gescholten
und getadelt, man mochte nun bedingt oder unbedingt zu=
stimmen. Der dicke Chirurgus hatte weniger Geduld als
ich; er lehnte die Mittheilung dieser Preisschrift humoristisch
ab und versicherte, daß er gar nicht eingerichtet sei, über
so abstrakte Materien zu denken. Er drang vielmehr aufs
l'Hombre, welches wir gewöhnlich Abends zusammen
spielten.

Bei einer so verdrießlichen und schmerzhaften Kur
verlor unser Herder nicht an seiner Lebhaftigkeit; sie ward
aber immer weniger wohlthätig. Er konnte nicht ein Billet
schreiben, um etwas zu verlangen, das nicht mit irgend
einer Verhöhnung gewürzt gewesen wäre. Da ich jedoch
Alles, was zu meiner Bildung beitrug, höchlich zu schätzen
wußte und ich ja mehrmals frühere Meinungen und
Neigungen aufgegeben hatte, so fand ich mich gar bald

darein und suchte nur, soviel mir auf meinem damaligen Standpunkte möglich war, gerechten Tadel von ungerechten Invektiven zu unterscheiden. Und so war denn auch kein Tag, der nicht auf das Fruchtbarste lehrreich für mich gewesen wäre.

Ich ward mit der Poesie von einer ganz andern Seite, in einem andern Sinne bekannt als bisher, und zwar in einem solchen, der mir sehr zusagte. Die hebräische Dichtkunst, welche er nach seinem Vorgänger Lowth geist=reich behandelte, die Volkspoesie, deren Ueberlieferungen im Elsaß aufzusuchen er uns antrieb, die ältesten Urkunden als Poesie, gaben das Zeugniß, daß die Dichtkunst über=haupt eine Welt= und Völkergabe sei, nicht ein Privat=erbtheil einiger feinen, gebildeten Männer. Ich verschlang das Alles, und je heftiger ich im Empfangen, desto frei=gebiger war er im Geben, und wir brachten die interessantesten Stunden zusammen zu. Meine übrigen angefangenen Naturstudien suchte ich fortzusetzen, und da man immer Zeit genug hat, wenn man sie gut anwenden will, so gelang mir mitunter das Doppelte und Dreifache. Was die Fülle dieser wenigen Wochen betrifft, welche wir zusammen lebten, kann ich wohl sagen, daß Alles, was Herder nachher all=mälig ausgeführt hat, im Keim angedeutet ward, und daß ich dadurch in die glückliche Lage gerieth, Alles, was ich bisher gedacht, gelernt, mir zugeeignet hatte, zu kompletiren, an ein Höheres anzuknüpfen, zu erweitern. Wäre Herder methodischer gewesen, so hätte ich auch für eine dauerhafte Richtung meiner Bildung die köstlichste Anleitung gefunden; aber er war mehr geneigt zu prüfen und anzuregen, als zu führen und zu leiten. So machte er mich zuerst mit

Hamann's Schriften bekannt, auf die er einen sehr großen
Werth setzte. Anstatt mich aber über dieselben zu belehren
und mir den Hang und Gang dieses außerordentlichen
Geistes begreiflich zu machen, so diente es ihm gewöhnlich
nur zur Belustigung, wenn ich mich, um zu dem Verständniß solcher sibyllischen Blätter zu gelangen, freilich
wunderlich genug gebärdete. Indessen fühlte ich wohl, daß
mir in Hamann's Schriften etwas zusagte, dem ich mich
überließ, ohne zu wissen, woher es komme und wohin
es führe.

Nachdem die Kur länger als billig gedauert, Lobstein
in seiner Behandlung zu schwanken und sich zu wiederholen anfing, so daß die Sache kein Ende nehmen wollte,
auch Peglow mir schon heimlich anvertraut hatte, daß wohl
schwerlich ein guter Ausgang zu hoffen sei, so trübte sich
das ganze Verhältniß: Herder ward ungeduldig und miß-
muthig, es wollte ihm nicht gelingen, seine Thätigkeit wie
bisher fortzusetzen, und er mußte sich um so mehr ein-
schränken, als man die Schuld des mißrathenen chirurgischen
Unternehmens auf Herder's allzu große geistige Anstrengung
und seinen ununterbrochenen lebhaften, ja lustigen Umgang
mit uns zu schieben anfing. Genug, nach so viel Qual
und Leiden wollte die künstliche Thränenrinne sich nicht
bilden und die beabsichtigte Kommunikation nicht zu Stande
kommen. Man sah sich genöthigt, damit das Uebel nicht
ärger würde, die Wunde zugehen zu lassen. Wenn man
nun bei der Operation Herder's Standhaftigkeit unter solchen
Schmerzen bewundern mußte, so hatte seine melancholische,
ja grimmige Resignation in den Gedanken, zeitlebens einen
solchen Makel tragen zu müssen, etwas wahrhaft Erhabenes,

woburch er sich die Verehrung derer, die ihn schauten und liebten, für immer zu eigen machte. Dieses Uebel, das ein so bedeutendes Angesicht entstellte, mußte ihm um so ärgerlicher sein, als er ein vorzügliches Frauenzimmer in Darmstadt kennen gelernt und sich ihre Neigung erworben hatte. Hauptsächlich in diesem Sinne mochte er sich jener Kur unterwerfen, um bei der Rückreise freier, fröhlicher, wohlgebildeter vor seine Halbverlobte zu treten und sich gewisser und unverbrüchlicher mit ihr zu verbinden. Er eilte jedoch, sobald als möglich von Straßburg wegzukommen, und weil sein bisheriger Aufenthalt so kostbar als unangenehm gewesen, erborgte ich eine Summe Geldes für ihn, die er auf einen bestimmten Termin zu erstatten versprach. Die Zeit verstrich, ohne daß das Geld ankam. Mein Gläubiger mahnte mich zwar nicht, aber ich war doch mehrere Wochen in Verlegenheit. Endlich kam Brief und Geld, und auch hier verleugnete er sich nicht; denn anstatt eines Dankes, einer Entschuldigung enthielt sein Schreiben lauter spöttische Dinge in Knüttelversen, die einen Anderen irre oder gar abwendig gemacht hätten; mich aber rührte das nicht weiter, da ich von seinem Werth einen so großen und mächtigen Begriff gefaßt hatte, der alles Widerwärtige verschlang, was ihm hätte schaden können.

Ehe ich nun von jenem für mich so bedeutenden und folgereichen Verhältnisse zu Herder den Blick hinwegwende, finde ich noch Einiges nachzubringen. Es war nichts natürlicher, als daß ich nach und nach in Mittheilung dessen, was bisher zu meiner Bildung beigetragen, besonders aber solcher Dinge, die mich noch in dem Augenblicke ernstlich

beschäftigten, gegen Herder immer karger und karger ward
Er hatte mir den Spaß an so Manchem, was ich früher
geliebt, verdorben.

Am Sorgfältigsten verbarg ich ihm das Interesse an
gewissen Gegenständen, die sich bei mir eingewurzelt hatten
und sich nach und nach zu poetischen Gestalten ausbilden
wollten. Es war Götz von Berlichingen und Faust. Die
Lebensbeschreibung des Ersteren hatte mich im Innersten
ergriffen. Die Gestalt eines rohen, wohlmeinenden Selbst=
helfers in wilder, anarchischer Zeit erregte meinen tiefsten
Antheil. Die bedeutende Puppenspielfabel des Anderen
klang und summte gar vieltönig in mir wieder. Auch ich
hatte mich in allem Wissen umhergetrieben und war früh
genug auf die Eitelkeit desselben hingewiesen worden. Ich
hatte es auch im Leben auf allerlei Weise versucht und
war immer unbefriedigter und gequälter zurückgekommen.
Nun trug ich diese Dinge, sowie manche andere, mit mir
herum und ergötzte mich daran in einsamen Stunden, ohne
jedoch etwas davon aufzuschreiben. Am Meisten aber ver=
barg ich vor Herder meine mystisch=kabbalistische Chemie
und was sich darauf bezog, ob ich mich gleich noch sehr
gern heimlich beschäftigte, sie konsequenter auszubilden, als
man sie mir überliefert hatte. Von poetischen Arbeiten
glaube ich ihm „Die Mitschuldigen" vorgelegt zu haben,
doch erinnere ich mich nicht, daß mir irgend eine Zurecht=
weisung oder Aufmunterung von seiner Seite hierüber zu
Theil geworden wäre. Aber bei diesem Allen blieb er, der
er war; was von ihm ausging, wirkte, wenn auch nicht
erfreulich, doch bedeutend; ja seine Handschrift sogar übte
auf mich eine magische Gewalt aus. Ich erinnere mich

nicht, daß ich eins seiner Blätter, ja nur ein Convert von seiner Hand, zerrissen oder verschleudert hätte; dennoch ist mir bei den so mannigfaltigen Orts- und Zeitwechseln kein Dokument jener wunderbaren, ahnungsvollen und glück= lichen Tage übrig geblieben.

Daß übrigens Herder's Anziehungskraft sich so gut auf Andere als auf mich wirksam erwies, würde ich kaum erwähnen, hätte ich nicht zu bemerken, daß sie sich be= sonders auf Jung, genannt Stilling, erstreckt habe. Das treue, redliche Streben dieses Mannes mußte Jeden, der nur irgend Gemüth hatte, höchlich interessiren, und seine Empfänglichkeit Jeden, der etwas mitzutheilen im Stande war, zur Offenheit reizen. Auch betrug sich Herder gegen ihn nachsichtiger als gegen uns Andere; denn seine Gegen= wirkung schien jederzeit mit der Wirkung, die auf ihn ge= schah, im Verhältniß zu stehen. Jung's Umschränktheit war von so viel gutem Willen, sein Vordringen von so viel Sanftheit und Ernst begleitet, daß ein Verständiger gewiß nicht hart gegen ihn sein und ein Wohlwollender ihn nicht verhöhnen, noch zum Besten haben konnte. Auch war Jung durch Herdern dergestalt exaltirt, daß er sich in allem seinem Thun gestärkt und gefördert fühlte, ja seine Neigung gegen mich schien in eben diesem Maße abzu= nehmen; doch blieben wir immer gute Gesellen, wir trugen einander vor wie nach und erzeigten uns wechselseitig die freundlichsten Dienste.

Entfernen wir uns jedoch nunmehr von der freund= schaftlichen Krankenstube und von den allgemeinen Be= trachtungen, welche eher auf Krankheit als auf Gesundheit des Geistes deuten; begeben wir uns in die freie Luft,

auf den hohen und breiten Altan des Münsters, als wäre
die Zeit noch da, wo wir junge Gesellen uns öfters dorthin auf den Abend beschieden, um mit gefüllten Römern
die scheidende Sonne zu begrüßen. Hier verlor sich alles
Gespräch in die Betrachtung der Gegend, alsdann wurde
die Schärfe der Augen geprüft, und Jeder bestrebte sich,
die entferntesten Gegenstände gewahr zu werden, ja deutlich zu unterscheiden. Gute Fernröhre wurden zu Hülfe
genommen, und ein Freund nach dem andern bezeichnete
genau die Stelle, die ihm die liebste und wertheste geworden; und schon fehlte es auch mir nicht an einem solchen
Plätzchen, das, ob es gleich nicht bedeutend in der Landschaft hervortrat, mich doch mehr als alles Andere mit
einem lieblichen Zauber an sich zog. Bei solchen Gelegen-
heiten ward nun durch Erzählung die Einbildungskraft
angeregt und manche kleine Reise verabredet, ja oft aus
dem Stegreife unternommen.

Doch meist erschien mir der Herweg reizender als der
Hinweg, weil er mich wieder in die Nähe eines Frauenzimmers brachte, der ich von Herzen ergeben war und
welche so viel Achtung als Liebe verdiente. Mir sei
jedoch, ehe ich meine Freunde zu ihrer ländlichen Wohnung führe, vergönnt, eines Umstandes zu erwähnen, der
sehr viel beitrug, meine Neigung und die Zufriedenheit,
welche sie mir gewährte, zu beleben und zu erhöhen.

Wie sehr ich in der neueren Literatur zurück sein
mußte, läßt sich aus der Lebensart schließen, die ich in
Frankfurt geführt, aus den Studien, denen ich mich gewidmet hatte, und mein Aufenthalt in Straßburg konnte
mich darin nicht fördern. Nun kam Herder und brachte

neben seinen großen Kenntnissen noch manche Hülfsmittel
und überdies auch neuere Schriften mit. Unter diesen
kündigte er uns den „Landpriester von Wakefield" als ein
fürtreffliches Werk an, von dem er uns die deutsche Ueber=
setzung durch selbsteigene Vorlesung bekannt machen wolle.

Seine Art zu lesen war ganz eigen; wer ihn predigen
gehört hat, wird sich davon einen Begriff machen können.
Er trug Alles und so auch diesen Roman ernst und schlicht
vor; völlig entfernt von aller dramatisch=mimischen Dar=
stellung, vermied er sogar jene Mannigfaltigkeit, die bei
einem epischen Vortrag nicht allein erlaubt ist, sondern
wohl gefordert wird: eine geringe Abwechselung des Tones,
wenn verschiedene Personen sprechen, wodurch das, was
eine jede sagt, herausgehoben und der Handelnde von
dem Erzählenden abgesondert wird. Ohne monoton zu
sein, ließ Herder Alles in einem Ton hinter einander
folgen, eben als wenn nichts gegenwärtig, sondern Alles
nur historisch wäre, als wenn die Schatten dieser poetischen
Wesen nicht lebhaft vor ihm wirkten, sondern nur sanft
vorüber gleiteten. Doch hatte diese Art des Vortrages
aus seinem Munde einen unendlichen Reiz; denn weil er
Alles aufs Tiefste empfand und die Mannigfaltigkeit eines
solchen Werkes hochzuschätzen wußte, so trat das ganze
Verdienst einer Produktion rein und um so deutlicher her=
vor, als man nicht durch scharf ausgesprochene Einzelheiten
gestört und aus der Empfindung gerissen wurde, welche das
Ganze gewähren sollte.

Ein protestantischer Landgeistlicher ist vielleicht der
schönste Gegenstand einer modernen Idylle; er erscheint,
wie Melchisedek, als Priester und König in einer Person.

An den unschuldigsten Zustand, der sich auf Erden denken läßt, an den des Ackermannes, ist er meistens durch gleiche Beschäftigung, sowie durch gleiche Familienverhältnisse geknüpft; er ist Vater, Hausherr, Landmann und so vollkommen ein Glied der Gemeine. Auf diesem reinen, schönen, irdischen Grunde ruht sein höherer Beruf; ihm ist übergeben, die Menschen ins Leben zu führen, für ihre geistige Erziehung zu sorgen, sie bei allen Hauptepochen ihres Daseins zu segnen, sie zu belehren, zu kräftigen, zu trösten und, wenn der Trost für die Gegenwart nicht ausreicht, die Hoffnung einer glücklicheren Zukunft heranzurufen und zu verbürgen. Denke man sich einen solchen Mann, mit rein menschlichen Gesinnungen, stark genug, um unter keinen Umständen davon zu weichen, und schon dadurch über die Menge erhaben, von der man Reinheit und Festigkeit nicht erwarten kann; gebe man ihm die zu seinem Amte nöthigen Kenntnisse, sowie eine heitere, gleiche Thätigkeit, welche sogar leidenschaftlich ist, indem sie keinen Augenblick versäumt, das Gute zu wirken — und man wird ihn wohl ausgestattet haben. Zugleich aber füge man die nöthige Beschränktheit hinzu, daß er nicht allein in einem kleinen Kreise verharren, sondern auch allenfalls in einen kleineren übergehen möge; man verleihe ihm Gutmüthigkeit, Versöhnlichkeit, Standhaftigkeit und was sonst noch aus einem entschiedenen Charakter Löbliches hervorspringt, und über dies Alles eine heitere Nachgiebigkeit und lächelnde Duldung eigener und fremder Fehler: so hat man das Bild unseres trefflichen Wakefield so ziemlich beisammen.

Die Darstellung dieses Charakters auf seinem Lebens-

gange durch Freuden und Leiden, das immer wachsende
Interesse der Fabel durch Verbindung des ganz Natürlichen mit dem Sonderbaren und Seltsamen macht diesen
Roman zu einem der besten, die je geschrieben worden,
der noch überdies den großen Vorzug hat, daß er ganz
sittlich, ja im reinen Sinne christlich ist, die Belohnung
des guten Willens, des Beharrens bei dem Rechten dar-
stellt, das unbedingte Zutrauen auf Gott bestätigt und
den endlichen Triumph des Guten über das Böse be-
glaubigt, und dies Alles ohne eine Spur von Frömmelei
oder Pedantismus. Vor beiden hatte den Verfasser der
hohe Sinn bewahrt, der sich hier durchgängig als Ironie
zeigt, wodurch dieses Werkchen uns ebenso weise als liebenswürdig entgegenkommen muß. Der Verfasser, Doktor
Goldsmith, hat ohne Frage große Einsicht in die moralische
Welt, in ihren Werth und in ihre Gebrechen; aber zugleich mag er nur dankbar anerkennen, daß er ein Engländer ist, und die Vortheile, die ihm sein Land, seine
Nation darbietet, hoch anrechnen. Die Familie, mit deren
Schilderung er sich beschäftigt, steht auf einer der letzten
Stufen des bürgerlichen Behagens, und doch kommt sie
mit dem Höchsten in Berührung; ihr enger Kreis, der sich
noch mehr verengt, greift durch den natürlichen und bürgerlichen Lauf der Dinge in die große Welt mit ein; auf der
reichen, bewegten Woge des englischen Lebens schwimmt
dieser kleine Kahn, und in Wohl und Weh hat er Schaden
oder Hülfe von der ungeheueren Flotte zu erwarten, die
um ihn hersegelt.

Ich kann voraussetzen, daß meine Leser dieses Werk
kennen und im Gedächtniß haben; wer es zuerst hier

nennen hört, so wie Der, welcher aufgeregt wird, es wieder
zu lesen, beide werden mir danken. Für Jene bemerke
ich nur im Vorübergehen, daß des Landgeistlichen Haus=
frau von der thätigen, guten Art ist, die es sich und den
Ihrigen an nichts fehlen läßt, aber auch dafür auf sich
und die Ihrigen etwas einbildisch ist. Zwei Töchter, Olivie,
schön und mehr nach außen, Sophie, reizend und mehr
nach innen gesinnt; einen fleißigen, dem Vater nacheifern=
den, etwas herben Sohn, Moses, will ich zu nennen nicht
unterlassen.

Wenn Herder bei seiner Vorlesung eines Fehlers be=
schuldigt werden konnte, so war es der Ungeduld; er
wartete nicht ab, bis der Zuhörer einen gewissen Theil
des Verlaufes vernommen und gefaßt hätte, um richtig
dabei empfinden und gehörig denken zu können; voreilig
wollte er sogleich Wirkungen sehen, und doch war er auch
mit diesen unzufrieden, wenn sie hervortraten. Er tadelte
das Uebermaß von Gefühl, das bei mir von Schritt zu
Schritt mehr überfloß. Ich empfand als Mensch, als
junger Mensch; mir war Alles lebendig, wahr, gegen=
wärtig. Er, der bloß Gehalt und Form beachtete, sah
freilich wohl, daß ich vom Stoff überwältigt ward, und
das wollte er nicht gelten lassen. Peglow's Reflexionen
zunächst, die nicht von den feinsten waren, wurden noch
übler aufgenommen; besonders aber erzürnte er sich über
unsern Mangel an Scharfsinn, daß wir die Kontraste,
deren sich der Verfasser oft bedient, nicht voraussahen,
uns davon rühren und hinreißen ließen, ohne den öfters
wiederkehrenden Kunstgriff zu merken. Daß wir aber
gleich zu Anfang, wo Burchell, indem er bei einer Er=

zählung aus der dritten Person in die erste übergeht, sich
zu verrathen im Begriff ist, daß wir nicht gleich eingesehen
oder wenigstens gemuthmaßt hatten, daß er der Lord, von
dem er spricht, selbst sei, verzieh er uns nicht, und als
wir zuletzt bei Entdeckung und Verwandlung des armen,
kümmerlichen Wanderers in einen reichen, mächtigen Herrn
uns kindlich freuten, rief er erst jene Stelle zurück, die wir
nach der Absicht des Autors überhört hatten, und hielt
über unsern Stumpfsinn eine gewaltige Strafpredigt.
Man sieht hieraus, daß er das Werk bloß als Kunst=
produkt ansah und von uns das Gleiche verlangte, die
wir noch in jenen Zuständen wandelten, wo es wohl er=
laubt ist, Kunstwerke wie Naturerzeugnisse auf sich wirken
zu lassen.

Ich ließ mich durch Herder's Invektiven keineswegs
irre machen; wie denn junge Leute das Glück oder Un=
glück haben, daß, wenn einmal etwas auf sie gewirkt hat,
diese Wirkung in ihnen selbst verarbeitet werden muß,
woraus denn manches Gute, sowie manches Unheil ent=
steht. Gedachtes Werk hatte bei mir einen großen Ein=
druck zurückgelassen, von dem ich mir selbst nicht Rechen=
schaft geben konnte; eigentlich fühlte ich mich aber in
Uebereinstimmung mit jener ironischen Gesinnung, die sich
über die Gegenstände, über Glück und Unglück, Gutes
und Böses, Tod und Leben erhebt und so zum Besitz
einer wahrhaft poetischen Welt gelangt. Freilich konnte
dieses nur später bei mir zum Bewußtsein kommen, genug,
es machte mir für den Augenblick viel zu schaffen; keines=
wegs aber hätte ich erwartet, alsobald aus dieser fingirten
Welt in eine ähnliche wirkliche versetzt zu werden.

Mein Tischgenosse Weyland, der sein stilles fleißiges
Leben dadurch erheiterte, daß er, aus dem Elsaß gebürtig,
bei Freunden und Verwandten in der Gegend von Zeit
zu Zeit einsprach, leistete mir auf meinen kleinen Exkursionen
manchen Dienst, indem er mich in verschiedenen Ortschaften
und Familien theils persönlich, theils durch Empfehlungen
einführte. Dieser hatte mir öfters von einem Landgeistlichen gesprochen, der nahe bei Drusenheim, sechs
Stunden von Straßburg, im Besitz einer guten Pfarre
mit einer verständigen Frau und ein paar liebenswürdigen
Töchtern lebe. Die Gastfreiheit und Anmuth dieses Hauses
ward immer dabei höchlich gerühmt. So viel bedurfte es
kaum, um einen jungen Ritter anzureizen, der sich schon
angewöhnt hatte, alle abzumüßigenden Tage und Stunden
zu Pferde und in freier Luft zuzubringen. Also entschlossen wir uns auch zu dieser Partie, wobei mir mein
Freund versprechen mußte, daß er bei der Einführung
weder Gutes noch Böses von mir sagen, überhaupt aber
mich gleichgültig behandeln wolle, sogar erlauben, wo nicht
schlecht, doch etwas ärmlich und nachlässig gekleidet zu erscheinen. Er willigte darein und versprach sich selbst einigen
Spaß davon.

Ich hatte mich theils durch eigene ältere, theils durch
einige geborgte Kleidungsstücke und durch die Art, die
Haare zu kämmen, wo nicht entstellt, doch wenigstens so
wunderlich zugestutzt, daß mein Freund unterwegs sich des
Lachens nicht erwehren konnte, besonders wenn ich Haltung
und Gebärde solcher Figuren, wenn sie zu Pferde sitzen
und die man lateinische Reiter nennt, vollkommen nachzuahmen wußte. Die schöne Chaussee, das herrlichste Wetter

und die Nähe des Rheins gaben uns den besten Humor.
In Drusenheim hielten wir einen Augenblick an, er, um
sich nett zu machen, und ich, um mir meine Rolle zurück=
zurufen, aus der ich gelegentlich zu fallen fürchtete. Die
Gegend hier hat den Charakter des ganz freien ebenen
Elsasses. Wir ritten einen anmuthigen Fußpfad über
Wiesen, gelangten bald nach Sesenheim, ließen unsere
Pferde im Wirthshause und gingen gelassen nach dem
Pfarrhofe. — „Laß Dich,“ sagte Weyland, indem er mir
das Haus von Weitem zeigte, „nicht irren, daß es einem
alten und schlechten Bauernhause ähnlich sieht; inwendig
ist es desto jünger.“ — Wir traten in den Hof; das Ganze
gefiel mir wohl; denn es hatte gerade das, was man
malerisch nennt und was mich in der niederländischen
Kunst so zauberisch angesprochen hatte. Jene Wirkung
war gewaltig sichtbar, welche die Zeit über alles Menschen=
werk ausübt. Haus und Scheune und Stall befanden sich
in dem Zustande des Verfalls gerade auf dem Punkte,
wo man unschlüssig, zwischen Erhalten und Neuaufrichten
zweifelhaft, das Eine unterläßt, ohne zu dem Andern ge=
langen zu können.

Alles war still und menschenleer, wie im Dorfe, so
im Hofe. Wir fanden den Vater, einen kleinen, in sich
gekehrten, aber doch freundlichen Mann, ganz allein; denn
die Familie war auf dem Felde. Er hieß uns will=
kommen, bot uns eine Erfrischung an, die wir ablehnten.
Mein Freund eilte, die Frauenzimmer aufzusuchen, und
ich blieb mit unserem Wirth allein. — „Sie wundern sich
vielleicht,“ sagte er, „daß Sie mich in einem reichen Dorfe
und bei einer einträglichen Stelle so schlecht quartiert

finden; das kommt aber," fuhr er fort, „von der Unent=
schlossenheit. Schon lange ist mir's von der Gemeine, ja
von den oberen Stellen zugesagt, daß das Haus neu auf=
gerichtet werden soll; mehrere Risse sind schon gemacht,
geprüft, verändert, keiner ganz verworfen und keiner aus=
geführt worden. Es hat so viele Jahre gedauert, daß ich
mich vor Ungeduld kaum zu fassen weiß." — Ich er=
widerte ihm, was ich für schicklich hielt, um seine Hoff=
nung zu nähren und ihn aufzumuntern, daß er die Sache
stärker betreiben möchte. Er fuhr darauf fort, mit Ver=
trauen die Personen zu schildern, von denen solche Sachen
abhingen, und obgleich er kein sonderlicher Charakter=
zeichner war, so konnte ich doch recht gut begreifen, wie
das ganze Geschäft stocken mußte. Die Zutraulichkeit des
Mannes hatte was Eigenes; er sprach zu mir, als wenn
er mich zehen Jahre gekannt hätte, ohne daß irgend etwas
in seinem Blick gewesen wäre, woraus ich einige Auf=
merksamkeit auf mich hätte muthmaßen können. Endlich
trat mein Freund mit der Mutter herein. Diese schien
mich mit ganz andern Augen anzusehen. Ihr Gesicht war
regelmäßig und der Ausdruck desselben verständig; sie
mußte in ihrer Jugend schön gewesen sein. Ihre Gestalt
war lang und hager, doch nicht mehr, als solchen Jahren
geziemt; sie hatte vom Rücken her noch ein ganz jugend=
liches, angenehmes Ansehen. Die älteste Tochter kam
darauf lebhaft hereingestürmt; sie fragte nach Friederiken,
sowie die andern Beiden auch nach ihr gefragt hatten.
Der Vater versicherte, sie nicht gesehen zu haben, seitdem
alle Drei fortgegangen. Die Tochter fuhr wieder zur
Thüre hinaus, um die Schwester zu suchen; die Mutter

brachte uns einige Erfrischungen, und Weyland setzte mit
den beiden Gatten das Gespräch fort, das sich auf lauter
bewußte Personen und Verhältnisse bezog, wie es zu ge=
schehen pflegt, wenn Bekannte nach einiger Zeit zusammen=
kommen, von den Gliedern eines großen Zirkels Er=
kundigung einziehen und sich wechselsweise berichten. Ich
hörte zu und erfuhr nunmehr, wieviel ich mir von diesem
Kreise zu versprechen hatte.

Die älteste Tochter kam wieder hastig in die Stube,
unruhig, ihre Schwester nicht gefunden zu haben. Man
war besorgt um sie und schalt auf diese oder jene böse
Gewohnheit; nur der Vater sagte ganz ruhig: „Laßt sie
immer gehen, sie kommt schon wieder!" In diesem Augen=
blick trat sie wirklich in die Thüre; und da ging fürwahr
an diesem ländlichen Himmel ein allerliebster Stern auf.
Beide Töchter trugen sich noch deutsch, wie man es zu
nennen pflegte, und diese fast verdrängte Nationaltracht
kleidete Friederiken besonders gut. Ein kurzes, weißes,
rundes Röckchen mit einer Falbel, nicht länger, als daß
die nettsten Füßchen bis an die Knöchel sichtbar blieben,
ein knappes weißes Mieder und eine schwarze Taffetschürze
— so stand sie auf der Grenze zwischen Bäuerin und
Städterin. Schlank und leicht, als wenn sie nichts an
sich zu tragen hätte, schritt sie, und beinahe schien für die
gewaltigen blonden Zöpfe des niedlichen Köpfchens der
Hals zu zart. Aus heiteren blauen Augen blickte sie sehr
deutlich umher, und das artige Stumpfnäschen forschte so
frei in die Luft, als wenn es in der Welt keine Sorge
geben könnte; der Strohhut hing ihr am Arm, und so
hatte ich das Vergnügen, sie beim ersten Blick auf einmal

in ihrer ganzen Anmuth und Lieblichkeit zu sehen und zu
erkennen.

Ich fing nun an, meine Rolle mit Mäßigung zu
spielen, halb beschämt, so gute Menschen zum Besten zu
haben, die zu beobachten es mir nicht an Zeit fehlte; denn
die Mädchen setzten jenes Gespräch fort und zwar mit
Leidenschaft und Laune. Sämmtliche Nachbarn und Ver=
wandte wurden abermals vorgeführt, und es erschien meiner
Einbildungskraft ein solcher Schwarm von Onkeln und
Tanten, Vettern, Basen, Kommenden, Gehenden, Gevattern
und Gästen, daß ich in der belebtesten Welt zu hausen
glaubte. Alle Familienglieder hatten einige Worte mit
mir gesprochen, die Mutter betrachtete mich jedesmal, so
oft sie kam oder ging, aber Friederike ließ sich zuerst mit
mir in ein Gespräch ein, und indem ich umherliegende
Noten aufnahm und durchsah, fragte sie, ob ich auch spiele.
Als ich es bejahte, ersuchte sie mich, etwas vorzutragen;
aber der Vater ließ mich nicht dazu kommen; denn er be=
hauptete, es sei schicklich, dem Gaste zuerst mit irgend
einem Musikstück oder einem Liede zu dienen.

Sie spielte Verschiedenes mit einiger Fertigkeit, in der
Art, wie man es auf dem Lande zu hören pflegt, und
zwar auf einem Klavier, das der Schulmeister schon längst
hätte stimmen sollen, wenn er Zeit gehabt hätte. Nun
sollte sie auch ein Lied singen, ein gewisses zärtlich=trauriges;
das gelang ihr nun gar nicht. Sie stand auf und sagte
lächelnd, oder vielmehr mit dem auf ihrem Gesicht immer=
fort ruhenden Zuge von heiterer Freude: „Wenn ich schlecht
singe, so kann ich die Schuld nicht auf das Klavier und
den Schulmeister werfen; lassen Sie uns aber nur hinaus=

kommen, dann sollen Sie meine Elsasser= und Schweizer=
liedchen hören, die klingen schon besser."

Beim Abendessen beschäftigte mich eine Vorstellung,
die mich schon früher überfallen hatte, dergestalt, daß ich
nachdenklich und stumm wurde, obgleich die Lebhaftigkeit
der älteren Schwester und die Anmuth der jüngern mich
oft genug aus meinen Betrachtungen schüttelten. Meine
Verwunderung war über allen Ausdruck, mich so ganz
leibhaftig in der Wakefield'schen Familie zu finden. Der
Vater konnte freilich nicht mit jenem trefflichen Manne
verglichen werden; allein wo gäbe es auch Seinesgleichen!
Dagegen stellte sich alle Würde, welche jenem Ehegatten
eigen ist, hier in der Gattin dar. Man konnte sie nicht
ansehen, ohne sie zugleich zu ehren und zu scheuen. Man
bemerkte bei ihr die Folgen einer guten Erziehung; ihr
Betragen war ruhig, frei, heiter und einladend.

Hatte die ältere Tochter nicht die gerühmte Schönheit
Oliviens, so war sie doch wohlgebaut, lebhaft und eher
heftig; sie zeigte sich überall thätig und ging der Mutter
in Allem an Handen. Friederiken an die Stelle von Prim=
rosens Sophie zu setzen, war nicht schwer; denn von Jener
ist wenig gesagt, man gibt nur zu, daß sie liebenswürdig
sei; diese war es wirklich. Wie nun dasselbe Geschäft,
derselbe Zustand überall, wo er vorkommen mag, ähnliche,
wo nicht gleiche Wirkungen hervorbringt, so kam auch hier
Manches zur Sprache, es geschah gar Manches, was in
der Wakefield'schen Familie sich auch schon ereignet hatte.
Als nun aber gar zuletzt ein längst angekündigter und von
dem Vater mit Ungeduld erwarteter jüngerer Sohn ins
Zimmer sprang und sich dreist zu uns setzte, indem er von

den Gästen wenig Notiz nahm, so enthielt ich mich kaum
auszurufen: „Moses, bist Du auch da!"

Die Unterhaltung bei Tische erweiterte die Ansicht
jenes Land- und Familienkreises, indem von mancherlei
lustigen Begebenheiten, die bald da, bald dort vorgefallen,
die Rede war. Friederike, die neben mir saß, nahm daher
Gelegenheit, mir verschiedene Ortschaften zu beschreiben, die
es wohl zu besuchen der Mühe werth sei. Da immer ein
Geschichtchen das andere hervorruft, so konnte ich nun
auch mich desto besser in das Gespräch mischen und ähnliche
Begebenheiten erzählen, und weil hiebei ein guter Land-
wein keineswegs geschont wurde, so stand ich in Gefahr,
aus meiner Rolle zu fallen, weshalb der vorsichtigere
Freund den schönen Mondschein zum Vorwand nahm und
auf einen Spaziergang antrug, welcher denn auch sogleich
beliebt wurde. Er bot der Aeltesten den Arm, ich der
Jüngsten, und so zogen wir durch die weiten Fluren, mehr
den Himmel über uns zum Gegenstande habend als die
Erde, die sich neben uns in der Breite verlor. Friederikens
Reden jedoch hatten nichts Mondscheinhaftes; durch die
Klarheit, womit sie sprach, machte sie die Nacht zum Tage,
und es war nichts darin, was eine Empfindung angedeutet
oder erweckt hätte; nur bezogen sich ihre Aeußerungen
mehr als bisher auf mich, indem sie sowohl ihren Zustand
als die Gegend und ihre Bekannten mir von der Seite
vorstellte, wiefern ich sie würde kennen lernen; denn sie
hoffe, setzte sie hinzu, daß ich keine Ausnahme machen und
sie wieder besuchen würde, wie jeder Fremde gern gethan,
der einmal bei ihnen eingekehrt sei.

Es war mir sehr angenehm, stillschweigend der Schilde-

rung zuzuhören, die sie von der kleinen Welt machte, in
der sie sich bewegte, und von denen Menschen, die sie be=
sonders schätzte. Sie brachte mir dadurch einen klaren und
zugleich so liebenswürdigen Begriff von ihrem Zustande
bei, der sehr wunderlich auf mich wirkte; denn ich empfand
auf einmal einen tiefen Verdruß, nicht früher mit ihr
gelebt zu haben, und zugleich ein recht peinliches, neidisches
Gefühl gegen Alle, welche das Glück gehabt hatten, sie
bisher zu umgeben. Ich paßte sogleich, als wenn ich ein
Recht dazu gehabt hätte, genau auf alle ihre Schilderungen
von Männern, sie mochten unter den Namen von Nachbarn,
Vettern oder Gevattern auftreten, und lenkte bald da=,
bald dorthin meine Vermuthung; allein, wie hätte ich
etwas entdecken sollen in der völligen Unbekanntschaft aller
Verhältnisse! Sie wurde zuletzt immer redseliger und ich
immer stiller. Es hörte sich ihr gar so gut zu, und da
ich nur ihre Stimme vernahm, ihre Gesichtsbildung aber
sowie die übrige Welt in Dämmerung schwebte, so war es
mir, als ob ich in ihr Herz sähe, das ich höchst rein
finden mußte, da es sich in so unbefangener Geschwätzigkeit
vor mir eröffnete.

Als mein Gefährte mit mir in das für uns zu=
bereitete Gastzimmer gelangte, brach er sogleich mit Selbst=
gefälligkeit in behaglichen Scherz aus und that sich viel
darauf zu Gute, mich mit der Aehnlichkeit der Prim=
rosischen Familie so sehr überrascht zu haben. Ich stimmte
mit ein, indem ich mich dankbar erwies. — „Fürwahr!"
rief er aus, „das Märchen ist ganz beisammen. Diese
Familie vergleicht sich jener sehr gut, und der verkappte
Herr da mag sich die Ehre anthun, für Herrn Burchell

gelten zu wollen; ferner, weil wir im gemeinen Leben die
Bösewichter nicht so nöthig haben als in Romanen, so will
ich für diesmal die Rolle des Neffen übernehmen und mich
besser aufführen als er." Ich verließ jedoch sogleich dieses
Gespräch, so angenehm es mir auch sein mochte, und
fragte ihn vor allen Dingen auf sein Gewissen, ob er mich
wirklich nicht verrathen habe. Er betheuerte nein, und ich
durfte ihm glauben. Sie hätten sich vielmehr, sagte er,
nach dem lustigen Tischgesellen erkundigt, der in Straßburg
mit ihm in einer Pension speise und von dem man ihnen
allerlei verkehrtes Zeug erzählt habe. Ich schritt nun zu
andern Fragen: ob sie geliebt habe; ob sie liebe; ob sie
versprochen sei. Er verneinte das Alles. — ‚Fürwahr,‘
versetzte ich, ‚eine solche Heiterkeit von Natur aus ist mir
unbegreiflich. Hätte sie geliebt und verloren und sich
wieder gefaßt, oder wäre sie Braut, in beiden Fällen wollte
ich es gelten lassen.‘

So schwatzten wir zusammen tief in die Nacht, und
ich war schon wieder munter, als es tagte. Das Ver=
langen, sie wiederzusehen, schien unüberwindlich; allein
indem ich mich anzog, erschrak ich über die verwünschte
Garderobe, die ich mir so freventlich ausgesucht hatte. Je
weiter ich kam, meine Kleidungsstücke anzulegen, desto
niederträchtiger erschien ich mir; denn Alles war ja auf
diesen Effekt berechnet. Mit meinen Haaren wäre ich allen=
falls noch fertig geworden; aber wie ich mich zuletzt in
den geborgten, abgetragenen grauen Rock einzwängte und
die kurzen Aermel mir das abgeschmackteste Ansehen gaben,
fiel ich desto entschiedener in Verzweiflung, als ich mich
in einem kleinen Spiegel nur theilweise betrachten konnte,

da denn immer ein Theil lächerlicher aussah als der andre.

Ueber dieser Toilette war mein Freund aufgewacht und blickte, mit der Zufriedenheit eines guten Gewissens und im Gefühl einer freudigen Hoffnung für den Tag, aus der gestopften seidenen Decke. Ich hatte schon seine hübschen Kleider, wie sie über den Stuhl hingen, längst beneidet, und wäre er von meiner Taille gewesen, ich hätte sie ihm vor den Augen weggetragen, mich draußen um= gezogen und ihm meine verwünschte Hülle, in den Garten eilend, zurückgelassen; er hätte guten Humor genug gehabt, sich in meine Kleider zu stecken, und das Märchen wäre bei frühem Morgen zu einem lustigen Ende gelangt. Daran war aber nun gar nicht zu denken, so wenig als wie an irgend eine schickliche Vermittelung. In der Figur, in der mich mein Freund für einen zwar fleißigen und geschickten, aber armen Studiosen der Theologie ausgeben konnte, wieder vor Friederiken hinzutreten, die gestern Abend an mein verkleidetes Selbst so freundlich gesprochen hatte, das war mir ganz unmöglich. Aergerlich und sinnend stand ich da und bot all' mein Erfindungsvermögen auf; allein es verließ mich. Als nun aber gar der behaglich Aus= gestreckte, nachdem er mich eine Weile fixirt hatte, auf einmal in ein lautes Lachen ausbrach und ausrief: „Nein, es ist wahr, Du siehst ganz verwünscht aus!" versetzte ich heftig: ‚Und ich weiß, was ich thue, leb' wohl und ent= schuldige mich!' — „Bist Du toll!" rief er, indem er aus dem Bette sprang und mich aufhalten wollte. Ich war aber schon zur Thüre hinaus, die Treppe hinunter, aus Haus und Hof, nach der Schenke; im Nu war mein Pferd gesattelt, und ich eilte in rasendem Unmuth galoppirend nach Drusenheim, den Ort hindurch und immer weiter. Da ich mich nun in Sicherheit glaubte, ritt ich langsamer und fühlte nun erst, wie unendlich ungern ich mich entfernte. Ich ergab mich aber in mein Schicksal, vergegenwärtigte mir den Spaziergang von gestern Abend mit der größten Ruhe und nährte die stille Hoffnung, sie bald wiederzusehen. Doch verwandelte sich dieses stille Gefühl bald wieder in Ungeduld, und nun beschloß ich, schnell in die Stadt zu reiten, mich umzuziehen, ein gutes frisches Pferd zu nehmen, da ich denn wohl allenfalls, wie mir die Leidenschaft vorspiegelte, noch vor Tische oder, wie es wahrscheinlicher war, zum Nachtische oder gegen Abend gewiß wieder eintreffen und meine Vergebung erbitten konnte.

Eben wollte ich meinem Pferde die Sporen geben, um diesen Vorsatz auszuführen, als mir ein anderer und, wie mich däuchte, sehr glücklicher Gedanke durch den Geist fuhr. Schon gestern hatte ich im Gasthofe zu Drusenheim einen sehr sauber gekleideten Wirthssohn bemerkt, der auch heute früh, mit ländlichen Anordnungen beschäftigt, mich aus seinem Hofe begrüßte. Er war von meiner Gestalt und hatte mich flüchtig an mich selbst erinnert. Gedacht, gethan! Mein Pferd war kaum umgewendet, so befand ich mich in Drusenheim; ich brachte es in den Stall und machte dem Burschen kurz und gut den Vortrag: er solle mir seine Kleider borgen, weil ich in Sesenheim etwas Lustiges vorhabe. Da brauchte ich nicht auszureden; er nahm den Vorschlag mit Freuden an und lobte mich, daß ich den Mamsells einen Spaß machen wolle; sie wären so

brav und gut, besonders Mamsell Riekchen, und auch die
Eltern sähen gerne, daß es immer lustig und vergnügt
zuginge. Er betrachtete mich aufmerksam, und da er mich
nach meinem Aufzug für einen armen Schlucker halten
mochte, so sagte er: „Wenn Sie sich insinuiren wollen, so
ist das der rechte Weg." Wir waren indessen schon weit
in unserer Umkleidung gekommen, und eigentlich sollte er
mir seine Festtagskleider gegen die meinigen nicht an=
vertrauen; doch er war treuherzig und hatte ja mein Pferd
im Stalle. Ich stand bald und recht schmuck da, warf
mich in die Brust, und mein Freund schien sein Ebenbild
mit Behaglichkeit zu betrachten. — „Topp, Herr Bruder!"
sagte er, indem er mir die Hand hinreichte, in die ich
wacker einschlug, „komme Er meinem Mädel nicht zu nah,
sie möchte sich vergreifen!"

Meine Haare konnte ich ungefähr wie die seinigen
scheiteln, und da ich ihn wiederholt betrachtete, so fand
ich's lustig, seine dichteren Augenbrauen mit einem ge=
brannten Korkstöpsel mäßig nachzuahmen und sie in der
Mitte näher zusammenzuziehen. „Habt Ihr nun,' sagte
ich, als er mir den bebänderten Hut reichte, ,nicht irgend
etwas in der Pfarre auszurichten, daß ich mich auf eine
natürliche Weise dort anmelden könnte?' — „Gut!" ver=
setzte er, „aber da müssen Sie noch zwei Stunden warten.
Bei uns ist eine Wöchnerin; ich will mich erbieten, den
Kuchen der Frau Pfarrin zu bringen, den mögen Sie
dann hinübertragen. Hoffart muß Noth leiden und der
Spaß denn auch." — Ich entschloß mich zu warten; aber
diese zwei Stunden wurden mir unendlich lang, und ich
verging vor Ungeduld, als die dritte verfloß, ehe der

Kuchen aus dem Ofen kam. Ich empfing ihn endlich ganz
warm und eilte bei dem schönsten Sonnenschein mit meinem
Kreditiv davon, noch eine Strecke von meinem Ebenbild
begleitet, welches gegen Abend nachzukommen und mir
meine Kleider zu bringen versprach, die ich aber lebhaft
ablehnte und mir vorbehielt, ihm die seinigen wieder zu=
zustellen.

Ich war nicht weit mit meiner Gabe gesprungen, die
ich in einer sauberen zusammengeknüpften Serviette trug,
als ich in der Ferne meinen Freund mit den beiden Frauen=
zimmern mir entgegenkommen sah. Mein Herz war be=
klommen, wie sich's eigentlich unter dieser Jacke nicht ziemte.
Ich blieb stehen, holte Athem und suchte zu überlegen, was
ich beginnen solle, und nun bemerkte ich erst, daß das
Terrain mir sehr zu Statten kam; denn sie gingen auf der
andern Seite des Baches, der, sowie die Wiesenstreifen,
durch die er hinlief, zwei Fußpfade ziemlich auseinander
hielt. Als sie mir gegenüber waren, rief Friederike, die
mich schon lange gewahrt hatte: „George, was bringst
Du?" Ich war klug genug, das Gesicht mit dem Hute,
den ich abnahm, zu bedecken, indem ich die beladene
Serviette hoch in die Höhe hielt. — „Ein Kindtaufkuchen!"
rief sie dagegen; „wie geht's der Schwester?" — ‚Gut,'
sagte ich, indem ich wo nicht Elsassisch, doch fremd zu
reden suchte. — „Trag ihn nach Hause!" sagte die Aelteste,
„und wenn Du die Mutter nicht findest, gib ihn der
Magd; aber wart' auf uns, wir kommen bald wieder, hörst
Du!" — Ich eilte meinen Pfad hin, im Frohgefühl der
besten Hoffnung, daß Alles gut ablaufen müsse, da der
Anfang glücklich war, und hatte bald die Pfarrwohnung

erreicht. Ich fand Niemand, weder im Haus noch in der
Küche; den Herrn, den ich beschäftigt in der Studierstube
vermuthen konnte, wollte ich nicht aufregen, ich setzte mich
deshalb auf die Bank vor der Thüre, den Kuchen neben
mich und drückte den Hut ins Gesicht.

Ich erinnere mich nicht leicht einer angenehmern Em=
pfindung. Hier an dieser Schwelle wieder zu sitzen, über
die ich vor Kurzem in Verzweiflung hinausgestolpert war;
sie schon wieder gesehen, ihre liebe Stimme schon wieder
gehört zu haben, kurz nachdem mein Unmuth mir eine
lange Trennung vorgespiegelt hatte; jeden Augenblick sie
selbst und eine Entdeckung zu erwarten, vor der mir das
Herz klopfte, und doch, in diesem zweideutigen Falle, eine
Entdeckung ohne Beschämung; dann gleich zum Eintritt
einen so lustigen Streich als keiner derjenigen, die gestern
belacht worden waren! Liebe und Noth sind doch die
besten Meister; hier wirkten sie zusammen, und der Lehrling
war ihrer nicht unwerth geblieben.

Die Magd kam aber aus der Scheune getreten. —
„Nun, sind die Kuchen gerathen?“ rief sie mich an, „wie
geht’s der Schwester?“ — ‚Alles guet,‘ sagte ich und
deutete auf den Kuchen, ohne aufzusehen. Sie faßte die
Serviette und murrte: „Nun, was hast Du heute wieder?
Hat Bärbchen wieder einmal einen Andern angesehen? Laß
es uns nicht entgelten! Das wird eine saubere Ehe werden,
wenn’s so fortgeht.“ Da sie ziemlich laut sprach, kam der
Pfarrer ans Fenster und fragte, was es gebe. Sie be=
deutete ihn; ich stand auf und kehrte mich nach ihm zu,
doch hielt ich den Hut wieder übers Gesicht. Als er etwas
Freundliches gesprochen und mich zu bleiben geheißen hatte,

ging ich nach dem Garten und wollte eben hineintreten,
als die Pfarrin, die zum Hofthore hereinkam, mich anrief.
Da mir die Sonne gerade ins Gesicht schien, so bediente
ich mich abermals des Vortheils, den mir der Hut ge=
währte, grüßte sie mit einem Scharrfuß, sie aber ging in
das Haus, nachdem sie mir zugesprochen hatte, ich möchte
nicht weggehen, ohne etwas genossen zu haben. Ich ging
nunmehr in dem Garten auf und ab; Alles hatte bisher
den besten Erfolg gehabt, doch holte ich tief Athem, wenn
ich dachte, daß die jungen Leute nun bald herankommen
würden. Aber unvermuthet trat die Mutter zu mir und
wollte eben eine Frage an mich thun, als sie mir ins Ge=
sicht sah, das ich nicht mehr verbergen konnte, und ihr
das Wort im Munde stockte. — „Ich suche Georgen,"
sagte sie nach einer Pause, „und wen finde ich! Sind Sie
es, junger Herr? Wie viel Gestalten haben Sie denn?" —
‚Im Ernst nur e i n e,‘ versetzte ich, ‚zum Scherz so viel
Sie wollen.‘ — „Den will ich nicht verderben," lächelte
sie; „gehen Sie hinten zum Garten hinaus und auf der
Wiese hin, bis es Mittag schlägt, dann kehren Sie zurück,
und ich will den Spaß schon eingeleitet haben." Ich
that's; allein da ich aus den Hecken der Dorfgärten her=
aus war und die Wiesen hingehen wollte, kamen gerade
einige Landleute den Fußpfad her, die mich in Verlegen=
heit setzten. Ich lenkte deshalb nach einem Wäldchen, das
ganz nah eine Erderhöhung bekrönte, um mich darin bis
zur bestimmten Zeit zu verbergen. Doch wie wunderlich
ward mir zu Muthe, als ich hineintrat; denn es zeigte
sich mir ein reinlicher Platz mit Bänken, von deren jeder
man eine hübsche Aussicht in die Gegend gewann. Hier

war das Dorf und der Kirchthurm, hier Drusenheim und dahinter die waldigen Rheininseln, gegenüber die Vogesischen Gebirge und zuletzt der Straßburger Münster. Diese verschiedenen himmelhellen Gemälde waren durch buschige Rahmen eingefaßt, so daß man nichts Erfreulicheres und Angenehmeres sehen konnte. Ich setzte mich auf eine der Bänke und bemerkte an dem stärksten Baum ein kleines längliches Brett mit der Inschrift: Friederikens Ruhe. Es fiel mir nicht ein, daß ich gekommen sein könnte, diese Ruhe zu stören; denn eine aufkeimende Leidenschaft hat das Schöne, daß, wie sie sich ihres Ursprungs unbewußt ist, sie auch keinen Gedanken eines Endes hat und, wie sie sich froh und heiter fühlt, nicht ahnen kann, daß sie wohl auch Unheil stiften dürfte.

Kaum hatte ich Zeit gehabt, mich umzusehen, und verlor mich eben in süße Träumereien, als ich Jemand kommen hörte; es war Friederike selbst. — „George, was machst Du hier?" rief sie von Weitem. — ‚Nicht George!' rief ich, indem ich ihr entgegenlief; ‚aber Einer, der tausendmal um Verzeihung bittet.' Sie betrachtete mich mit Erstaunen, nahm sich aber gleich zusammen und sagte nach einem tieferen Athemholen: „Garstiger Mensch, wie erschrecken Sie mich!" — ‚Die erste Maske hat mich in die zweite getrieben,' rief ich aus; ‚jene wäre unverzeihlich gewesen, wenn ich nur einigermaßen gewußt hätte, zu wem ich ging; diese vergeben Sie gewiß; denn es ist die Gestalt von Menschen, denen Sie so freundlich begegnen.' — Ihre bläßlichen Wangen hatten sich mit dem schönsten Rosenrothe gefärbt. — „Schlimmer sollen Sie's wenigstens nicht haben als George! Aber lassen Sie uns sitzen! Ich

gestehe es, der Schreck ist mir in die Glieder gefahren."
— Ich setzte mich zu ihr, äußerst bewegt. — „Wir wissen
Alles bis heute früh durch Ihren Freund," sagte sie; „nun
erzählen Sie mir das Weitere." Ich ließ mir das nicht
zweimal sagen, sondern beschrieb ihr meinen Abscheu vor
der gestrigen Figur, mein Fortstürmen aus dem Hause so
komisch, daß sie herzlich und anmuthig lachte; dann ließ
ich das Uebrige folgen, mit aller Bescheidenheit zwar, doch
leidenschaftlich genug, daß es gar wohl für eine Liebes=
erklärung in historischer Form hätte gelten können. Das
Vergnügen, sie wiederzufinden, feierte ich zuletzt mit einem
Kusse auf ihre Hand, die sie in den meinigen ließ. Hatte
sie bei dem gestrigen Mondscheingang die Unkosten des
Gesprächs übernommen, so erstattete ich die Schuld nun
reichlich von meiner Seite. Das Vergnügen, sie wieder=
zusehen und ihr Alles sagen zu können, was ich gestern
zurückhielt, war so groß, daß ich in meiner Redseligkeit
nicht bemerkte, wie sie selbst nachdenkend und schweigend
war. Sie holte einigemal tief Athem, und ich bat sie
aber= und abermal um Verzeihung wegen des Schrecks,
den ich ihr verursacht hatte. Wie lange wir mögen ge=
sessen haben, weiß ich nicht; aber auf einmal hörten wir
„Rieckchen! Rieckchen!" rufen. Es war die Stimme der
Schwester. — „Das wird eine schöne Geschichte geben,"
sagte das liebe Mädchen, zu ihrer völligen Heiterkeit
wiederhergestellt. „Sie kommt an meiner Seite her,"
fügte sie hinzu, indem sie sich vorbog, mich halb zu ver=
bergen: „wenden Sie sich weg, damit man Sie nicht gleich
erkennt." Die Schwester trat in den Platz, aber nicht

allein, Weyland ging mit ihr, und beide, da sie uns er=
blickten, blieben wie versteinert.

Wenn wir auf einmal aus einem ruhigen Dache eine
Flamme gewaltsam ausbrechen sähen oder einem Ungeheuer
begegneten, dessen Mißgestalt zugleich empörend und fürchter=
lich wäre, so würden wir von keinem so grimmigen Ent=
setzen befallen werden, als dasjenige ist, das uns ergreift,
wenn wir etwas unerwartet mit Augen sehen, das wir
moralisch unmöglich glaubten. — ‚Was heißt das?‘ rief
Jene mit der Hastigkeit eines Erschrockenen, ‚was ist das?
Du mit Georgen! Hand in Hand! Wie begreif’ ich das?‘
— „Liebe Schwester,“ versetzte Friederike ganz bedenklich,
„der arme Mensch, er bittet mir was ab, er hat Dir auch
was abzubitten, Du mußt ihm aber zum Voraus ver=
zeihen.“ — ‚Ich verstehe nicht, ich begreife nicht,‘ sagte
die Schwester, indem sie den Kopf schüttelte und Weylanden
ansah, der nach seiner stillen Art ganz ruhig dastand und
die Scene ohne irgend eine Aeußerung betrachtete. Friederike
stand auf und zog mich nach sich. „Nicht gezaudert!“ rief
sie, „Pardon gebeten und gegeben!“ — ‚Nun ja!‘ sagte
ich, indem ich der Aeltesten ziemlich nahe trat, ‚Pardon
habe ich von Nöthen!‘ Sie fuhr zurück, that einen lauten
Schrei und wurde roth über und über; dann warf sie sich
aufs Gras, lachte überlaut und wollte sich gar nicht zu=
frieden geben. Weyland lächelte behaglich und rief: „Du
bist ein excellenter Junge!“ Dann schüttelte er meine Hand
in der seinigen. Gewöhnlich war er mit Liebkosungen
nicht freigebig, aber sein Händedruck hatte etwas Herz=
liches und Belebendes; doch war er auch mit diesem
sparsam.

Nach einiger Erholung und Sammlung traten wir unfern Rückweg nach dem Dorfe an. Unterwegs erfuhr ich, wie dieses wunderbare Zusammentreffen veranlaßt worden. Friederike hatte sich von dem Spaziergange zuletzt abgesondert, um auf ihrem Plätzchen noch einen Augenblick vor Tische zu ruhen, und als jene beiden nach Hause gekommen, hatte die Mutter sie abgeschickt, Friederiken eiligst zu holen, weil das Mittagessen bereit sei.

Die Schwester zeigte den ausgelassensten Humor, und als sie erfuhr, daß die Mutter das Geheimniß schon entdeckt habe, rief sie aus: „Nun ist noch übrig, daß Vater, Bruder, Knecht und Magd gleichfalls angeführt werden." Als wir uns an dem Gartenzaun befanden, mußte Friederike mit dem Freund voraus nach dem Hause gehen. Die Magd war im Hausgarten beschäftigt, und Olivie (so mag auch hier die ältere Schwester heißen) rief ihr zu: ‚Warte, ich habe Dir was zu sagen!' Mich ließ sie an der Hecke stehen und ging zu dem Mädchen. Ich sah, daß sie sehr ernsthaft sprachen. Olivie bildete ihr ein, George habe sich mit Bärben überworfen und schiene Lust zu haben, sie zu heirathen. Das gefiel der Dirne nicht übel; nun ward ich gerufen und sollte das Gesagte bekräftigen. Das hübsche, derbe Kind senkte die Augen nieder und blieb so, bis ich ganz nahe vor ihr stand. Als sie aber auf einmal das fremde Gesicht erblickte, that auch sie einen lauten Schrei und lief davon. Olivie hieß mich ihr nachlaufen und sie festhalten, daß sie nicht ins Haus gerieth und Lärm machte; sie aber wolle selbst hingehen und sehen, wie es mit dem Vater stehe. Unterwegs traf Olivie auf den Knecht, welcher der Magd gut war; ich hatte indessen das Mädchen ereilt und hielt sie fest. — ‚Denk' einmal, welch ein Glück!‘ rief Olivie. ‚Mit Bärben ist's aus, und George heirathet Liesen.‘ — „Das habe ich lange gedacht,“ sagte der gute Kerl und blieb verdrießlich stehen.

Ich hatte dem Mädchen begreiflich gemacht, daß es nur darauf ankomme, den Papa anzuführen. Wir gingen auf den Burschen los, der sich umkehrte und sich zu ent= fernen suchte; aber Liese holte ihn herbei, und auch er machte, indem er enttäuscht ward, die wunderlichsten Ge= bärden. Wir gingen zusammen nach dem Hause. Der Tisch war gedeckt und der Vater schon im Zimmer. Olivie, die mich hinter sich hielt, trat an die Schwelle und sagte: ‚Vater, es ist Dir doch recht, daß George heute mit uns ißt? Du mußt ihm aber erlauben, daß er den Hut auf= behält.‘ — „Meinetwegen!“ sagte der Alte, „aber warum so was Ungewöhnliches? Hat er sich beschädigt?“ Sie zog mich vor, wie ich stand und den Hut aufhatte. ‚Nein!‘ sagte sie, indem sie mich in die Stube führte, ‚aber er hat eine Vogelhecke darunter, die möchten hervorfliegen und einen verteufelten Spuk machen; denn es sind lauter lose Vögel.‘ Der Vater ließ sich den Scherz gefallen, ohne daß er recht wußte, was es heißen sollte. In dem Augen= blick nahm sie mir den Hut ab, machte einen Scharrfuß und verlangte von mir das Gleiche. Der Alte sah mich an, erkannte mich, kam aber nicht aus seiner priesterlichen Fassung. „Ei, ei! Herr Kandidat!“ rief er aus, indem er einen drohenden Finger aufhob, „Sie haben geschwind umgesattelt, und ich verliere über Nacht einen Gehülfen, der mir erst gestern so treulich zusagte, manchmal die Wochenkanzel für mich zu besteigen.“ Darauf lachte er

von Herzen, hieß mich willkommen, und wir setzten uns
zu Tische. Moses kam um Vieles später; denn er hatte
sich als der verzogene Jüngste angewöhnt, die Mittags=
glocke zu verhören. Außerdem gab er wenig Acht auf die
Gesellschaft, auch kaum, wenn er widersprach. Man hatte
mich, um ihn sicherer zu machen, nicht zwischen die
Schwestern, sondern an das Ende des Tisches gesetzt, wo
George manchmal zu sitzen pflegte. Als er mir im Rücken
zur Thür hereingekommen war, schlug er mir derb auf
die Achsel und sagte: „George, gesegnete Mahlzeit!" —
‚Schönen Dank, Junker!' erwidere ich. — Die fremde
Stimme, das fremde Gesicht erschreckten ihn. — ‚Was sagst
Du?' rief Olivie, ‚sieht er seinem Bruder nicht recht ähn=
lich?' — „Ja wohl, von hinten," versetzte Moses, der sich
gleich wieder zu fassen wußte, „wie allen Leuten." Er sah
mich gar nicht wieder an und beschäftigte sich bloß, die
Gerichte, die er nachzuholen hatte, eifrig hinunterzu=
schlingen. Dann beliebte es ihm auch, gelegentlich aufzu=
stehen und sich in Hof und Garten etwas zu schaffen zu
machen. Zum Nachtische trat der wahrhafte George herein
und belebte die ganze Scene noch mehr. Man wollte ihn
wegen seiner Eifersucht aufziehen und nicht billigen, daß
er sich an mir einen Rival geschaffen hätte; allein er war
bescheiden und gewandt genug und mischte auf eine halb
dusselige Weise sich, seine Braut, sein Ebenbild und die
Mamsells dergestalt durch einander, daß man zuletzt nicht
mehr wußte, von wem die Rede war, und daß man ihn
das Glas Wein und ein Stück von seinem eigenen Kuchen
in Ruhe gar zu gern verzehren ließ.

Nach Tische war die Rede, daß man spazieren gehen

wolle, welches doch in meinen Bauerkleidern nicht wohl
anging. Die Frauenzimmer aber hatten schon heute früh,
als sie erfuhren, wer so übereilt fortgelaufen war, sich er=
innert, daß eine schöne Pekesche eines Vettern im Schrank
hänge, mit der er bei seinem Hiersein auf die Jagd zu
gehen pflege. Allein ich lehnte es ab, äußerlich zwar mit
allerlei Späßen, aber innerlich mit dem eitlen Gefühl, daß
ich den guten Eindruck, den ich als Bauer gemacht, nicht
wieder durch den Vetter zerstören wolle. Der Vater hatte
sich entfernt, sein Mittagsschläfchen zu halten, die Mutter
war in der Haushaltung beschäftigt wie immer. Der
Freund aber that den Vorschlag, ich solle etwas erzählen,
worein ich sogleich willigte. Wir begaben uns in eine
geräumige Laube, und ich trug ein Märchen vor, das ich
hernach unter dem Titel „Die neue Melusine" aufgeschrieben
habe. Ich würde es hier einrücken, wenn ich nicht der
ländlichen Wirklichkeit und Einfalt, die uns hier gefällig
umgibt, durch wunderliche Spiele der Phantasie zu schaden
fürchtete. Genug, mir gelang, was den Erfinder und Er=
zähler solcher Produktionen belohnt, die Neugierde zu er=
regen, die Aufmerksamkeit zu fesseln, zu voreiliger Auflösung
undurchdringlicher Räthsel zu reizen, die Erwartungen zu
täuschen, durch das Seltsamere, das an die Stelle des
Seltsamen tritt, zu verwirren, Mitleid und Furcht zu er=
regen, besorgt zu machen, zu rühren und endlich durch
Umwendung eines scheinbaren Ernstes in geistreichen und
heitern Scherz das Gemüth zu befriedigen, der Ein=
bildungskraft Stoff zu neuen Bildern und dem Verstande
zu fernerm Nachdenken zu hinterlassen.
   Nachdem ich meine Erzählung vollendet, in welcher

das Gemeine mit dem Unmöglichen anmuthig genug wechselte, sah ich meine Hörerinnen, die sich schon bisher ganz eigen theilnehmend erwiesen hatten, von meiner seltsamen Darstellung aufs Aeußerste verzaubert. Sie baten mich inständig, ihnen das Märchen aufzuschreiben, damit sie es öfters unter sich und vorlesend mit Andern wiederholen könnten. Ich versprach es um so lieber, als ich dadurch einen Vorwand zu Wiederholung des Besuchs und Gelegenheit zu näherer Verbindung mir zu gewinnen hoffte. Die Gesellschaft trennte sich einen Augenblick, und Alle mochten fühlen, daß nach einem so lebhaft vollbrachten Tag der Abend einigermaßen matt werden könnte. Von dieser Sorge befreite mich mein Freund, der sich für uns die Erlaubniß erbat, sogleich Abschied nehmen zu dürfen, weil er als ein fleißiger und in seinen Studien folgerechter akademischer Bürger diese Nacht in Drusenheim zuzubringen und morgen zeitig in Straßburg zu sein wünsche.

Unser Nachtquartier erreichten wir beide schweigend: ich, weil ich einen Widerhaken im Herzen fühlte, der mich zurückzog, er, weil er etwas Anderes im Sinne hatte.

Als ich in der Stadt wieder an meine Geschäfte kam, fühlte ich die Beschwerlichkeit derselben mehr als sonst; denn der zur Thätigkeit geborene Mensch übernimmt sich in Planen und überladet sich mit Arbeiten. Das gelingt denn auch ganz gut, bis irgend ein physisches oder moralisches Hinderniß dazutritt, um das Unverhältnißmäßige der Kräfte zu dem Unternehmen ins Klare zu bringen.

Das Juristische trieb ich mit soviel Fleiß, als nöthig war, um die Promotion mit einigen Ehren zu absolviren; das Medicinische reizte mich, weil es mir die Natur nach allen Seiten wo nicht aufschloß, doch gewahr werden ließ, und ich war daran durch Umgang und Gewohnheit gebunden; der Gesellschaft mußte ich auch einige Zeit und Aufmerksamkeit widmen; denn in manchen Familien war mir Mehreres zu Lieb' und zu Ehren geschehen. Aber alles dies wäre zu tragen und fortzuführen gewesen, hätte nicht das, was Herder mir auferlegt, unendlich auf mir gelastet. Er hatte den Vorhang zerrissen, der mir die Armuth der deutschen Literatur bedeckte; er hatte mir so manches Vorurtheil mit Grausamkeit zerstört; an dem vaterländischen Himmel blieben nur wenige bedeutende Sterne, indem er die übrigen alle nur als vorüberfahrende Schnuppen behandelte; ja, was ich von mir selbst hoffen und wähnen konnte, hatte er mir dermaßen verkümmert, daß ich an meinen eigenen Fähigkeiten zu verzweifeln anfing. Zu gleicher Zeit jedoch riß er mich fort auf den herrlichen breiten Weg, den er selbst zu durchwandern geneigt war, machte mich aufmerksam auf seine Lieblingsschriftsteller, unter denen Swift und Hamann obenan standen, und schüttelte mich kräftiger auf, als er mich gebeugt hatte. Zu dieser vielfachen Verwirrung nunmehr eine angehende Leidenschaft, die, indem sie mich zu verschlingen drohte, zwar von jenen Zuständen mich abziehen, aber wohl schwerlich darüber erheben konnte. Dazu kam noch ein körperliches Uebel, daß mir nämlich nach Tische die Kehle wie zugeschnürt war, welches ich erst später sehr leicht los wurde, als ich einem rothen Wein, den wir in der Pension gewöhnlich und sehr gern tranken, entsagte. Diese unerträgliche Unbequemlichkeit hatte mich auch in Sesenheim verlassen, so daß ich mich dort doppelt vergnügt befand; als ich aber zu meiner städtischen Diät zurückkehrte, stellte sie sich zu meinem großen Verdruß sogleich wieder ein. Alles dies machte mich nachdenklich und mürrisch, und mein Aeußeres mochte mit dem Innern übereinstimmen.

Verdrießlicher als jemals, weil eben nach Tische jenes Uebel sich heftig eingefunden hatte, wohnte ich dem Klinikum bei. Die große Heiterkeit und Behaglichkeit, womit der verehrte Lehrer uns von Bett zu Bett führte, die genaue Bemerkung bedeutender Symptome, die Beurtheilung des Gangs der Krankheit überhaupt, die schöne Hippokratische Verfahrungsart, wodurch sich ohne Theorie, aus einer eigenen Erfahrung die Gestalten des Wissens heraufgaben, die Schlußreden, mit denen er gewöhnlich seine Stunden zu krönen pflegte, das Alles zog mich zu ihm und machte mir ein fremdes Fach, in das ich nur wie durch eine Ritze hineinsah, um desto reizender und lieber. Mein Abscheu gegen die Kranken nahm immer mehr ab, je mehr ich diese Zustände in Begriffe verwandeln lernte, durch welche die Heilung, die Wiederherstellung menschlicher Gestalt und Wesens als möglich erschien. Er mochte mich wohl als einen seltsamen jungen Menschen besonders ins Auge gefaßt und mir die wunderliche Anomalie, die mich zu seinen Stunden hinführte, verziehen haben. Diesmal schloß er seinen Vortrag nicht wie sonst mit einer Lehre, die sich auf irgend eine beobachtete Krankheit bezogen hätte, sondern sagte mit Heiterkeit: „Meine Herren! Wir sehen einige Ferien vor uns. Benutzen Sie dieselben, sich aufzumuntern; die Studien wollen nicht allein ernst und fleißig, sie wollen auch heiter und mit Geistesfreiheit behandelt werden. Geben Sie Ihrem Körper Bewegung, durchwandern Sie

zu Fuß und zu Pferde das schöne Land; der Einheimische
wird sich an dem Gewohnten erfreuen, und dem Fremden
wird es neue Eindrücke geben und eine angenehme
Erinnerung zurücklassen."

Es waren unser eigentlich nur Zwei, an welche diese
Ermahnung gerichtet sein konnte; möge dem Andern dieses
Rezept ebenso eingeleuchtet haben als mir! Ich glaubte
eine Stimme vom Himmel zu hören und eilte, was ich
konnte, ein Pferd zu bestellen und mich sauber heraus=
zuputzen. Ich schickte nach Weyland, er war nicht zu
finden. Dies hielt meinen Entschluß nicht auf; aber leider
verzogen sich die Anstalten, und ich kam nicht so früh weg,
als ich gehofft hatte. So stark ich auch ritt, überfiel
mich doch die Nacht. Der Weg war nicht zu verfehlen,
und der Mond beleuchtete mein leidenschaftliches Unter=
nehmen. Die Nacht war windig und schauerlich; ich sprengte
zu, um nicht bis morgen früh auf ihren Anblick warten
zu müssen.

Es war schon spät, als ich in Sesenheim mein Pferd
einstellte. Der Wirth, auf meine Frage, ob wohl in der
Pfarre noch Licht sei, versicherte mich, die Frauenzimmer
seien eben erst nach Hause gegangen; er glaube gehört zu
haben, daß sie noch einen Fremden erwarteten. Das war
mir nicht recht; denn ich hätte gewünscht, der einzige zu
sein. Ich eilte nach, um wenigstens so spät noch als der
erste zu erscheinen. Ich fand die beiden Schwestern vor
der Thüre sitzend; sie schienen nicht sehr verwundert,
aber ich war es, als Friederike Olivien ins Ohr sagte, so
jedoch, daß ich's hörte: „Hab' ich's nicht gesagt? Da ist er!"
Sie führten mich ins Zimmer, und ich fand eine kleine

Kollation aufgestellt. Die Mutter begrüßte mich als einen
alten Bekannten; wie mich aber die Aeltere bei Licht besah,
brach sie in ein lautes Gelächter aus, denn sie konnte wenig
an sich halten.

Nach diesem ersten etwas wunderlichen Empfang ward
sogleich die Unterredung frei und heiter, und was mir
diesen Abend verborgen blieb, erfuhr ich den andern
Morgen. Friederike hatte vorausgesagt, daß ich kommen
würde; und wer fühlt nicht einiges Behagen beim Eintreffen
einer Ahnung, selbst einer traurigen? Alle Vorgefühle,
wenn sie durch das Ereigniß bestätigt werden, geben dem
Menschen einen höheren Begriff von sich selbst, es sei nun,
daß er sich so zartfühlend glauben kann, um einen Bezug
in der Ferne zu tasten, oder so scharfsinnig, um noth=
wendige, aber doch ungewisse Verknüpfungen gewahr zu
werden. — Oliviens Lachen blieb auch kein Geheimniß; sie
gestand, daß es ihr sehr lustig vorgekommen, mich diesmal
geputzt und wohl ausstaffirt zu sehen; Friederike hingegen
fand es vortheilhaft, eine solche Erscheinung mir nicht als
Eitelkeit auszulegen, vielmehr den Wunsch, ihr zu gefallen,
darin zu erblicken.

Früh bei Zeiten rief mich Friederike zum Spazieren-
gehen; Mutter und Schwester waren beschäftigt, Alles zum
Empfang mehrerer Gäste vorzubereiten. Ich genoß an der
Seite des lieben Mädchens der herrlichen Sonntagsfrühe
auf dem Lande, wie sie uns der unschätzbare Hebel vergegenwärtigt hat. Sie schilderte mir die erwartete Gesellschaft und bat mich, ihr beizustehen, daß alle Vergnügungen
wo möglich gemeinsam und in einer gewissen Ordnung
möchten genossen werden. „Gewöhnlich," sagte sie „zerstreut

man sich einzeln, Scherz und Spiel wird nur obenhin gekostet, so daß zuletzt für den einen Theil nichts übrig bleibt, als die Karten zu ergreifen, und für den andern, im Tanze sich auszurasen."

Wir entwarfen demnach unsern Plan, was vor und nach Tische geschehen sollte, machten einander wechsel= seitig mit neuen geselligen Spielen bekannt, waren einig und vergnügt, als uns die Glocke nach der Kirche rief, wo ich denn an ihrer Seite eine etwas trockene Predigt des Vaters nicht zu lang fand.

Zeitverkürzend ist immer die Nähe der Geliebten, doch verging mir diese Stunde auch unter besonderem Nachdenken. Ich wiederholte mir die Vorzüge, die sie so eben aufs Freiste vor mir entwickelte: besonnene Heiterkeit, Naivität mit Bewußtsein, Frohsinn mit Voraussehen, Eigenschaften, die unverträglich scheinen, die sich aber bei ihr zusammen= fanden und ihr Aeußeres gar hold bezeichneten. Nun hatte ich aber auch ernstere Betrachtungen über mich selbst anzustellen. die einer freien Heiterkeit eher Eintrag thaten.

Seitdem jenes leidenschaftliche Mädchen meine Lippen verwünscht und geheiligt (denn jede Weihe enthält ja beides), hatte ich mich, abergläubisch genug, in Acht genommen, irgend ein Mädchen zu küssen, weil ich solches auf eine unerhörte geistige Weise zu beschädigen fürchtete. Ich überwand daher jede Lüsternheit, durch die sich der Jüngling gedrungen fühlt, diese viel oder wenig sagende Gunst einem reizenden Mädchen abzugewinnen. Aber selbst in der sittigsten Gesellschaft erwartete mich eine lästige Prüfung. Eben jene mehr oder minder geistreichen, sogenannten kleinen Spiele, durch welche ein munterer jugendlicher Kreis ge=

8

sammelt und vereinigt wird, sind großentheils auf Pfänder gegründet, bei deren Einforderung die Küsse keinen un= bedeutenden Lösewerth haben. Ich hatte mir nun ein= für allemal vorgenommen, nicht zu küssen, und wie uns irgend ein Mangel oder Hinderniß zu Thätigkeiten aufregt, zu denen man sich sonst nicht hingeneigt hätte, so bot ich Alles auf, was an mir von Talent und Humor war, mich durchzuwinden und dabei vor der Gesellschaft und für die Gesellschaft eher zu gewinnen als zu verlieren. Wenn zu Einlösung eines Pfandes ein Vers verlangt werden sollte, so richtete man die Forderung meist an mich. Nun war ich immer vorbereitet und wußte bei solcher Gelegenheit etwas zum Lobe der Wirthin oder eines Frauenzimmers, die sich am Artigsten gegen mich erwiesen hatte, vorzubringen. Traf es sich, daß mir allenfalls ein Kuß auferlegt wurde, so suchte ich mich mit einer Wen= dung herauszuziehen, mit der man gleichfalls zufrieden war, und da ich Zeit gehabt hatte, vorher darüber nach=zu= denken, so fehlte es mir nicht an mannigfaltigen Zierlich= keiten; doch gelangen die aus dem Stegreife immer am Besten.

Als wir nach Hause kamen, schwirrten die von mehreren Seiten angekommenen Gäste schon lustig durch einander, bis Friederike sie sammelte und zu einem Spaziergang nach jenem schönen Platze lud und führte. Dort fand man eine reichliche Kollation und wollte mit geselligen Spielen die Stunde des Mittagessens erwarten. Hier mußte ich in Ein= stimmung mit Friederiken, ob sie gleich mein Geheimniß nicht ahnte, Spiele ohne Pfänder und Pfänderlösungen ohne Küsse zu bereiten und durchzuführen.

Meine Kunstfertigkeit und Gewandtheit war um so nöthiger, als die mir sonst ganz fremde Gesellschaft geschwind ein Verhältniß zwischen mir und dem lieben Mädchen mochte geahnet haben und sich nun schalkhaft alle Mühe gab, mir dasjenige aufzubringen, was ich heimlich zu vermeiden suchte. Denn bemerkt man in solchen Zirkeln eine angehende Neigung junger Personen, so sucht man sie verlegen zu machen oder näher zusammenzubringen, ebenso wie man in der Folge, wenn sich eine Leidenschaft erklärt hat, bemüht ist, sie wieder aus einander zu ziehen; wie es denn dem geselligen Menschen ganz gleichgültig ist, ob er nutzt oder schadet, wenn er nur unterhalten wird.

Ich konnte mit einiger Aufmerksamkeit an diesem Morgen Friederikens ganzes Wesen gewahr werden, dergestalt, daß sie mir für die ganze Zeit immer dieselbe blieb. Schon die freundlichen, vorzüglich an sie gerichteten Grüße der Bauern gaben zu verstehen, daß sie ihnen wohlthätig sei und ihr Behagen errege. Zu Hause stand die Aeltere der Mutter bei; Alles, was körperliche Anstrengung erforderte, ward nicht von Friederiken verlangt; man schonte sie, wie man sagte, ihrer Brust wegen.

Es gibt Frauenspersonen, die uns im Zimmer besonders wohl gefallen, andere, die sich besser im Freien ausnehmen; Friederike gehörte zu den letzteren. Ihr Wesen, ihre Gestalt trat niemals reizender hervor, als wenn sie sich auf einem erhöhten Fußpfad hinbewegte; die Anmuth ihres Betragens schien mit der beblümten Erde und die unverwüstliche Heiterkeit ihres Antlitzes mit dem blauen Himmel zu wetteifern. Diesen erquicklichen Aether, der sie umgab, brachte sie auch mit nach Hause, und es ließ sich

bald bemerken, daß sie Verwirrungen auszugleichen und
die Eindrücke kleiner unangenehmer Zufälligkeiten leicht
wegzulöschen verstand.

Die reinste Freude, die man an einer geliebten Person
finden kann, ist die, zu sehen, daß sie Andere erfreut.
Friederikens Betragen in der Gesellschaft war allgemein
wohlthätig. Auf Spaziergängen schwebte sie, ein belebender
Geist, hin und wieder und wußte die Lücken auszufüllen,
welche hier und da entstehen mochten. Die Leichtigkeit
ihrer Bewegungen haben wir schon gerühmt, und am aller-
zierlichsten war sie, wenn sie lief. So wie das Reh seine
Bestimmung ganz zu erfüllen scheint, wenn es leicht über
die keimenden Saaten wegfliegt, so schien auch sie ihre Art
und Weise am deutlichsten auszudrücken, wenn sie, etwas
Vergessenes zu holen, etwas Verlorenes zu suchen, ein ent-
ferntes Paar herbeizurufen, etwas Nothwendiges zu bestellen, über Rain und Matten leichten Laufes hineilte.
Dabei kam sie niemals außer Athem und blieb völlig im
Gleichgewicht; daher mußte die allzu große Sorge der
Eltern für ihre Brust Manchem übertrieben scheinen.

Der Vater, der uns manchmal durch Wiesen und
Felder begleitete, war öfters nicht günstig gepaart. Ich
gesellte mich deshalb zu ihm, und er verfehlte nicht, sein
Lieblingsthema wieder anzustimmen und mich von dem vor-
geschlagenen Bau des Pfarrhauses umständlich zu unterhalten. Er beklagte sich besonders, daß er die sorgfältig
gefertigten Risse nicht wiedererhalten könne, um darüber
nachzudenken und eine und die andere Verbesserung zu
überlegen. Ich erwiderte darauf, es sei leicht, sie zu ersetzen, und erbot mich zur Fertigung eines Grundrisses,

auf welchen doch vorerst Alles ankomme. Er war es wohl
zufrieden, und bei der nöthigen Ausmessung sollte der
Schulmeister an Hand gehen, welchen aufzuregen er denn
auch sogleich forteilte, damit ja der Fuß= und Zollstab
morgen früh bereit wäre.

Als er hinweggegangen war, sagte Friederike: „Sie
sind recht gut, die schwache Seite des lieben Vaters zu
hegen und nicht, wie die Andern, die dieses Gespräch schon
überdrüssig sind, ihn zu meiden oder davon abzubrechen.
Freilich muß ich Ihnen bekennen, daß wir Uebrigen den
Bau nicht wünschen; er würde der Gemeine zu hoch zu
stehen kommen und uns auch. Neues Haus, neues Haus=
geräthe! Unseren Gästen würde es bei uns nicht wohler
sein, sie sind nun einmal das alte Gebäude gewohnt. Hier
können wir sie reichlich bewirthen, dort fänden wir uns
in einem weiteren Raume beengt. So steht die Sache;
aber unterlassen Sie nicht, gefällig zu sein, ich danke es
Ihnen von Herzen."

Ein anderes Frauenzimmer, das sich zu uns gesellte,
fragte nach einigen Romanen, ob Friederike solche gelesen
habe. Sie verneinte es, denn sie hatte überhaupt wenig
gelesen; sie war in einem heiteren sittlichen Lebensgenuß
aufgewachsen und demgemäß gebildet. Ich hatte den
„Wakefield" auf der Zunge, allein ich wagte nicht, ihr ihn
anzubieten; die Aehnlichkeit der Zustände war zu auffallend
und zu bedeutend. — „Ich lese sehr gern Romane," sagte
sie; „man findet darin so hübsche Leute, denen man wohl
ähnlich sehen möchte."

Die Ausmessung des Hauses geschah des anderen
Morgens. Sie ging ziemlich langsam von Statten, da ich

in solchen Künsten so wenig gewandt war als der Schul=
meister. Endlich kam ein leidlicher Entwurf zu Stande.
Der gute Vater sagte mir seine Absicht und war nicht un=
zufrieden, als ich Urlaub nahm, um den Riß in der Stadt
mit mehr Bequemlichkeit zu verfertigen. Friederike entließ
mich froh; sie war von meiner Neigung überzeugt wie ich
von der ihrigen, und die sechs Stunden schienen keine Ent=
fernung mehr. Es war so leicht, mit der Diligence nach
Drusenheim zu fahren und sich durch dieses Fuhrwerk so
wie durch ordentliche und außerordentliche Boten in Ver=
bindung zu erhalten, wobei George den Spediteur machen
sollte.

In der Stadt angelangt, beschäftigte ich mich in den
frühesten Stunden — denn an langen Schlaf war nicht
mehr zu denken — mit dem Risse, den ich so sauber als
möglich zeichnete. Indessen hatte ich ihr Bücher geschickt
und ein kurzes freundliches Wort dazu geschrieben. Ich
erhielt sogleich Antwort und erfreute mich ihrer leichten,
hübschen, herzlichen Hand. Ebenso war Inhalt und Stil
natürlich, gut, liebevoll, von innen heraus, und so wurde
der angenehme Eindruck, den sie auf mich gemacht, immer
erhalten und erneuert. Ich wiederholte mir die Vorzüge
ihres holden Wesens nur gar zu gern und nährte die
Hoffnung, sie bald und auf längere Zeit wiederzusehen.

Es bedurfte nun nicht mehr eines Zurufs von Seiten
des braven Lehrers; er hatte mich durch jene Worte zur
rechten Zeit so aus dem Grunde kurirt, daß ich ihn und
seine Kranken nicht leicht wiederzusehen Lust hatte. Der
Briefwechsel mit Friederiken wurde lebhafter. Sie lud mich
ein zu einem Feste, wozu auch überrheinische Freunde

kommen würden; ich sollte mich auf längere Zeit einrichten. Ich that es, indem ich einen tüchtigen Manteljack auf die Diligence packte, und in wenig Stunden befand ich mich in ihrer Nähe. Ich traf eine große und lustige Gesellschaft, nahm den Vater beiseite, überreichte ihm den Riß, über den er große Freude bezeigte; ich besprach mit ihm, was ich bei der Ausarbeitung gedacht hatte; er war außer sich vor Vergnügen, besonders lobte er die Reinlichkeit der Zeichnung; die hatte ich von Jugend auf geübt und mir diesmal auf dem schönsten Papier noch besondere Mühe gegeben. Allein dieses Vergnügen wurde unserem guten Wirthe gar bald verkümmert, da er gegen meinen Rath in der Freude seines Herzens den Riß der Gesellschaft vorlegte. Weit entfernt, daran die erwünschte Theilnahme zu äußern, achteten die Einen diese köstliche Arbeit gar nicht; Andere, die etwas von der Sache zu verstehen glaubten, machten es noch schlimmer; sie tadelten den Ent- wurf als nicht kunstgerecht, und als der Alte einen Augen- blick nicht aufmerkte, handhabten sie diese sauberen Blätter als Brouillons, und Einer zog mit harten Bleistiftstrichen seine Verbesserungsvorschläge dergestalt derb über das zarte Papier, daß an Wiederherstellung der ersten Reinheit nicht zu denken war.

Den höchst verdrießlichen Mann, dem sein Vergnügen so schmählich vereitelt worden, vermochte ich kaum zu trösten, so sehr ich ihm auch versicherte, daß ich sie selbst nur für Entwürfe gehalten, worüber wir sprechen und neue Zeich- nungen darauf bauen wollten. Er ging dem Allen un- geachtet höchst verdrießlich weg, und Friederike dankte mir für die Aufmerksamkeit gegen den Vater ebenso sehr als für die Geduld bei der Unart der Mitgäste.

Ich aber kannte keinen Schmerz noch Verdruß in ihrer Nähe. Die Gesellschaft bestand aus jungen, ziemlich lärmenden Freunden, die ein alter Herr noch zu überbieten trachtete und noch wunderlicheres Zeug angab, als sie ausübten. Man hatte schon beim Frühstück den Wein nicht gespart, bei einem sehr wohl besetzten Mittagstische ließ man sich's an keinem Genuß ermangeln, und Allen schmeckte es nach der angreifenden Leibesübung bei ziemlicher Wärme um so besser, und wenn der alte Amtmann des Guten ein wenig zu viel gethan hatte, so war die Jugend nicht weit hinter ihm zurückgeblieben.

Ich war grenzenlos glücklich an Friederikens Seite: gesprächig, lustig, geistreich, vorlaut, und doch durch Gefühl, Achtung und Anhänglichkeit gemäßigt. Sie in gleichem Falle, offen, heiter, theilnehmend und mittheilend. Wir schienen allein für die Gesellschaft zu leben und lebten bloß wechselseitig für uns.

Nach Tische suchte man den Schatten; gesellschaftliche Spiele wurden vorgenommen, und Pfänderspiele kamen an die Reihe. Bei Lösung der Pfänder ging Alles jeder Art ins Uebertriebene: Gebärden, die man verlangte, Handlungen, die man ausüben, Aufgaben, die man lösen sollte, Alles zeigte von einer verwegenen Lust, die keine Grenzen kennt. Ich selbst steigerte diese wilden Scherze durch manchen Schwank, Friederike glänzte durch manchen neckischen Einfall; sie erschien mir lieblicher als je; alle hypochondrischen, abergläubischen Grillen waren mir verschwunden, und als sich die Gelegenheit gab, meine so zärtlich Geliebte recht herzlich zu küssen, versäumte ich's nicht, und noch weniger versagte ich mir die Wiederholung dieser Freude. Die Hoffnung der Gesellschaft auf Musik wurde endlich befriedigt; sie ließ sich hören, und Alles eilte zum Tanz. Die Allemanden, das Walzen und Drehen war Anfang, Mittel und Ende. Alle waren zu diesem Nationaltanz aufgewachsen; auch ich machte meinen geheimen Lehrmeisterinnen Ehre genug, und Friederike, welche tanzte, wie sie ging, sprang und lief, war sehr erfreut, an mir einen geübten Partner zu finden. Wir hielten meist zusammen, mußten aber bald Schicht machen, weil man ihr von allen Seiten zuredete, nicht weiter fortzurasen. Wir entschädigten uns durch einen einsamen Spaziergang Hand in Hand und an jenem stillen Platze durch die herzlichste Umarmung und die treulichste Versicherung, daß wir uns von Grund aus liebten.

Aeltere Personen, die vom Spiel aufgestanden waren, zogen uns mit sich fort. Bei der Abendkollation kam man ebenso wenig zu sich selbst; es ward bis tief in die Nacht getanzt, und an Gesundheiten sowie an anderen Aufmunterungen zum Trinken fehlte es so wenig als am Mittag.

Ich hatte kaum einige Stunden sehr tief geschlafen, als ein erhitztes und in Aufruhr gebrachtes Blut mich aufweckte. In solchen Stunden und Lagen ist es, wo die Sorge, die Reue den wehrlos hingestreckten Menschen zu überfallen pflegen. Meine Einbildungskraft stellte mir zugleich die lebhaftesten Bilder dar: ich sehe Lucinden, wie sie nach dem heftigen Kusse leidenschaftlich von mir zurücktritt, mit glühender Wange, mit funkelnden Augen jene

Verwünschung ausspricht, wodurch nur ihre Schwester bedroht werden soll, und wodurch sie unwissend fremde
Schuldlose bedroht. Ich sehe Friederiken gegen ihr über
stehen, erstarrt vor dem Anblick, bleich und die Folgen
jener Verwünschung fühlend, von der sie nichts weiß. Ich
finde mich in der Mitte, so wenig im Stande, die geistigen
Wirkungen jenes Abenteuers abzulehnen, als jenen Unglück
weissagenden Kuß zu vermeiden. Die zarte Gesundheit
Friederikens schien den gedrohten Unfall zu beschleunigen,
und nun kam mir ihre Liebe zu mir recht unselig vor; ich
wünschte über alle Berge zu sein.

Was aber noch Schmerzlicheres für mich im Hintergrunde lag, will ich nicht verhehlen. Ein gewisser Dünkel
unterhielt bei mir jenen Aberglauben; meine Lippen — ge-
weiht oder verwünscht — kamen mir bedeutender vor als
sonst, und mit nicht geringer Selbstgefälligkeit war ich mir
meines enthaltsamen Betragens bewußt, indem ich mir
manche unschuldige Freude versagte, theils um jenen magischen Vorzug zu bewahren, theils um ein harmloses Wesen
nicht zu verletzen, wenn ich ihn aufgäbe.

Nunmehr aber war Alles verloren und unwiederbringlich; ich war in einen gemeinen Zustand zurückgekehrt, ich
glaubte das liebste Wesen verletzt, ihr unwiederbringlich
geschadet zu haben; und so war jene Verwünschung, anstatt
daß ich sie hätte los werden sollen, von meinen Lippen in
mein eigenes Herz zurückgeschlagen.

Das Alles raste zusammen in meinem durch Liebe
und Leidenschaft, Wein und Tanz aufgeregten Blute, ver-
wirrte mein Denken, peinigte mein Gefühl, so daß ich, besonders im Gegensatz mit den gestrigen behaglichen Freuden,

— 123 —

mich in einer Verzweiflung fühlte, die ohne Grenzen schien. Glücklicherweise blickte durch eine Spalte im Laden das Tageslicht mich an, und alle Mächte der Nacht überwindend, stellte mich die hervortretende Sonne wieder auf meine Füße; ich war bald im Freien und schnell erquickt, wo nicht hergestellt.

Der Aberglaube, so wie manches andere Wähnen, verliert sehr leicht an seiner Gewalt, wenn er, statt unserer Eitelkeit zu schmeicheln, ihr in den Weg tritt und diesem zarten Wesen eine böse Stunde machen will; wir sehen alsdann recht gut, daß wir ihn los werden können, sobald wir wollen; wir entsagen ihm um so leichter, je mehr Alles, was wir ihm entziehen, zu unserem Vortheil gereicht.

Der Anblick Friederikens, das Gefühl ihrer Liebe, die Heiterkeit der Umgebung, Alles machte mir Vorwürfe, daß ich in der Mitte der glücklichsten Tage so traurige Nachtvögel bei mir beherbergen mögen; ich glaubte sie auf ewig verscheucht zu haben. Des lieben Mädchens immer mehr annäherndes, zutrauliches Betragen machte mich durch und durch froh, und ich fand mich recht glücklich, daß sie mir diesmal beim Abschied öffentlich wie anderen Freunden und Verwandten einen Kuß gab.

In der Stadt erwarteten mich gar manche Geschäfte und Zerstreuungen, aus denen ich mich oft durch einen jetzt regelmäßig eingeleiteten Briefwechsel mit meiner Geliebten zu ihr sammelte. Auch in Briefen blieb sie immer dieselbe; sie mochte etwas Neues erzählen oder auf bekannte Begebenheiten anspielen, leicht schildern, vorübergehend reflektiren, immer war es, als wenn sie auch mit der Feder gehend, kommend, laufend, springend so leicht aufträte als

sicher. Auch ich schrieb sehr gern an sie; denn die Ver-
gegenwärtigung ihrer Vorzüge vermehrte meine Neigung
auch in der Abwesenheit, so daß diese Unterhaltung einer
persönlichen wenig nachgab, ja in der Folge mir sogar
angenehmer, theurer wurde.

Denn jener Aberglaube hatte völlig weichen müssen.
Er gründete sich zwar auf Eindrücke früherer Jahre, allein
der Geist des Tages, das Rasche der Jugend, der Umgang mit kalten, verständigen Männern, Alles war ihm
ungünstig, so daß sich nicht leicht Jemand in meiner ganzen
Umgebung gefunden hätte, dem nicht ein Bekenntniß meiner
Grille vollkommen lächerlich gewesen wäre. Allein das
Schlimmste war, daß jener Wahn, indem er floh, eine
wahre Betrachtung über den Zustand zurückließ, in welchem
sich immer junge Leute befinden, deren frühzeitige Neigungen
sich keinen dauerhaften Erfolg versprechen dürfen. So
wenig war mir geholfen, den Irrthum los zu sein, daß
Verstand und Ueberlegung mir nur noch schlimmer in diesem
Falle mitspielten. Meine Leidenschaft wuchs, je mehr ich
den Werth des trefflichen Mädchens kennen lernte, und die
Zeit rückte heran, da ich so viel Liebes und Gutes, vielleicht
auf immer, verlieren sollte.

Wir hatten eine Zeit lang zusammen still und anmuthig fortgelebt, als Freund Weyland die Schalkheit
beging, den „Landpriester von Wakefield" nach Sesenheim
mitzubringen und mir ihn, da vom Vorlesen die Rede
war, unvermuthet zu überreichen, als hätte es weiter gar
nichts zu sagen. Ich wußte mich zu fassen und las so
heiter und freimüthg, als ich nur konnte. Auch die Ge-
sichter meiner Zuhörer erheiterten sich sogleich. Man gestand

sich's nicht ausdrücklich, aber man verleugnete es nicht, daß man sich unter Geistes= und Gefühlsverwandten bewege.

Für den Zustand der Liebenden an dem schönen Ufer des Rheins war diese Vergleichung, zu der sie ein Schalk genöthigt hatte, von den anmuthigsten Folgen. Man denkt nicht über sich, wenn man sich im Spiegel betrachtet, aber man fühlt sich und läßt sich gelten. So ist es auch mit jenen moralischen Nachbildern, an denen man seine Sitten und Neigungen, seine Gewohnheiten und Eigenheiten wie im Schattenriß erkennt und mit brüderlicher Innigkeit zu fassen und zu umarmen strebt.

Die Gewohnheit, zusammen zu sein, befestigte sich immer mehr; man wußte nicht anders, als daß ich diesem Kreis angehöre. Man ließ es geschehen und gehen, ohne gerade zu fragen, was daraus werden sollte. Und welche Eltern finden sich nicht genöthigt, Töchter und Söhne in so schwebenden Zuständen eine Weile hinwalten zu lassen, bis sich etwas zufällig fürs Leben bestätigt, besser, als es ein lange angelegter Plan hätte hervorbringen können.

Man glaubte sowohl auf Friederikens Gesinnungen als auch auf meine Rechtlichkeit, für die man wegen jenes wunderlichen Enthaltens selbst von unschuldigen Liebkosungen ein günstiges Vorurtheil gefaßt hatte, völlig vertrauen zu können. Man ließ uns unbeobachtet, wie es überhaupt dort und damals Sitte war, und es hing von uns ab, in kleinerer oder größerer Gesellschaft die Gegend zu durch= streifen und die Freunde der Nachbarschaft zu besuchen. Diesseits und jenseits des Rheins, in Hagenau, Fort Louis, Philippsburg, der Ortenau fand ich die Personen zerstreut,

die ich in Sesenheim vereinigt gesehen, Jeden bei sich als
freundlichen Wirth gastfrei und so gern Küche und Keller
als Gärten und Weinberge, ja die ganze Gegend auf=
schließend. Die Rheininseln waren denn auch öfters ein
Ziel unserer Wasserfahrten. Dort brachten wir ohne Barm=
herzigkeit die kühlen Bewohner des klaren Rheins in den
Kessel, auf den Rost, in das siedende Fett und hätten uns
hier in den traulichen Fischerhütten vielleicht mehr als
billig angesiedelt, hätten uns nicht die entsetzlichen Rhein=
schnaken nach einigen Stunden wieder weggetrieben. Ueber
diese unerträgliche Störung einer der schönsten Lustpartien,
wo sonst Alles glückte, wo die Neigung der Liebenden mit
dem guten Erfolge des Unternehmens nur zu wachsen
schien, brach ich wirklich, als wir zu früh, ungeschickt und
ungelegen nach Hause kamen, in Gegenwart des guten
geistlichen Vaters in gotteslästerliche Reden aus und ver=
sicherte, daß diese Schnaken allein mich von dem Gedanken
abbringen könnten, als habe ein guter und weiser Gott die
Welt erschaffen. Der alte fromme Herr rief mich dagegen
ernstlich zur Ordnung und verständigte mich, daß diese
Mücken und anderes Ungeziefer erst nach dem Falle unserer
ersten Eltern entstanden, oder wenn deren im Paradiese
gewesen, daselbst nur angenehm gesummet und nicht gestochen
hätten. Ich fühlte mich zwar sogleich besänftigt; denn
ein Zorniger ist wohl zu begütigen, wenn es uns glückt,
ihn zum Lächeln zu bringen; ich versicherte jedoch, es habe
des Engels mit dem flammenden Schwerte gar nicht
bedurft, um das sündige Ehepaar aus dem Garten zu
treiben; er müsse mir vielmehr erlauben, mir vorzustellen,
daß dies durch große Schnaken des Tigris und Euphrat

geschehen sei. Und so hatte ich ihn wieder zum Lachen
gebracht; denn der gute Mann verstand Spaß oder ließ
ihn wenigstens vorübergehen.

Ernsthafter jedoch und herzerhebender war der Genuß
der Tages= und Jahreszeiten in diesem herrlichen Lande.
Man durfte sich nur der Gegenwart hingeben, um diese
Klarheit des reinen Himmels, diesen Glanz der reichen
Erde, diese lauen Abende, diese warmen Nächte an der
Seite der Geliebten oder in ihrer Nähe zu genießen.
Monate lang beglückten uns reine ätherische Morgen, wo
der Himmel sich in seiner ganzen Pracht wies, indem er
die Erde mit überflüssigem Thau getränkt hatte; und da=
mit dieses Schauspiel nicht zu einfach werde, thürmten sich
oft Wolken über die entfernten Berge, bald in dieser, bald
in jener Gegend. Sie standen Tage, ja Wochen lang,
ohne den reinen Himmel zu trüben, und selbst die vorüber=
gehenden Gewitter erquickten das Land und verherrlichten
das Grün, das schon wieder im Sonnenschein glänzte, ehe
es noch abtrocknen konnte. Der doppelte Regenbogen,
zweifarbige Säume eines dunkelgrauen, beinahe schwarzen
himmlischen Bandstreifens waren herrlicher, farbiger, ent=
schiedener, aber auch flüchtiger, als ich sie irgend beobachtet.

Unter diesen Umgebungen trat unversehens die Lust
zu dichten, die ich lange nicht gefühlt hatte, wieder hervor.
Ich legte für Friederiken manche Lieder bekannten Melodien
unter. Sie hätten ein artiges Bändchen gegeben; wenige
davon sind übrig geblieben, man wird sie leicht aus meinen
übrigen herausfinden.

Da ich meiner wunderlichen Studien und übrigen Ver=
hältnisse wegen doch öfters nach der Stadt zurückzukehren

genöthigt war, so entsprang dadurch für unsere Neigung
ein neues Leben, das uns vor allem Unangenehmen bewahrte,
was an solche kleine Liebeshändel als verdrießliche Folge
sich gewöhnlich zu schließen pflegt. Entfernt von mir,
arbeitete sie für mich und dachte auf irgend eine neue
Unterhaltung, wenn ich zurückkäme; entfernt von ihr,
beschäftigte ich mich für sie, um durch eine neue Gabe,
einen neuen Einfall ihr wieder neu zu sein. Gemalte
Bänder waren damals eben erst Mode geworden; ich malte
ihr gleich ein paar Stücke und sendete sie mit einem kleinen
Gedicht voraus, da ich diesmal länger, als ich gedacht,
ausbleiben mußte. Um auch die dem Vater gethane Zu=
sage eines neuen und ausgearbeiteten Baurisses noch über
Versprechen zu halten, beredete ich einen jungen Bauver=
ständigen, statt meiner zu arbeiten. Dieser hatte so viel
Lust an der Aufgabe als Gefälligkeit gegen mich und ward
noch mehr durch die Hoffnung eines guten Empfangs in
einer so angenehmen Familie belebt. Er verfertigte Grund=
riß, Aufriß und Durchschnitt des Hauses; Hof und Garten
war nicht vergessen; auch ein detaillirter, aber sehr mäßiger
Anschlag war hinzugefügt, um die Möglichkeit der Aus=
führung eines weitläuftigen und kostspieligen Unternehmens
als leicht und thulich vorzuspiegeln.

Diese Zeugnisse unserer freundschaftlichen Bemühungen
verschafften uns den liebreichsten Empfang; und da der
gute Vater sah, daß wir den besten Willen hatten, ihm
zu dienen, so trat er mit noch einem Wunsche hervor; es
war der, seine zwar hübsche, aber einfarbige Chaise mit
Blumen und Zierrathen staffirt zu sehen. Wir ließen uns
bereitwillig finden. Farben, Pinsel und sonstige Bedürf=

nisse wurden von den Krämern und Apothekern der nächsten
Städte herbeigeholt. Damit es aber auch an einem
Wakefield'schen Mißlingen nicht fehlen möchte, so bemerkten
wir nur erst, als Alles auf das Fleißigste und Bunteste
gemalt war, daß wir einen falschen Firniß genommen
hatten, der nicht trocknen wollte: Sonnenschein und Zug-
luft, reines und feuchtes Wetter, nichts wollte fruchten.
Man mußte sich indessen eines alten Rumpelkastens bedienen,
und es blieb uns nichts übrig, als die Verzierung mit
mehr Mühe wieder abzureiben, als wir sie aufgemalt
hatten. Die Unlust bei dieser Arbeit vergrößerte sich noch,
als uns die Mädchen ums Himmels willen baten, langsam und vorsichtig zu verfahren, um den Grund zu schonen,
welcher denn doch nach dieser Operation zu seinem ursprünglichen Glanze nicht wieder zurückzubringen war.

Durch solche unangenehme kleine Zwischenfälligkeiten
wurden wir jedoch so wenig als Doktor Primrose und seine
liebenswürdige Familie in unserem heiteren Leben gestört;
denn es begegnete manches unerwartete Glück sowohl uns als
auch Freunden und Nachbaren: Hochzeiten und Kindtaufen,
Richtung eines Gebäudes, Erbschaft, Lotteriegewinn wurden
wechselseitig verkündigt und mitgenossen. Wir trugen alle
Freude wie ein Gemeingut zusammen und wußten sie durch
Geist und Liebe zu steigern. Es war nicht das erste und
letzte Mal, daß ich mich in Familien, in geselligen Kreisen
befand, gerade im Augenblick ihrer höchsten Blüthe, und
wenn ich mir schmeicheln darf, etwas zu dem Glanz solcher
Epochen beigetragen zu haben, so muß ich mir dagegen
vorwerfen, daß· solche Zeiten uns eben deshalb schneller
vorübergeeilt und früher verschwunden.

Nun sollte aber unsere Liebe noch eine sonderbare Prüfung ausstehen. Ich will es Prüfung nennen, obgleich dies nicht das rechte Wort ist. Die ländliche Familie, der ich befreundet war, hatte verwandte Häuser in der Stadt, von gutem Ansehen und Ruf und in behaglichen Vermögensumständen. Die jungen Städter waren öfters in Sesenheim. Die älteren Personen, Mütter und Tanten, weniger beweglich, hörten so Mancherlei von dem dortigen Leben, von der wachsenden Anmuth der Töchter, selbst von meinem Einfluß, daß sie mich erst wollten kennen lernen und, nachdem ich sie öfters besucht und auch bei ihnen wohl empfangen war, uns auch Alle einmal beisammen zu sehen verlangten, zumal als sie Jenen auch eine freund= liche Gegenaufnahme schuldig zu sein glaubten.

Lange ward hierüber hin und her gehandelt. Die Mutter konnte sich schwer von der Haushaltung trennen, Olivie hatte einen Abscheu vor der Stadt, in die sie nicht paßte, Friederike keine Neigung dahin; und so verzögerte sich die Sache, bis sie endlich dadurch entschieden ward, daß es mir unmöglich fiel, innerhalb vierzehn Tagen aufs Land zu kommen, da man sich denn lieber in der Stadt und mit einigem Zwange als gar nicht sehen wollte. Und so fand ich nun meine Freundinnen, die ich nur auf länd= licher Scene zu sehen gewohnt war, deren Bild mir nur auf einem Hintergrunde von schwankenden Baumzweigen, beweglichen Bächen, nickenden Blumenwiesen und einem meilenweit freien Horizonte bisher erschien — ich sah sie nun zum ersten Mal in städtischen, zwar weiten Zimmern, aber doch in der Enge, in Bezug auf Tapeten, Spiegel, Standuhren und Porzellanpuppen.

Das Verhältniß zu dem, was man liebt, ist so ent=
schieden, daß die Umgebung wenig sagen will; aber daß
es die gehörige, natürliche, gewohnte Umgebung sei, dies ver=
langt das Gemüth. Bei meinem lebhaften Gefühl für alles
Gegenwärtige konnte ich mich nicht gleich in den Wider=
spruch des Augenblicks finden. Das anständige, ruhig=edle
Betragen der Mutter paßte vollkommen in diesen Kreis,
sie unterschied sich nicht von den übrigen Frauen; Olivie
dagegen bewies sich ungeduldig wie ein Fisch auf dem
Strande. Wie sie mich sonst in dem Garten anrief, oder
auf dem Felde bei Seite winkte, wenn sie mir etwas Be=
sonderes zu sagen hatte, so that sie auch hier, indem sie
mich in eine Fenstertiefe zog; sie that es mit Verlegenheit
und ungeschickt, weil sie fühlte, daß es nicht paßte und es
doch that. Sie hatte mir das Unwichtigste von der Welt
zu sagen, nichts als was ich schon wußte: daß es ihr ent=
setzlich weh sei, daß sie sich an den Rhein, über den Rhein,
ja in die Türkei wünsche. Friederike hingegen war in
dieser Lage höchst merkwürdig. Eigentlich genommen, paßte
sie auch nicht hinein; aber dies zeugte für ihren Charakter,
daß sie, anstatt sich in diesen Zustand zu finden, unbewußt
den Zustand nach sich modelte. Wie sie auf dem Lande
mit der Gesellschaft gebahrte, so that sie es auch hier.
Jeden Augenblick wußte sie zu beleben. Ohne zu beunruhigen,
setzte sie Alles in Bewegung und beruhigte gerade dadurch
die Gesellschaft, die eigentlich nur von der Langenweile
beunruhigt wird. Sie erfüllte damit vollkommen den
Wunsch der städtischen Tanten, welche ja auch einmal von
ihrem Kanapee aus Zeugen jener ländlichen Spiele und
Unterhaltungen sein wollten. War dieses zur Genüge

9*

geschehen, so wurde die Garderobe, der Schmuck und was
die städtischen, französisch gekleideten Nichten besonders aus-
zeichnete, betrachtet und ohne Neid bewundert. Auch mit
mir machte Friederike sich's leicht, indem sie mich behandelte
wie immer. Sie schien mir keinen anderen Vorzug zu
geben als den, daß sie ihr Begehren, ihre Wünsche eher
an mich als an einen Anderen richtete und mich dadurch
als ihren Diener anerkannte.

Diese Dienerschaft nahm sie einen der folgenden Tage
mit Zuversicht in Anspruch, als sie mir vertraute, die
Damen wünschten mich lesen zu hören. Die Töchter des
Hauses hatten viel davon erzählt; denn in Sesenheim las
ich, was und wann man's verlangte. Ich war sogleich
bereit, nur bat ich um Ruhe und Aufmerksamkeit auf
mehrere Stunden. Dies ging man ein, und ich las an einem
Abend den ganzen Hamlet ununterbrochen, in den Sinn
des Stücks eindringend, wie ich es nur vermochte, mit
Lebhaftigkeit und Leidenschaft mich ausdrückend, wie es
der Jugend gegeben ist. Ich erntete großen Beifall.
Friederike hatte von Zeit zu Zeit tief geathmet und ihre
Wangen eine fliegende Röthe überzogen. Diese beiden
Symptome eines bewegten zärtlichen Herzens, bei schein-
barer Heiterkeit und Ruhe von außen, waren mir nicht
unbekannt und der einzige Lohn, nach dem ich strebte. Sie
sammelte den Dank, daß sie mich veranlaßt hatte, mit
Freuden ein und versagte sich nach ihrer zierlichen Weise
den kleinen Stolz nicht, in mir und durch mich geglänzt
zu haben.

Dieser Stadtbesuch sollte nicht lange dauern, aber die
Abreise verzögerte sich. Friederike that das Ihrige zur

geselligen Unterhaltung, ich ließ es auch nicht fehlen; aber
die reichen Hülfsquellen, die auf dem Lande so ergiebig
sind, versiegten bald in der Stadt, und der Zustand ward
um so peinlicher, als die Aeltere nach und nach ganz aus
der Fassung kam. Die beiden Schwestern waren die Einzigen in der Gesellschaft, welche sich deutsch trugen. Friederike
hatte sich niemals anders gedacht und glaubte überall so
recht zu sein, sie verglich sich nicht; aber Olivien war es
ganz unerträglich, so mägdehaft ausgezeichnet in dieser
vornehm erscheinenden Gesellschaft einherzugehen. Auf dem
Lande bemerkte sie kaum die städtische Tracht an Anderen,
sie verlangte sie nicht; in der Stadt konnte sie die ländliche nicht ertragen. Dies Alles zu dem übrigen Geschicke
städtischer Frauenzimmer, zu den hundert Kleinigkeiten
einer ganz entgegengesetzten Umgebung wühlte einige Tage
so in dem leidenschaftlichen Busen, daß ich alle schmeichelnde
Aufmerksamkeit auf sie zu wenden hatte, um sie nach dem
Wunsche Friederikens zu begütigen. Ich fürchtete eine
leidenschaftliche Scene. Ich sah den Augenblick, da sie sich
mir zu Füßen werfen und mich bei allem Heiligen beschwören werde, sie aus diesem Zustande zu retten. Sie
war himmlisch gut, wenn sie sich nach ihrer Weise behaben
konnte; aber ein solcher Zwang setzte sie gleich in Mißbehagen und konnte sie zuletzt bis zur Verzweiflung treiben.
Nun suchte ich zu beschleunigen, was die Mutter mit Olivien
wünschte und was Friederiken nicht zuwider war. Diese
im Gegensatze mit ihrer Schwester zu loben, enthielt ich
mich nicht; ich sagte ihr, wie sehr ich mich freue, sie unverändert und auch in diesen Umgebungen so frei wie den
Vogel auf den Zweigen zu finden. Sie war artig genug,

zu erwidern, daß ich ja da sei, sie wolle weder hinaus noch herein, wenn ich bei ihr wäre.

Endlich sah ich sie abfahren, und es fiel mir wie ein Stein vom Herzen; denn meine Empfindung hatte den Zustand von Friederiken und Olivien getheilt: ich war zwar nicht leidenschaftlich geängstigt wie diese, aber ich fühlte mich doch keineswegs wie jene behaglich.

Da ich eigentlich nach Straßburg gegangen war, um zu promoviren, so gehörte es freilich unter die Unregel= mäßigkeiten meines Lebens, daß ich ein solches Haupt= geschäft als eine Nebensache betrachtete. Die Sorge wegen des Examens hatte ich mir auf eine sehr leichte Weise beiseite geschafft; es war nun aber auch an die Disputation zu denken; denn von Frankfurt abreisend hatte ich meinem Vater versprochen und mir selbst vorgesetzt, eine solche zu schreiben. Es ist der Fehler derjenigen, die manches, ja viel vermögen, daß sie sich Alles zutrauen, und die Jugend muß sogar in diesem Falle sein, damit nur etwas aus ihr werde. Eine Uebersicht der Rechtswissenschaft und ihres ganzen Fachwerks hatte ich mir so ziemlich verschafft, ein= zelne rechtliche Gegenstände interessirten mich hinlänglich, und ich glaubte, mit meinem kleinen Menschenverstand ziem= lich durchzukommen. Es zeigten sich große Bewegungen in der Jurisprudenz; es sollte mehr nach Billigkeit geurtheilt werden; alle Gewohnheitsrechte sah man täglich gefährdet, und besonders dem Kriminalwesen stand eine große Ver= änderung bevor. Was mich selbst betraf, so fühlte ich wohl, daß mir zur Ausfüllung jener Rechtstopik, die ich mir gemacht hatte, unendlich Vieles fehle; das eigentliche Wissen ging mir ab, und keine innere Richtung drängte mich zu diesen Gegenständen. Auch mangelte der Anstoß von außen, ja, mich hatte eine ganz andere Fakultät mit fortgerissen. Ueberhaupt, wenn ich Interesse finden sollte, so mußte ich einer Sache irgend etwas abgewinnen, ich mußte etwas an ihr gewahr werden, das mir fruchtbar schien und Aussichten gab. So hatte ich mir einige Materien wohl gemerkt, auch sogar darauf gesammelt und nahm auch meine Kollektaneen vor, überlegte das, was ich behaupten, das Schema, wonach ich die einzelnen Elemente ordnen wollte, nochmals und arbeitete so eine Zeit lang; allein ich war klug genug, bald zu sehen, daß ich nicht fortkommen könne und daß, um eine besondere Materie ab= zuhandeln, auch ein besonderer und lang anhaltender Fleiß erforderlich sei, ja, daß man nicht einmal ein solches Be= sondere mit Glück vollführen werde, wenn man nicht im Ganzen wo nicht Meister, doch wenigstens Altgeselle sei.

Die Freunde, denen ich meine Verlegenheit mittheilte, fanden mich lächerlich, weil man über Theses ebenso gut, ja noch besser als über einen Traktat disputiren könne: in Straßburg sei das gar nicht ungewöhnlich. Ich ließ mich zu einem solchen Ausweg sehr geneigt finden; allein mein Vater, dem ich deshalb schrieb, verlangte ein ordentliches Werk, das ich, wie er meinte, sehr wohl ausfertigen könnte, wenn ich nur wollte und mir die gehörige Zeit dazu nähme. Ich war nun genöthigt, mich auf irgend ein Allgemeines zu werfen und etwas zu wählen, was mir geläufig wäre. Die Kirchengeschichte war mir fast noch bekannter als die Weltgeschichte, und mich hatte von je her der Konflikt, in welchem sich die Kirche, der öffentlich anerkannte Gottes= dienst, nach zwei Seiten hin befindet und immer befinden

wird, höchlich interessirt. Denn einmal liegt sie in ewigem
Streit mit dem Staat, über den sie sich erheben, und so=
dann mit den Einzelnen, die sie alle zu sich versammeln
will. Der Staat von seiner Seite will ihr die Ober=
herrschaft nicht zugestehen, und die Einzelnen widersetzen
sich ihrem Zwangsrechte. Der Staat will Alles zu öffent=
lichen, allgemeinen Zwecken, der Einzelne zu häuslichen,
herzlichen, gemüthlichen. Ich war von Kindheit auf Zeuge
solcher Bewegungen gewesen, wo die Geistlichkeit es bald
mit ihren Oberen, bald mit der Gemeine verdarb. Ich
hatte mir daher in meinem jugendlichen Sinne festgesetzt,
daß der Staat, der Gesetzgeber, das Recht habe, einen
Kultus zu bestimmen, nach welchem die Geistlichkeit lehren
und sich benehmen solle, die Laien hingegen sich äußerlich
und öffentlich genau zu richten hätten; übrigens sollte die
Frage nicht sein, was Jeder bei sich denke, fühle oder
sinne. Dadurch glaubte ich alle Kollisionen auf einmal
gehoben zu haben. Ich wählte deshalb zu meiner Dis=
putation die erste Hälfte dieses Themas: daß nämlich der
Gesetzgeber nicht allein berechtigt, sondern verpflichtet sei,
einen gewissen Kultus festzusetzen, von welchem weder die
Geistlichkeit noch die Laien sich lossagen dürften. Ich führte
dieses Thema theils historisch, theils raisonnirend aus, in=
dem ich zeigte, daß alle öffentlichen Religionen durch Heer=
führer, Könige und mächtige Männer eingeführt worden,
ja, daß dieses sogar der Fall mit der christlichen sei. Das
Beispiel des Protestantismus lag ja ganz nahe. Ich ging
bei dieser Arbeit um so kühner zu Werke, als ich sie eigent=
lich nur meinen Vater zu befriedigen schrieb und nichts
sehnlicher wünschte und hoffte, als daß sie die Zensur nicht

paſſiren möchte. Ich hatte noch von Behriſch her eine
unüberwindliche Abneigung, etwas von mir gedruckt zu
ſehen, und mein Umgang mit Herdern hatte mir meine
Unzulänglichkeit nur allzu deutlich aufgedeckt, ja, ein ge-
wiſſes Mißtrauen gegen mich ſelbſt war dadurch völlig zur
Reife gekommen.

Da ich dieſe Arbeit faſt ganz aus mir ſelbſt ſchöpfte
und das Latein geläufig ſprach und ſchrieb, ſo verfloß mir
die Zeit, die ich auf die Abhandlung verwendete, ſehr angenehm. Die Sache hatte wenigſtens einigen Grund; die
Darſtellung war, redneriſch genommen, nicht übel, das
Ganze hatte eine ziemliche Rundung. Sobald ich damit
zu Rande war, ging ich ſie mit einem guten Lateiner durch,
der, ob er gleich meinen Stil im Ganzen nicht verbeſſern
konnte, doch alle auffallenden Mängel mit leichter Hand
vertilgte, ſo daß etwas zu Stande kam, das ſich aufzeigen
ließ. Eine reinliche Abſchrift wurde meinem Vater ſogleich
zugeſchickt, welcher zwar nicht billigte, daß keiner von den
früher vorgenommenen Gegenſtänden ausgeführt worden
ſei, jedoch mit der Kühnheit des Unternehmens als ein
völlig proteſtantiſch Geſinnter wohl zufrieden war. Mein
Seltſames wurde geduldet, meine Anſtrengung gelobt, und
er verſprach ſich von der Bekanntmachung dieſes Werkchens
eine vorzügliche Wirkung.

Ich überreichte nun meine Hefte der Fakultät, und
dieſe betrug ſich glücklicherweiſe ſo klug als artig. Der
Dekan, ein lebhafter, geſcheiter Mann, fing mit vielen
Lobeserhebungen meiner Arbeit an, ging dann zum Be-
denklichen derſelben über, welches er nach und nach in ein
Gefährliches zu verwandeln wußte und damit ſchloß, daß ·

es nicht räthlich sein möchte, diese Arbeit als akademische Dissertation bekannt zu machen. Der Aspirant habe sich der Fakultät als einen denkenden jungen Mann gezeigt, von dem sie das Beste hoffen dürfe; sie wolle mich gern, um die Sache nicht aufzuhalten, über Theses disputiren lassen. Ich könne ja in der Folge meine Abhandlung, wie sie vorliege oder weiter ausgearbeitet, lateinisch oder in einer andern Sprache herausgeben, dies würde mir, als einem Privatmann und Protestanten, überall leicht werden, und ich hätte mich des Beifalls um desto reiner und allgemeiner alsdann zu erfreuen. Kaum verbarg ich dem guten Manne, welchen Stein mir sein Zureden vom Herzen wälzte; bei jedem neuen Argument, das er vorbrachte, um mich durch seine Weigerung nicht zu betrüben oder zu erzürnen, ward es mir immer leichter im Gemüth und ihm zuletzt auch, als ich ganz unerwartet seinen Gründen nichts entgegensetzte, sie vielmehr höchst einleuchtend fand und versprach, mich in allem nach seinem Rath und nach seiner Anleitung zu benehmen. Ich setzte mich nun wieder mit meinem Repetenten zusammen. Theses wurden ausgewählt und gedruckt, und die Disputation ging unter Opposition meiner Tischgenossen mit großer Lustigkeit, ja Leichtfertigkeit vorüber; da mir denn meine alte Uebung, im Corpus juris aufzuschlagen, gar sehr zu Statten kam und ich für einen wohlunterrichteten Menschen gelten konnte. Ein guter herkömmlicher Schmaus beschloß die Feierlichkeit.

Mein Vater war indessen sehr unzufrieden, daß dieses Werkchen nicht als Disputation ordentlich gedruckt worden war, weil er gehofft hatte, ich sollte bei meinem Einzuge in Frankfurt Ehre damit einlegen. Er wollte es daher besonders herausgegeben wissen; ich stellte ihm aber vor, daß die Materie, die nur skizzirt sei, künftig weiter aus- geführt werden müßte. Er hob zu diesem Zwecke das Manuskript sorgfältig auf, und ich habe es nach mehreren Jahren noch unter seinen Papieren gesehen.

Meine Promotion war am 6. August 1771 geschehen; den Tag darauf starb Schöpflin im fünfundsiebzigsten Jahre. Auch ohne nähere Berührung hatte derselbe bedeutend auf mich eingewirkt; denn vorzügliche mitlebende Männer sind den größeren Sternen zu vergleichen, nach denen, so lange sie nur über dem Horizont stehen, unser Auge sich wendet und sich gestärkt und gebildet fühlt, wenn es ihm vergönnt ist, solche Vollkommenheiten in sich aufzunehmen.

Genähert habe ich mich diesem vorzüglichen Manne niemals als in einer Nacht, da wir ihm ein Fackelständchen brachten. Den mit Linden überwölbten Hof des alten Stift- gebäudes erfüllten unsere Pechfeuer mehr mit Rauch, als daß sie ihn erleuchtet hätten. Nach geendigtem Musik- geräusch kam er herab und trat unter uns, und hier war er recht an seinem Platze. Der schlank- und wohlgewachsene heitere Greis stand mit leichtem, freiem Wesen würdig vor uns und hielt uns werth genug, eine wohlgedachte Rede ohne Spur von Zwang und Pedantismus väterlich liebe- voll auszusprechen, so daß wir uns in dem Augenblick etwas dünkten, da er uns wie die Könige und Fürsten behandelte, die er öffentlich anzureden so oft berufen war. Wir ließen unsere Zufriedenheit überlaut vernehmen, Trom- peten- und Paukenschall erklang wiederholt, und die aller- liebste, hoffnungsvolle akademische Plebs verlor sich mit innigem Behagen nach Hause.

Seine Schüler und Studienverwandten, Koch und Oberlin, fanden zu mir schon ein näheres Verhältniß, und wenn es ihrem Willen und Wunsche nach gegangen wäre, so hätte ich ihnen das Glück meines Lebens verdanken müssen. Damit verhielt es sich aber folgendergestalt.

Schöpflin, der sich in der höheren Sphäre des Staatsrechts Zeitlebens bewegt hatte und den großen Einfluß wohl kannte, welchen solche und verwandte Studien bei Höfen und in Kabinetten einem fähigen Kopfe zu verschaffen geeignet sind, fühlte eine unüberwindliche, ja ungerechte Abneigung gegen den Zustand des Civilisten und hatte die gleiche Gesinnung den Seinigen eingeflößt. Obgenannte beide Männer, Freunde von Salzmann, hatten auf eine liebreiche Weise von mir Kenntniß genommen. Das leidenschaftliche Ergreifen äußerer Gegenstände, die Darstellungsart, womit ich die Vorzüge derselben herauszuheben und ihnen ein besonderes Interesse zu verleihen wußte, schätzten sie höher als ich selbst. Meine geringe, ich kann wohl sagen, nothdürftige Beschäftigung mit dem Civilrechte war ihnen nicht unbemerkt geblieben; sie kannten mich genug, um zu wissen, wie leicht ich bestimmbar sei; aus meiner Lust zum akademischen Leben hatte ich auch kein Geheimniß gemacht, und sie dachten mich daher für Geschichte, Staatsrecht, Redekunst erst nur im Vorübergehen, dann aber entschiedener zu erwerben. Straßburg selbst bot Vortheile genug. Eine Aussicht auf die deutsche Kanzlei in Versailles, der Vorgang von Schöpflin, dessen Verdienst mir freilich unerreichbar schien, sollte zwar nicht zur Nachahmung, doch zur Nacheiferung reizen und vielleicht dadurch ein ähnliches Talent zur Ausbildung gelangen,

welches sowohl Dem, der sich dessen rühmen dürfte, er-
sprießlich, als Andern, die es für sich zu gebrauchen dächten,
nützlich sein könnte. Diese meine Gönner und Salzmann
mit ihnen legten auf mein Gedächtniß und auf meine
Fähigkeit, den Sinn der Sprachen zu fassen, einen großen
Werth und suchten hauptsächlich dadurch ihre Absichten und
Vorschläge zu motiviren.

Die französische Sprache war mir von Jugend auf
lieb; ich hatte sie in einem bewegteren Leben und ein be-
wegteres Leben durch sie kennen gelernt. Sie war mir
ohne Grammatik und Unterricht, durch Umgang und Uebung
wie eine zweite Muttersprache zu eigen geworden. Nun
wünschte ich mich derselben mit größerer Leichtigkeit zu
bedienen und zog deswegen Straßburg zum abermaligen
akademischen Aufenthalt andern hohen Schulen vor; aber
leider sollte ich dort gerade das Umgekehrte von meinen
Hoffnungen erfahren und von dieser Sprache, diesen Sitten
eher ab- als ihnen zugewendet werden.

Die Franzosen, welche sich überhaupt eines guten Betragens befleißigen, sind gegen Fremde, die ihre Sprache
zu reden anfangen, nachsichtig, sie werden Niemanden über
irgend einen Fehler auslachen oder ihn deshalb ohne Um-
schweif tadeln. Da sie jedoch nicht wohl ertragen mögen,
daß in ihrer Sprache gesündigt wird, so haben sie die Art,
ebendasselbe, was man gesagt hat, mit einer anderen Wen-
dung zu wiederholen und gleichsam höflich zu bekräftigen,
sich dabei aber des eigentlichen Ausdrucks, den man hätte
gebrauchen sollen, zu bedienen und auf diese Weise den
Verständigen und Aufmerksamen auf das Rechte und Gehörige zu führen.

So sehr man nun, wenn es Einem Ernst ist, wenn
man Selbstverleugnung genug hat, sich für einen Schüler
zu geben, hierbei gewinnt und gefördert wird, so fühlt man
sich doch immer einigermaßen gedemüthiget und, da man
doch auch um der Sache willen redet, oft allzu sehr unterbrochen, ja abgelenkt, und man läßt ungeduldig das Gespräch fallen. Dies begegnete besonders mir vor Andern,
indem ich immer etwas Interessantes zu sagen glaubte,
dagegen aber auch etwas Bedeutendes vernehmen und nicht
immer bloß auf den Ausdruck zurückgewiesen sein wollte;
ein Fall, der bei mir öfter eintrat, weil mein Französisch
viel buntscheckiger war als das irgend eines andern Fremden. Von Bedienten, Kammerdienern und Schildwachen,
jungen und alten Schauspielern, theatralischen Liebhabern,
Bauern und Helden hatte ich mir die Redensarten sowie
die Accentuationen gemerkt, und dieses Babylonische Idiom
sollte sich durch ein wunderliches Ingrediens noch mehr
verwirren, indem ich den französischen reformirten Geistlichen gern zuhörte und ihre Kirchen um so lieber besuchte,
als ein sonntägiger Spaziergang nach Bockenheim dadurch
nicht allein erlaubt, sondern geboten war. Aber auch hiermit sollte es noch nicht genug sein; denn als ich in den
Jünglingsjahren immer mehr auf die Deutschheit des
sechzehnten Jahrhunderts gewiesen ward, so schloß ich gar
bald auch die Franzosen jener herrlichen Epoche in diese
Neigung mit ein. Montaigne, Amyot, Rabelais, Marot
waren meine Freunde und erregten in mir Antheil und
Bewunderung. Alle diese verschiedenen Elemente bewegten
sich nun in meiner Rede chaotisch durcheinander, so daß
für den Zuhörer die Intention über dem wunderlichen

Ausdruck meist verloren ging, ja, daß ein gebildeter Franzose mich nicht mehr höflich zurechtweisen, sondern geradezu tadeln und schulmeistern mußte. Abermals ging es mir also hier wie vordem in Leipzig, nur daß ich mich diesmal nicht auf das Recht meiner Vatergegend, so gut als andere Provinzen idiotisch zu sprechen, zurückziehen konnte, sondern hier auf fremdem Grund und Boden mich einmal hergebrachten Gesetzen fügen sollte.

Vielleicht hätten wir uns auch wohl hierein ergeben, wenn uns nicht ein böser Genius in die Ohren geraunt hätte, alle Bemühungen eines Fremden, Französisch zu reden, würden immer ohne Erfolg bleiben; denn ein geübtes Ohr höre den Deutschen, den Italiener, den Engländer unter seiner französischen Maske gar wohl heraus; geduldet werde man, aber keineswegs in den Schoß der einzig sprachseligen Kirche aufgenommen.

Anstatt uns nun zu trösten, so ärgerte uns dagegen diese pedantische Ungerechtigkeit; wir verzweifeln und überzeugen uns vielmehr, daß die Bemühung vergebens sei, den Franzosen durch die Sache genug zu thun, da sie an die äußeren Bedingungen, unter welchen Alles erscheinen soll, allzu genau gebunden sind. Wir fassen daher den umgekehrten Entschluß, die französische Sprache gänzlich abzulehnen und uns mehr als bisher mit Gewalt und Ernst der Muttersprache zu widmen.

Auch hierzu fanden wir im Leben Gelegenheit und Theilnahme. Elsaß war noch nicht lange genug mit Frankreich verbunden, als daß nicht noch bei Alt und Jung eine liebevolle Anhänglichkeit an alte Verfassung, Sitte, Sprache, Tracht sollte übrig geblieben sein. Wenn

der Ueberwundene die Hälfte seines Daseins nothgedrungen
verliert, so rechnet er sich's zur Schmach, die andere Hälfte
freiwillig aufzugeben. Er hält daher an Allem fest, was
ihm die vergangene gute Zeit zurückrufen und die Hoffnung
der Wiederkehr einer glücklichen Epoche nähren kann. Gar
manche Einwohner von Straßburg bildeten zwar abgeson-
derte, aber doch dem Sinne nach verbundene kleine Kreise,
welche durch die vielen Unterthanen deutscher Fürsten, die
unter französischer Hoheit ansehnliche Strecken Landes be-
saßen, stets vermehrt und rekrutirt wurden; denn Väter
und Söhne hielten sich Studirens oder Geschäfts wegen
länger oder kürzer in Straßburg auf.

An unserm Tische ward gleichfalls nichts wie Deutsch
gesprochen. Salzmann drückte sich im Französischen mit
vieler Leichtigkeit und Eleganz aus, war aber unstreitig
dem Streben und der That nach ein vollkommener Deutscher; Lersen hätte man als Muster eines deutschen Jünglings aufstellen können; und wenn unter den Uebrigen auch
Mancher zu gallischer Sprache und Sitte hinneigte, so
ließen sie doch, so lange sie bei uns waren, den allgemeinen Ton auch über sich schalten und walten.

Von der Sprache wendeten wir uns zu den Staats-
verhältnissen. Zwar wußten wir von unserer Reichsver-
fassung nicht viel Löbliches zu sagen; wir gaben zu, daß
sie aus lauter gesetzlichen Mißbräuchen bestehe, erhoben
uns aber um desto höher über die französische gegenwärtige
Verfassung, die sich in lauter gesetzlosen Mißbräuchen ver-
wirre, deren Regierung ihre Energie nur am falschen Orte
sehen lasse und gestatten müsse, daß eine gänzliche Ver-

änderung der Dinge schon in schwarzen Aussichten öffent=
lich prophezeit werde.

Blickten wir hingegen nach Norden, so leuchtete uns
von dort Friedrich, der Polarstern, her, um den sich
Deutschland, Europa, ja die Welt zu drehen schien. Sein
Uebergewicht in Allem offenbarte sich am Stärksten, als
in der französischen Armee das preußische Exercitium und
sogar der preußische Stock eingeführt werden sollte. Wir
verziehen ihm übrigens seine Vorliebe für eine fremde
Sprache, da wir ja die Genugthuung empfanden, daß ihm
seine französischen Poeten, Philosophen und Literatoren
Verdruß zu machen fortfuhren und wiederholt erklärten,
er sei nur als Eindringling anzusehen und zu be=
handeln.

Was uns aber von den Franzosen gewaltiger als alles
Andere entfernte, war die wiederholte unhöfliche Behauptung,
daß es den Deutschen überhaupt sowie dem nach franzö=
sischer Kultur strebenden Könige an Geschmack fehle. Ueber
diese Redensart, die wie ein Refrain sich an jedes Urtheil
anschloß, suchten wir uns durch Nichtachtung zu beruhigen;
aufklären darüber konnten wir uns aber um so weniger,
als man uns versichern wollte, schon Menage habe gesagt,
die französischen Schriftsteller besäßen Alles, nur nicht
Geschmack, so wie wir denn auch aus dem jetzt lebenden
Paris zu erfahren hatten, daß die neuesten Autoren sämmt=
lich des Geschmacks ermangelten und Voltaire selbst diesem
höchsten Tadel nicht ganz entgehen könne. Schon früher
und wiederholt auf die Natur gewiesen, wollten wir daher
nichts gelten lassen als Wahrheit und Aufrichtigkeit des
Gefühls und den raschen, derben Ausdruck desselben.

Freundschaft, Liebe, Brüderschaft.
Trägt die sich nicht von selber vor?

war Losung und Feldgeschrei, woran sich die Glieder unserer
kleinen akademischen Horde zu erkennen und zu erquicken
pflegten. Diese Maxime lag zum Grunde allen unsern
geselligen Gelagen, bei welchen uns denn freilich manchen
Abend Vetter Michel in seiner wohlbekannten Deutschheit
zu besuchen nicht verfehlte.

Will man in dem bisher Erzählten nur äußere zu=
fällige Anlässe und persönliche Eigenheiten finden, so hatte
die französische Literatur an sich selbst gewisse Eigenschaften,
welche den strebenden Jüngling mehr abstoßen als anziehen
mußten. Sie war nämlich bejahrt und vornehm, und
durch beides kann die nach Lebensgenuß und Freiheit um=
schauende Jugend nicht ergötzt werden.

Uns Jünglingen, denen, bei einer deutschen Natur=
und Wahrheitsliebe, als beste Führerin im Leben und
Lernen die Redlichkeit gegen uns selbst und Andere immer
vor Augen schwebte, ward die parteiische Unredlichkeit Vol=
taire's und die Verbildung so vieler würdigen Gegenstände
immer mehr zum Verdruß, und wir bestärkten uns täglich
in der Abneigung gegen ihn. Er hatte die Religion und
die heiligen Bücher, worauf sie gegründet ist, um den so=
genannten Pfaffen zu schaden, niemals genug herabsetzen
können und mir dadurch manche unangenehme Empfindung
erregt. Da ich nun aber gar vernahm, daß er, um die
Ueberlieferung einer Sündfluth zu entkräften, alle versteinten
Muscheln leugnete und solche nur für Naturspiele gelten
ließ, so verlor er gänzlich mein Vertrauen; denn der
Augenschein hatte mir auf dem Bastberge deutlich genug

gezeigt, daß ich mich auf altem abgetrocknetem Meeres=
grund, unter den Exuvien seiner Ureinwohner befinde.
Ja, diese Berge waren einstmals von Wellen bedeckt; ob
vor oder während der Sündfluth, das konnte mich nicht
rühren: genug, das Rheinthal war ein ungeheurer See,
eine unübersehliche Bucht gewesen, das konnte man mir
nicht ausreden. Ich gedachte vielmehr in Kenntniß der
Länder und Gebirge vorzuschreiten, es möchte sich daraus
ergeben, was da wollte.

Bejahrt also und vornehm war an sich selbst und
durch Voltairen die französische Literatur. Lasset uns diesem
merkwürdigen Manne noch einige Betrachtung widmen!

Auf thätiges und geselliges Leben, auf Politik, auf
Erwerb im Großen, auf das Verhältniß zu den Herren
der Erde und Benutzung dieses Verhältnisses, damit er
selbst zu den Herren der Erde gehöre, dahin war von
Jugend auf Voltaire's Wunsch und Bemühung gewendet.
Nicht leicht hat sich Jemand so abhängig gemacht, um un=
abhängig zu sein. Auch gelang es ihm, die Geister zu
unterjochen: die Nation fiel ihm zu. Vergebens ent=
wickelten seine Gegner mäßige Talente und einen unge=
heuern Haß; nichts gereichte zu seinem Schaden. Den
Hof zwar konnte er nie mit sich versöhnen, aber dafür
waren ihm fremde Könige zinsbar.

Auf philosophische Weise erleuchtet und gefördert zu
werden, hatten wir keinen Trieb noch Hang; über religiöse
Gegenstände glaubten wir uns selbst aufgeklärt zu haben,
und so war der heftige Streit französischer Philosophen
mit dem Pfaffthum uns ziemlich gleichgültig. Verbotene,
zum Feuer verdammte Bücher, welche damals großen

Lärmen machten, übten keine Wirkung auf uns. Ich ge=
denke statt aller des Système de la Nature, das wir aus
Neugier in die Hand nahmen. Wir begriffen nicht, wie
ein solches Buch gefährlich sein könnte. Es kam uns so
grau, so cimmerisch, so todtenhaft vor, daß wir Mühe
hatten, seine Gegenwart auszuhalten, daß wir davor wie
vor einem Gespenste schauderten. Der Verfasser glaubt
sein Buch ganz eigens zu empfehlen, wenn er in der Vor=
rede versichert, daß er, als ein abgelebter Greis, so eben
in die Grube steigend, der Mit= und Nachwelt die Wahr=
heit verkünden wolle.

Wir lachten ihn aus; denn wir glaubten bemerkt zu
haben, daß von alten Leuten eigentlich an der Welt nichts
geschätzt werde, was liebenswürdig und gut an ihr ist.
„Alte Kirchen haben dunkle Gläser!“ — „Wie Kirschen
und Beeren schmecken, muß man Kinder und Sperlinge
fragen!“ dies waren unsere Lust= und Leibworte; und so
schien uns jenes Buch, als die rechte Quintessenz der
Greisenheit, unschmackhaft, ja abgeschmackt. Alles sollte
nothwendig sein und deswegen kein Gott. Könnte es denn
aber nicht auch nothwendig einen Gott geben? fragten wir.
Dabei gestanden wir freilich, daß wir uns den Noth=
wendigkeiten der Tage und Nächte, der Jahreszeiten, der
klimatischen Einflüsse, der physischen und animalischen Zu=
stände nicht wohl entziehen könnten; doch fühlten wir etwas
in uns, das als vollkommene Willkür erschien, und wieder
etwas, das sich mit dieser Willkür ins Gleichgewicht zu
setzen suchte.

Die Hoffnung, immer vernünftiger zu werden, uns
von den äußeren Dingen, ja von uns selbst immer un=

abhängiger zu machen, konnten wir nicht aufgeben. Das Wort Freiheit klingt so schön, daß man es nicht entbehren könnte, und wenn es einen Irrthum bezeichnete.

Wenn uns jedoch dieses Buch einigen Schaden ge= bracht hat, so war es der, daß wir aller Philosophie, be= sonders aber der Metaphysik recht herzlich gram wurden und blieben, dagegen aber aufs lebendige Wissen, Erfahren, Thun und Dichten uns nur desto lebhafter und leiden= schaftlicher hinwarfen.

So waren wir denn an der Grenze von Frankreich alles französischen Wesens auf einmal baar und ledig. Ihre Lebensweise fanden wir zu bestimmt und zu vornehm, ihre Dichtung kalt, ihre Kritik vernichtend, ihre Philosophie abstrus und doch unzulänglich, so daß wir auf dem Punkte standen, uns der rohen Natur wenigstens versuchsweise hinzugeben, wenn uns nicht ein anderer Einfluß schon seit langer Zeit zu höheren, freieren und ebenso wahren als dichterischen Weltansichten und Geistesgenüssen vorbereitet und uns erst heimlich und mäßig, dann aber immer offen= barer und gewaltiger beherrscht hätte.

Ich brauche kaum zu sagen, daß hier Shakespeare gemeint sei, und nachdem ich dieses ausgesprochen, bedarf es keiner weiteren Ausführung. Shakespeare ist von den Deutschen mehr als von allen anderen Nationen, ja viel= leicht mehr als von seiner eigenen erkannt. Gegenwärtig will ich nur die Art, wie ich mit ihm bekannt geworden, näher anzeigen. Es geschah ziemlich früh, in Leipzig, durch Dodd's Beauties of Shakespeare.

Nun erschien Wieland's Uebersetzung. Sie ward ver= schlungen, Freunden und Bekannten mitgetheilt und em=

pfohlen. Wir Deutsche hatten den Vortheil, daß mehrere
bedeutende Werke fremder Nationen auf eine leichte und
heitere Weise zuerst herübergebracht wurden. Shakespeare
prosaisch übersetzt, erst durch Wieland, dann durch Eschen-
burg, konnte als eine allgemein verständliche und jedem
Leser gemäße Lektüre sich schnell verbreiten und große
Wirkung hervorbringen. Ich ehre den Rhythmus wie den
Reim, wodurch Poesie erst zur Poesie wird; aber das
eigentlich tief und gründlich Wirksame, das wahrhaft Aus-
bildende und Fördernde ist dasjenige, was vom Dichter
übrig bleibt, wenn er in Prose übersetzt wird. Dann bleibt
der reine, vollkommene Gehalt, den uns ein blendendes
Aeußere oft, wenn er fehlt, vorzuspiegeln weiß, und wenn
er gegenwärtig ist, verdeckt. Und so wirkte in unserer
Straßburger Societät Shakespeare, übersetzt und im Origi-
nal, stückweise und im Ganzen, stellen- und auszugsweise
dergestalt, daß, wie man bibelfeste Männer hat, wir uns
nach und nach in Shakespeare befestigten, die Tugenden
und Mängel seiner Zeit, mit denen er uns bekannt macht,
in unseren Gesprächen nachbildeten, an seinen Quibbles
die größte Freude hatten und durch Uebersetzung derselben,
ja durch originalen Muthwillen mit ihm wetteiferten. Hiezu
trug nicht wenig bei, daß ich ihn vor Allen mit großem
Enthusiasmus ergriffen hatte. Ein freudiges Bekennen,
daß etwas Höheres über mir schwebe, war ansteckend für
meine Freunde, die sich alle dieser Sinnesart hingaben.
Wir leugneten die Möglichkeit nicht, solche Verdienste näher
zu erkennen, sie zu begreifen, mit Einsicht zu beurtheilen;
aber dies behielten wir uns für spätere Epochen vor:
gegenwärtig wollten wir nur freudig theilnehmen, lebendig

nachbilden und bei so großem Genuß an dem Manne, der ihn uns gab, nicht forschen und mäkeln, vielmehr that es uns wohl, ihn unbedingt zu verehren.

Will Jemand unmittelbar erfahren, was damals in dieser lebendigen Gesellschaft gedacht, gesprochen und verhandelt worden, der lese den Aufsatz Herder's über Shakespeare in dem Hefte „Von Deutscher Art und Kunst", ferner Lenzens „Anmerkungen übers Theater", denen eine Uebersetzung von Love's Labour's Lost hinzugefügt war. Herder dringt in das Tiefere von Shakespeare's Wesen und stellt es herrlich dar; Lenz beträgt sich mehr bilderstürmerisch gegen die Herkömmlichkeit des Theaters und will denn eben all und überall nach Shakespeare'scher Weise gehandelt haben. Da ich diesen so talentvollen als seltsamen Menschen hier zu erwähnen veranlaßt werde, so ist wohl der Ort, versuchsweise Einiges über ihn zu sagen. Ich lernte ihn erst gegen das Ende meines Straßburger Aufenthalts kennen. Wir sahen uns selten, seine Gesellschaft war nicht die meine; aber wir suchten doch Gelegenheit uns zu treffen und theilten uns einander gern mit, weil wir als gleichzeitige Jünglinge ähnliche Gesinnungen hegten. Klein, aber nett von Gestalt, ein allerliebstes Köpfchen, dessen zierlicher Form niedliche, etwas abgestumpfte Züge vollkommen entsprachen: blaue Augen, blonde Haare, kurz, ein Persönchen, wie mir unter nordischen Jünglingen von Zeit zu Zeit eins begegnet ist: einen sanften, gleichsam vorsichtigen Schritt, eine angenehme, nicht ganz fließende Sprache und ein Betragen, das, zwischen Zurückhaltung und Schüchternheit sich bewegend, einem jungen Manne gar wohl anstand. Kleinere Gedichte,

besonders seine eigenen, las er sehr gut vor und schrieb
eine fließende Hand. Für seine Sinnesart wüßte ich nur
das englische Wort whimsical, welches, wie das Wörter=
buch ausweist, gar manche Seltsamkeiten in einem Begriff
zusammenfaßt. Niemand war vielleicht eben deswegen
fähiger als er, die Ausschweifungen und Auswüchse des
Shakespeare'schen Genies zu empfinden und nachzubilden.
Die obengedachte Uebersetzung gibt ein Zeugniß hievon.
Er behandelt seinen Autor mit großer Freiheit, ist nichts
weniger als knapp und treu, aber er weiß sich die Rüstung
oder vielmehr die Possenjacke seines Vorgängers so gut
anzupassen, sich seinen Gebärden so humoristisch gleich=
zustellen, daß er demjenigen, den solche Dinge anmutheten,
gewiß Beifall abgewann.

Die Absurditäten der Clowns machten besonders unsere
ganze Glückseligkeit, und wir priesen Lenzen als einen be=
günstigten Menschen, da ihm jenes „Epitaphium" des von
der Prinzessin geschossenen Wildes folgendermaßen ge=
lungen war:

Die schöne Prinzessin schoß und traf
Eines jungen Hirschlein Leben:
Es fiel dahin in schweren Schlaf
Und wird ein Brätlein geben.
Der Jagdhund boll! Ein L zu Hirsch,
So wird es dann ein Hirschel;
Doch setzt ein römisch L zu Hirsch,
So macht es fünfzig Hirschel.
Ich mache hundert Hirsche draus,
Schreib' Hirschell mit zwei LLen.

In so gestimmter und aufgeregter Gesellschaft gelang
mir manche angenehme Fahrt nach dem oberen Elsaß,

woher ich aber eben deshalb keine sonderliche Belehrung
zurückbrachte. Die vielen kleinen Verse, die uns bei jeder
Gelegenheit entquollen, und die wohl eine muntere Reise=
beschreibung ausstatten konnten, sind verloren gegangen.
In dem Kreuzgange der Abtei Molsheim bewunderten wir
die farbigen Scheibengemälde; in der fruchtbaren Gegend
zwischen Kolmar und Schlettstadt ertönten possierliche
Hymnen an Ceres, indem der Verbrauch so vieler Früchte
umständlich auseinandergesetzt und angepriesen, auch die
wichtige Streitfrage über den freien oder beschränkten
Handel derselben sehr lustig genommen wurde. In Ensis=
heim sahen wir den ungeheuern Aërolithen in der Kirche
aufgehangen und spotteten, der Zweifelsucht jener Zeit
gemäß, über die Leichtgläubigkeit der Menschen, nicht vor=
ahnend, daß dergleichen luftgeborene Wesen, wo nicht auf
unseren eigenen Acker herabfallen, doch wenigstens in unseren
Kabinetten sollten verwahrt werden.

Einer mit hundert, ja tausend Gläubigen auf den
Ottilienberg begangenen Wallfahrt denk' ich noch immer
gern. Hier, wo das Grundgemäuer eines römischen Kastells
noch übrig, sollte sich in Ruinen und Steinritzen eine
schöne Grafentochter aus frommer Neigung aufgehalten
haben. Unfern der Kapelle, wo sich die Wanderer erbauen,
zeigt man ihren Brunnen und erzählt gar manches An=
muthige. Das Bild, das ich mir von ihr machte, und
ihr Name prägte sich tief bei mir ein. Beide trug ich
lange mit mir herum, bis ich endlich eine meiner zwar
späteren, aber darum nicht minder geliebten Töchter damit
ausstattete, die von frommen und reinen Herzen so günstig
aufgenommen wurde.

Auch auf dieser Höhe wiederholt sich dem Auge das
herrliche Elsaß, immer dasselbe und immer neu; ebenso
wie man im Amphitheater, man nehme Platz wo man
wolle, das ganze Volk übersieht, nur seine Nachbarn am
Deutlichsten, so ist es auch hier mit Büschen, Felsen, Hügeln,
Wäldern, Feldern, Wiesen und Ortschaften in der Nähe
und in der Ferne. Am Horizont wollte man uns sogar
Basel zeigen; daß wir es gesehen, will ich nicht beschwören,
aber das entfernte Blau der Schweizergebirge übte auch
hier sein Recht über uns aus, indem es uns zu sich forderte
und, da wir nicht diesem Triebe folgen konnten, ein
schmerzliches Gefühl zurückließ.

Solchen Zerstreuungen und Heiterkeiten gab ich mich
um so lieber und zwar bis zur Trunkenheit hin, als mich
mein leidenschaftliches Verhältniß zu Friederiken nunmehr
zu ängstigen anfing. Eine solche jugendliche, aufs Gerathe=
wohl gehegte Neigung ist der nächtlich geworfenen Bombe
zu vergleichen, die in einer sanften, glänzenden Linie auf=
steigt, sich unter die Sterne mischt, ja einen Augenblick
unter ihnen zu verweilen scheint, alsdann aber abwärts,
zwar wieder dieselbe Bahn, nur umgekehrt, bezeichnet und
zuletzt da, wo sie ihren Lauf geendet, Verderben hinbringt.
Friederike blieb sich immer gleich; sie schien nicht zu denken
noch denken zu wollen, daß dieses Verhältniß sich so bald
endigen könne. Olivie hingegen, die mich zwar auch un=
gern vermißte, aber doch nicht so viel als jene verlor, war
voraussehender oder offener. Sie sprach manchmal mit
mir über meinen vermuthlichen Abschied und suchte über
sich selbst und ihre Schwester sich zu trösten. Ein Mädchen,
das einem Manne entsagt, dem sie ihre Gewogenheit nicht

verleugnet, ist lange nicht in der peinlichen Lage, in der
sich ein Jüngling befindet, der mit Erklärungen ebenso
weit gegen ein Frauenzimmer herausgegangen ist. Er spielt
immer eine leidige Figur; denn von ihm als einem werdenden
Manne erwartet man schon eine gewisse Uebersicht seines
Zustandes, und ein entschiedener Leichtsinn will ihn nicht
kleiden. Die Ursachen eines Mädchens, das sich zurück=
zieht, scheinen immer gültig, die des Mannes niemals.

Allein wie soll eine schmeichelnde Leidenschaft uns
voraussehen lassen, wohin sie uns führen kann? Denn
auch selbst alsdann, wenn wir schon ganz verständig auf
sie Verzicht gethan, können wir sie noch nicht loslassen;
wir ergötzen uns an der lieblichen Gewohnheit, und sollte
es auch auf eine veränderte Weise sein. So ging es auch
mir. Wenngleich die Gegenwart Friederikens mich ängstigte,
so wußte ich doch nichts Angenehmeres, als abwesend an
sie zu denken und mich mit ihr zu unterhalten. Ich kam
seltener hinaus, aber unsere Briefe wechselten desto leb=
hafter. Sie wußte mir ihre Zustände mit Heiterkeit, ihre
Gefühle mit Anmuth zu vergegenwärtigen, so wie ich mir
ihre Verdienste mit Gunst und Leidenschaft vor die Seele
rief. Die Abwesenheit machte mich frei, und meine ganze
Zuneigung blühte erst recht auf durch die Unterhaltung in
der Ferne. Ich konnte mich in solchen Augenblicken ganz
eigentlich über die Zukunft verblenden; zerstreut war ich
genug durch das Fortrollen der Zeit und dringender Ge=
schäfte. Ich hatte bisher möglich gemacht, das Mannig=
faltigste zu leisten durch immer lebhafte Theilnahme am
Gegenwärtigen und Augenblicklichen; allein gegen das Ende
drängte sich Alles gar gewaltsam über einander, wie es

immer zu gehen pflegt, wenn man sich von einem Orte
loslösen soll.

Noch ein Zwischenereigniß nahm mir die letzten Tage
weg. Ich befand mich nämlich in ansehnlicher Gesellschaft
auf einem Landhause, von wo man die Vorderseite des
Münsters und den darüber emporsteigenden Thurm gar
herrlich sehen konnte. „Es ist schade,“ sagte Jemand,
„daß das Ganze nicht fertig geworden und daß wir nur
den einen Thurm haben.“ Ich versetzte dagegen: ‚Es ist
mir ebenso leid, diesen einen Thurm nicht ganz ausgeführt
zu sehen; denn die vier Schnecken setzen viel zu stumpf
ab, es hätten darauf noch vier leichte Thurmspitzen
gesollt, sowie eine höhere auf die Mitte, wo das plumpe
Kreuz steht.‘

Als ich diese Behauptung mit gewöhnlicher Lebhaftigkeit aussprach, redete mich ein kleiner munterer Mann an
und fragte: „Wer hat Ihnen das gesagt?“ — ‚Der Thurm
selbst,‘ versetzte ich. ‚Ich habe ihn so lange und aufmerksam betrachtet und ihm so viel Neigung erwiesen, daß er
sich zuletzt entschloß, mir dieses offenbare Geheimniß zu
gestehen.‘ — „Er hat Sie nicht mit Unwahrheit berichtet,“
versetzte Jener; „ich kann es am besten wissen, denn ich
bin der Schaffner, der über die Baulichkeiten gesetzt ist.
Wir haben in unserem Archiv noch die Originalrisse, welche
dasselbe besagen und die ich Ihnen zeigen kann.“ — Wegen
meiner nahen Abreise drang ich auf Beschleunigung dieser
Gefälligkeit. Er ließ mich die unschätzbaren Rollen sehen;
ich zeichnete geschwind die in der Ausführung fehlenden
Spitzen durch ölgetränktes Papier und bedauerte, nicht
früher von diesem Schatz unterrichtet gewesen zu sein.

Aber so sollte es mir immer ergehen, daß ich durch An=
schauen und Betrachten der Dinge erst mühsam zu einem
Begriffe gelangen mußte, der mir vielleicht nicht so auf=
fallend und fruchtbar gewesen wäre, wenn man mir ihn
überliefert hätte.

In solchem Drang und Verwirrung konnte ich doch
nicht unterlassen, Friederiken noch einmal zu sehen. Es
waren peinliche Tage, deren Erinnerung mir nicht geblieben
ist. Als ich ihr die Hand noch vom Pferde reichte, standen
ihr die Thränen in den Augen, und mir war sehr übel
zu Muthe. Nun ritt ich auf dem Fußpfade gegen Drusen=
heim, und da überfiel mich eine der sonderbarsten Ahnungen.
Ich sah nämlich, nicht mit den Augen des Leibes, sondern
des Geistes, mich mir selbst denselben Weg zu Pferde
wieder entgegenkommen, und zwar in einem Kleide, wie
ich es nie getragen: es war hechtgrau mit etwas Gold.
Sobald ich mich aus diesem Traum aufschüttelte, war die
Gestalt ganz hinweg. Sonderbar ist es jedoch, daß ich
nach acht Jahren in dem Kleide, das mir geträumt hatte
und das ich nicht aus Wahl, sondern aus Zufall gerade
trug, mich auf demselben Wege fand, um Friederiken noch
einmal zu besuchen. Es mag sich übrigens mit diesen
Dingen wie es will verhalten, das wunderliche Trugbild
gab mir in jenen Augenblicken des Scheidens einige Be=
ruhigung. Der Schmerz, das herrliche Elsaß mit Allem,
was ich darin erworben, auf immer zu verlassen, war
gemildert, und ich fand mich, dem Taumel des Lebewohls
endlich entflohen, auf einer friedlichen und erheiternden
Reise so ziemlich wieder.

Goethe's Lieder an Friederike.

——×——

Vorstehende, mit allem Zauber der Sprache, mit aller Meisterschaft künstlerischen Aufbaues entworfene Schilderung des Dichters durch eine wissenschaftliche Untersuchung, wie weit jener Bericht „Wahrheit", wie weit er nur „Dichtung" enthalte, zu zergliedern, hieße dem Dichter und dem Leser einen schlechten Dienst erweisen. Nicht durch eigene Thaten oder Leistungen hat Friederike die Unsterblichkeit errungen, sondern einzig durch Goethe's Liebe und Verherrlichung, und deshalb hat sie wie er unzweifelhaftes Anrecht darauf, daß ihr Bild bei der Nachwelt nur so fortlebe, wie er es gezeichnet hat.

Mit der vollen, empfindungsweichen Empfänglichkeit eines aus schwerer, toddrohender Krankheit zu neuer Lebensfreude Genesenden kommt er, ein noch nicht Einundzwanzigjähriger, gerade zur herrlichen Frühlingszeit im April 1770 in das schöne Elsaß. Aus dem Elternhause, aus dem Verkehr mit dem frommen Fräulein von Klettenberg und den Herrnhutern bringt er einen tief religiösen Sinn mit, den er auch in Straßburg durch die Theilnahme am heiligen Abendmahl und den ziemlich häufigen Besuch der Gottes-

dienste bethätigt. Er hat zweimal geliebt und jedes Mal
unglücklich. Beide Mädchen waren mehrere Jahre älter
als er und beide „unter seinem Stande." Von Gretchen
betont er dies in „Wahrheit und Dichtung," von Käthchen
in einem gleichzeitigen Leipziger Briefe an einen Freund.
Denn mochte der Kreis in der Schönkopf'schen Weinstube
auch ziemlich abgeschlossen sein, — die Tochter des Hauses,
die tagsüber am Küchenfeuer für die Mittagsgäste kochte
und ihnen Abends den Wein selbst servirte, bekam dadurch
doch einen wenn auch noch so leisen Anhauch einer Kellnerin.
Das fühlte auch Goethe wohl, denn in seinem Gratulations=
briefe zu ihrer Verlobung schrieb er ihr aus Frankfurt die
charakteristischen Worte: „Wie freut mich das, Sie noch
vor jeder Andren, die sich mehr dünkte als Sie, in
den Armen eines liebenswürdigen Gatten zu wissen und
befreit von jeder Unbequemlichkeit, der ein lediger
Stand und besonders Ihr lediger Stand aus=
gesetzt war." Dieser selbe Gratulationsbrief enthält die
Bitte: „Von meinen Schulden will ich einen Theil ab=
tragen, den andern müssen Sie mir noch nachsehen," —
Schulden, die er, wie bei einer Kellnerin, ersichtlich für
Mittagstisch und Zeche gemacht hatte!

Und nun liebt er in Friederike Brion zum ersten Mal
ein Mädchen, das an Jahren jünger ist als er, das aus
einem reinen, ihm völlig ebenbürtigen Kreise stammt, das
wie eine duftige Gartenblume sich gegen jene Zimmer=
pflanzen abhebt. Gretchen lebte in einem engen Gäßchen
zu Frankfurt, Käthchen in einem Winkelgäßchen zu Leipzig,
beide sah er fast nur in düstren, dumpfigen Stuben einer
Großstadt und meist in Gesellschaft zechender Gäste. Von

einem Familienleben konnte bei Gretchen überhaupt keine
Rede sein, und bei Käthchen wird ein solches wenigstens
in „Wahrheit und Dichtung" nie erwähnt. Einen Einblick
in die Schönkopf'sche Häuslichkeit gewährt uns Goethe nie;
aus seiner Schilderung gewinnt man den Eindruck, als
habe er Käthchen fast nur in der Schankstube gesehen.

Und dagegen dies glückliche, patriarchalische Familien=
leben im Sesenheimer Pfarrhause! Wie greifbar, wie sym=
pathisch sind da alle Gestalten gezeichnet! Wie bilden
Himmel, Landschaft, das malerische Gehöft, Eltern, Ge=
schwister, Dienstboten, Verwandte, Freunde gleichsam den
leuchtenden Goldgrund, auf dem sich, wie bei mittelalter=
lichen Gemälden, Friederike's verklärtes Bild abhebt! Denn
mit alleiniger Ausnahme der ersten Begegnung läßt Goethe
die ganze Sesenheimer Idylle sich unter freiem Himmel
abspielen. Und zwar scheinbar unter ewig blauem Himmel
der schönsten Jahreszeit! Da er auch von Straßburg aus
nie zu den Ferien nach Frankfurt reiste, verbrachte er den
ganzen Winter von 1770—1771 im Elsaß, aber Winter
oder Regenwetter werden während der Sesenheimer Periode
nie in „Wahrheit und Dichtung" erwähnt. Scheinbar
ewigen Frühling und ewig wolkenlosen Himmel zaubert
der Dichter um Friederike's Bild.

Im eignen Elternhause hatte er ein wahrhaft glück=
liches Eheleben nicht gesehen. Die Mutter war gegen den
Gatten kühl, die Schwester gegen den Vater zuletzt von
„geradezu fürchterlicher Härte," und Wolfgang selbst hatte
mit diesem „kein angenehmes Verhältniß anknüpfen können."
Es mag auf Wahrheit beruhen, ist aber von Goethe
sicherlich auch mit kluger künstlerischer Berechnung stark

betont worden, daß seine Abreise nach Straßburg durch
eine „unglaublich zornige“ Scene mit dem Vater be=
schleunigt wurde.

All' diese Umstände machten den jungen, kaum erst
genesenden, tief religiös gestimmten Dichter doppelt empfäng=
lich für den Frieden, den Segen des idyllischen Pfarr=
hauses. Wir dürfen es ihm glauben, daß er sein nach
Frieden lechzendes Herz sofort bei der ersten Begegnung
an die „Friedereiche“ verlor.

Und mit welcher Kunst hat er seine Erzählung ge=
steigert, bis er Alles überstrahlend „an diesem ländlichen
Himmel den allerliebsten Stern aufgehen“ läßt!

Der Straßburger Münster, von dessen Plattform er
sofort beim ersten Besteigen uns einen ihm später unsagbar
theuren Fleck Erde ahnen läßt; der fromme, herrnhutisch
gesinnte Handelsmann; der glänzende Einzug Marie Antoi=
nette's; der gläubige Jung=Stilling; seine eigene, dem Er=
bauer des Münsters gewidmete Schrift; die Tanzmeisters=
töchter und seine durch Lucinde's Kuß verfehmten Lippen;
Herder und dessen Hinweis auf die Volkspoesie; das erste
Keimen des „Goetz von Berlichingen“ und des „Faust“;
die weiten Ritte mit Befreundeten durch das Elsaß; die
erste, durch Herders Vorlesung vermittelte Bekanntschaft
mit dem „Landprediger von Wakefield“; seine eigene Ver=
herrlichung des, nach Melchisedeks Weise, priesterlichen und
königlichen Berufes eines Landpfarrers; seine Verkleidung
und sein Incognito nach Art des Lord Burchell in jenem
englischen Roman; der einsame Ritt mit Weyland ... und
nun erst, lange und kunstvoll vorbereitet, der Eintritt in
den Frieden des Sesenheimer Pfarrhauses! Ja, auch hier

noch eine dramatische Steigerung bis zu Friederike's Auf=
treten: erst die Schilderung des Gehöftes, dann des Pfarrers,
darauf der Pfarrfrau; gleich nachher das mehrmalige
Herein= und Hinausstürmen der älteren Tochter mit den
besorglichen Fragen nach Friederike, bis diese, über die
nur der Vater sich nicht beunruhigt hatte, heiter und sorglos
„in ihrer ganzen Anmuth und Lieblichkeit" erscheint!

Als Ergänzung des Prosa=Bildes, das Goethe in
„Wahrheit und Dichtung" von Friederike entworfen, möge
hier zunächst ihr poetisches Bild einen Platz finden, wie es
sich in seinen ihr gewidmeten Liedern widerspiegelt. Die
Pietät vor dem Namen Goethe gestattet allerdings nur den
Abdruck der Lieder, die er selbst der Aufnahme in seine
Gesammtwerke würdigte, und in der Fassung, die er ihnen
dort gab.

Mit einem gemalten Band.

Kleine Blumen, kleine Blätter
Streuen mir mit leichter Hand
Gute junge Frühlings=Götter
Tändelnd auf ein luftig Band.

Zephyr, nimm's auf deine Flügel,
Schling's um meiner Liebsten Kleid;
Und so tritt sie vor den Spiegel
All in ihrer Munterkeit.

Sieht mit Rosen sich umgeben,
Selbst wie eine Rose jung.
Einen Blick, geliebtes Leben!
Und ich bin belohnt genung.

Fühle, was dies Herz empfindet,
Reiche frei mir deine Hand,
Und das Band, das uns verbindet,
Sei kein schwaches Rosenband!

Willkommen und Abschied.

Es schlug mein Herz: geschwind zu Pferde!
Es war gethan fast eh' gedacht;
Der Abend wiegte schon die Erde,
Und an den Bergen hing die Nacht.
Schon stand im Nebelkleid die Eiche
Ein aufgethürmter Riese da,
Wo Finsterniß aus dem Gesträuche
Mit hundert schwarzen Augen sah.

Der Mond von einem Wolkenhügel
Sah kläglich aus dem Duft hervor;
Die Winde schwangen leise Flügel,
Umsausten schauerlich mein Ohr;
Die Nacht schuf tausend Ungeheuer,
Doch frisch und fröhlich war mein Muth;
In meinen Adern welches Feuer!
In meinem Herzen welche Gluth!

Dich sah ich, und die milde Freude
Floß von dem süßen Blick auf mich;
Ganz war mein Herz an deiner Seite
Und jeder Athemzug für dich.
Ein rosenfarbnes Frühlingswetter
Umgab das liebliche Gesicht,
Und Zärtlichkeit für mich, — ihr Götter!
Ich hofft' es, ich verdient' es nicht!

Doch ach! schon mit der Morgensonne
Verengt der Abschied mir das Herz:
In deinen Küssen welche Wonne!
In deinem Auge welcher Schmerz!
Ich ging, du standst und sahst zur Erden
Und sahst mir nach mit nassem Blick:
Und doch, welch' Glück, geliebt zu werden!
Und lieben, Götter, welch' ein Glück!

Mailied.

Wie herrlich leuchtet
Mir die Natur!
Wie glänzt die Sonne!
Wie lacht die Flur!

Es dringen Blüthen
Aus jedem Zweig
Und tausend Stimmen
Aus dem Gesträuch,

Und Freud' und Wonne
Aus jeder Brust.
O Erd', o Sonne,
O Glück, o Lust!

O Lieb', o Liebe!
So golden schön,
Wie Morgenwolken
Auf jenen Höh'n!

Du segnest herrlich
Das frische Feld,
Im Blüthendampfe
Die volle Welt.

O Mädchen, Mädchen,
Wie lieb' ich dich!
Wie blickt dein Auge!
Wie liebst du mich!

So liebt die Lerche
Gesang und Luft,
Und Morgenblumen
Den Himmelsduft,

Wie ich dich liebe
Mit warmem Blut,
Die du mir Jugend
Und Freud' und Muth

Zu neuen Liedern
Und Tänzen giebst.
Sei ewig glücklich,
Wie du mich liebst!

An die Erwählte.

Hand in Hand! und Lipp' auf Lippe!
Liebes Mädchen, bleibe treu!
Lebe wohl! und manche Klippe
Fährt dein Liebster noch vorbei.
Aber wenn er einst den Hafen
Nach dem Sturme wieder grüßt,
Mögen ihn die Götter strafen,
Wenn er ohne dich genießt.

Frisch gewagt ist schon gewonnen,
Halb ist schon mein Werk vollbracht;
Sterne leuchten mir wie Sonnen,
Nur dem Feigen ist es Nacht.
Wär' ich müßig dir zur Seite,
Drückte noch der Kummer mich;
Doch in aller dieser Weite
Wirk' ich rasch und nur für dich.

Schon ist mir das Thal gefunden,
Wo wir einst zusammen gehn
Und den Strom in Abendstunden
Sanft hinunter gleiten sehn.
Diese Pappeln auf den Wiesen,
Diese Buchen in dem Hain!
Ach! und hinter allen diesen
Wird doch auch ein Hüttchen sein.

Haideröslein

Sah ein Knab' ein Röslein stehn,
Röslein auf der Haiden;
War so jung und morgenschön,
Lief er schnell, es nah zu sehn,
Sah's mit vielen Freuden.
Röslein, Röslein, Röslein roth,
Röslein auf der Haiden.

Knabe sprach: ich breche dich,
Röslein auf der Haiden!
Röslein sprach: ich steche dich,
Daß du ewig denkst an mich,
Und ich will's nicht leiden.
Röslein, Röslein, Röslein roth,
Röslein auf der Haiden.

Und der wilde Knabe brach
'S Röslein auf der Haiden;
Röslein wehrte sich und stach,
Half ihr doch kein Weh und Ach,
Mußt' es eben leiden.
Röslein, Röslein, Röslein roth,
Röslein auf der Haiden.

Friederike Brion.

In „Wahrheit und Dichtung" wird der Name „Brion"
nicht genannt, nur der Ortsname Sesenheim (genaue
Schreibart eigentlich: Sessenheim) und Friederike's Ruf=
name werden richtig angegeben. Betreffs der übrigen
Familienmitglieder werden Rufnamen entweder gar nicht,
oder wegen der beabsichtigten Parallelisirung mit dem
„Landprediger von Wakefield" künstlerisch umgemodelt
angeführt.

Erst die durch „Wahrheit und Dichtung" später
hervorgerufene historische Forschung hat über die bis dahin
im Dunkel verbliebene Landpfarrerfamilie helles Licht ver=
breitet. Aus der im Laufe der Jahrzehnte sehr umfang=
reich angeschwollenen „Friederiken-Literatur" ragt das Buch
„Friederike Brion von Sessenheim, geschichtliche Mittheilun=
gen von Philipp Ferdinand Lucius", besonders ansprechend
hervor. Lucius war bis zu seinem im Oktober 1885
erfolgten Tode fünfundzwanzig Jahre lang Pfarrer in
Sesenheim und hatte dadurch Gelegenheit, in den dortigen
Kirchenbüchern, sowie in denen der Nachbargemeinden

urkundliche Forschungen anzustellen, die den folgenden biographischen Notizen zu Grunde gelegt sind.

Der Pfarrer Johann Jacob Brion war am 11. April 1717 in Straßburg als Sohn eines Böttchers geboren und also dreiundfünfzigjährig, als Goethe 1770 das Sesenheimer Pfarrhaus zuerst betrat. Auf dem Straßburger Gymnasium ausgebildet, bezog Brion 1734 die Universität, wurde 1741 Diaconus in Müttersholz bei Schlettstadt, 1742 Hülfsprediger in Sesenheim und 1743 Pfarrer in Niederrödern bei Selz. Er verheiratete sich am 29. Mai 1743 mit der am 12. März 1724 geborenen Magdalena Salomea Schöll aus Straßburg, der Tochter aus einer geachteten Beamtenfamilie.

Im Pfarrhause zu Niederrödern wurden dem in frischester Jugendkraft stehenden Ehepaare Brion zehn Kinder geboren, von denen jedoch bei der um Martini 1760 erfolgten Uebersiedlung nach Sesenheim nur noch vier Töchter lebten. Deren Geburtstage sind aber heutzutage nur auf Umwegen zu ermitteln und durch nachträgliche Berechnungen festzustellen, da die Taufregister und Kirchenprotocolle der Pfarrei Niederrödern im Revolutionsjahre 1793 den Flammen übergeben wurden.

Die älteste Tochter Catharina Magdalena Brion wurde am 26. Juli 1747 zu Niederrödern geboren, zu Ostern 1762 in Sesenheim eingesegnet und ebendort durch ihren Vater am 5. November 1766 mit dem Pfarrer Christian Bernhard Gockel zu Carlsruhe getraut. Sie hatte, als Goethe nach Sesenheim kam, das Elternhaus bereits seit vier Jahren verlassen und wird deshalb in „Wahrheit und Dichtung" nicht genannt.

Die zweite Tochter war Maria Salomea Brion, geboren zu Niederrödern am 7. September 1749, eingesegnet in Sesenheim zu Ostern 1764. Sie war also nur wenige Tage jünger als Goethe und wird von diesem, der die bereits verheirathete Schwester nicht mehr im Pfarrhause antraf, als „älteste Tochter" bezeichnet und unter Anspielung auf den „Landprediger von Wakefield" mit dichterischer Freiheit „Olivie" genannt.

Dem Alter nach folgt nun Friederika Elisabetha, — Goethes Friederike! Auch sie wurde im Pfarrhause zu Niederrödern geboren, aber gerade ihr Geburtsjahr läßt sich nicht zuverlässig bestimmen. Sie wurde zu Ostern 1766 durch ihren Vater in der Sesenheimer Kirche eingesegnet. „Nun aber war in jener Zeit", schreibt Lucius, „das vier= zehnte, ja sogar das fünfzehnte Lebensjahr nothwendig, um zur Confirmation zugelassen zu werden, wie dies aus einer in dem Sesenheimer Pfarrarchiv aufbewahrten, unter dem 30. Juni 1750 erlassenen landesherrlichen Verordnung ersichtlich ist, welche Verordnung nachweisbar noch 1785 in Kraft war und alljährlich an einem bestimmten Sonntage von der Kanzel herab verlesen werden mußte. Und so sind denn auch sämmtliche mit Friederike Brion zu Ostern 1766 con= firmirte Kinder beiderlei Geschlechts, wie wir uns davon durch genaue Vergleichung der Tauf= und Confirmations=Register überzeugt haben, ohne alle Ausnahme in den Jahren 1751 und 1752 geboren. Daß auch den Kindern des Ortsgeistlichen in dieser Hinsicht keine Begünstigung zu Theil wurde, geht aus dem Umstande hervor, daß Katharina Magdalena Brion, als sie zu Ostern 1762 confirmirt wurde, mindestens vierzehn Jahre und sieben Monate zählte, und daß Maria

Salomea Brion 1764 beinahe ebenso alt war. Friederike Brion ist demnach vielleicht schon 1751, jedenfalls aber in der ersten Hälfte des Jahres 1752 geboren, und war folglich eine Jungfrau von mehr denn achtzehn Jahren, als Goethe sie zum ersten Male sah", — ein Eindruck, den übrigens jeder Unbefangene wohl auch aus „Wahrheit und Dichtung" gewinnt, wo ihres Alters zwar mit keiner Sylbe gedacht, aber das durchaus „nicht Mondscheinhafte" ihres Gesprächs, ihre „Klarheit", Heiterkeit, Verständigkeit und Ruhe, selbst bei dem peinlichen Stadtbesuch in Straßburg, betont wird. Auch Goethe's Fragen an Weyland, ob sie geliebt habe, ob sie versprochen sei, ob sie verloren und sich wieder gefaßt habe, wären übel angebracht gewesen, hätte Friederike damals noch im Backfischalter gestanden.

Die vierte Tochter Jacobea Sophia Brion, eingesegnet 1770, geboren etwa 1756, wird von Goethe nicht erwähnt, — vielleicht, weil sie, als er in Sesenheim verkehrte, zu jung war und eine zu unbedeutende Rolle spielte, vielleicht, weil er wegen der von ihm beliebten Parallelisirung mit den Personen des „Landpredigers von Wakefield" auch nur zwei Töchter einführen und gerade seine Friederike mit der „Sophie" jenes Romanes vergleichen wollte.

Nach diesen vier in Niederrödern geborenen Töchtern wurde am 18. März 1763 im Pfarrhaus zu Sesenheim ein Sohn Christian Brion geboren, der also bei Goethe's erstem Besuch im achten Lebensjahre stand und unter dem Scherz= namen „Moses" nur sehr flüchtig in „Wahrheit und Dichtung" hervortritt.

Schließlich sei noch des „Tischgenossen" gedacht, durch den Goethe in das Sesenheimer Pfarrhaus eingeführt wurde.

Er hieß Friedrich Leopold Weyland, geboren zu Buchsweiler, wo sein Vater Arzt und Landphysikus war, am 29. August 1750 und somit ein Jahr jünger als Goethe und „Olivie." Er war Mediciner, wurde später Arzt, dachte aber nicht daran, sich mit „Olivie" zu verheirathen, wie man nach einer in „Wahrheit und Dichtung" ihm in den Mund gelegten Aeußerung vielleicht vermuthen könnte. Eine ältere Stief= schwester von ihm (seine Mutter war zwei Mal vermählt) hatte sich 1762 mit einem Bruder der Frau Pfarrer Brion verheirathet, und somit stand er in verwandtschaftlicher Be= ziehung zu dem Sesenheimer Pfarrhause.

In diesem ging es, nach Goethe's und mancher anderen, glaubhaft verbürgten Schilderung, gar heiter und gastfrei zu, wiewohl Pfarrer Brion treu und eifrig seines seel= sorgerischen Amtes waltete. Sein und der Seinen Angedenken ist, nach den von Lucius beigebrachten Zeugnissen, durch Generationen hindurch bei seiner Gemeinde in Segen ge= blieben und der durch Goethe's Genius ihm nachmals verliehenen Unsterblichkeit wahrlich nicht unwerth.

Ein eigentliches Verlöbniß zwischen Goethe und Friederike hat nie stattgefunden, dafür liegt das ausdrückliche Zeugniß der jüngsten Tochter Sophie Brion späteren Forschern gegenüber vor. Auch der Bericht in „Wahrheit und Dichtung" meldet von keiner Verlobung, sondern nur von einem „hinwalten lassen in so schwebendem Zustande, da man auf seine Rechtlichkeit vertrauen zu können glaubte und es nicht anders wußte, als daß er diesem Kreise angehöre." Die Jugend der Liebenden und die selbst nach bestandenem Doctorexamen doch noch sehr unsichere

Zukunft des zweiundzwanzigjährigen Goethe gebot ersichtlich keine Eile betreffs der officiellen Verlobung.

Auch ohne letztere bleibt Goethe's moralische Verantwortlichkeit natürlich dieselbe, und diese etwa abschwächen zu wollen, hat er selbst nie versucht. Er schied von Friederike wohl in der festen Ueberzeugung eines Scheidens für ewig, aber dies sofort ihr mündlich auszusprechen, hat er nach seiner Schilderung in „Wahrheit und Dichtung" ersichtlich nicht gewagt. Am 6. August hatte seine Promovirung zum Doctor (eigentlich nur zum Licentiaten) der Rechte stattgefunden, und ungefähr am 23. August reiste er von Straßburg über Mannheim, wo ihn die Abgüsse der Antiken und namentlich des Laokoon entzückten, nach Frankfurt am Main. Dort traf er kurz vor seinem Geburtstage ein, wohnte wieder im Elternhause, wurde am 31. August ordnungsmäßig in die Zahl der Advocaten aufgenommen und bereits am 3. September vereidigt.

„Ich hatte im Stillen", erzählt er in „Wahrheit und Dichtung", „eine verlorene Liebe zu beklagen; dies machte mich mild und nachgiebig und der Gesellschaft angenehmer als in glänzenden Zeiten, wo mich nichts an einen Mangel oder einen Fehltritt erinnerte, und ich ganz ungebunden vor mich hinstürmte. Die Antwort Friederikens auf einen schriftlichen Abschied zerriß mir das Herz. Es war dieselbe Hand, derselbe Sinn, dasselbe Gefühl, die sich zu mir, die sich an mir herangebildet hatten. Ich fühlte nun erst den Verlust, den sie erlitt, und sah keine Möglichkeit, ihn zu ersetzen, ja, nur ihn zu lindern. Sie war mir ganz gegenwärtig; stets empfand ich, daß sie mir fehlte, und was das Schlimmste war, ich konnte mir mein eigenes Unglück nicht verzeihen. Gretchen hatte man mir genommen, Käthchen mich verlassen, hier war ich zum ersten Mal schuldig; ich hatte das schönste Herz in seinem Tiefsten verwundet, und so war die Epoche einer düsteren Reue, bei dem Mangel einer gewohnten erquicklichen Liebe, höchst peinlich, ja, unerträglich. .... Ich gewöhnte mich, auf der Straße zu leben und wie ein Bote hin und her zu wandern. .... Mehr als jemals war ich gegen offene Welt und freie Natur gerichtet. .... Mein Herz war ungerührt und unbeschäftigt: ich vermied gewissenhaft alles nähere Verhältniß zu Frauenzimmern. .... Als der Schmerz über Friederikens Lage mich beängstigte, suchte ich, nach meiner alten Art, abermals Hülfe bei der Dicht=kunst. Ich setzte die hergebrachte poetische Beichte wieder fort, um durch diese selbstquälerische Büßung einer inneren Absolution würdig zu werden. Die beiden Marien in „Götz von Berlichingen“ und „Clavigo“ und die beiden schlechten Figuren, die ihre Liebhaber spielen, möchten wohl Resultate solcher reuigen Betrachtungen gewesen sein.“

Man sieht: er sucht seinen Treubruch nicht zu be=schönigen, er nimmt die volle Schuld ausschließlich auf sich allein, er hat über Friederike nur Worte der Liebe, der Verehrung, des Mitleids.

Aber weshalb verließ er sie?

Seine Darstellung in „Wahrheit und Dichtung“ gibt darauf keine klare, bündige Antwort. Ueber seinen Ab=schied von Sesenheim huscht er flüchtig hinweg: „es waren peinliche Tage, deren Erinnerung mir nicht geblieben ist“. Um so mehr bietet er alle Kunst einer fast dramatischen Steigerung auf, um die „leidige Figur“, die er beim

Scheiden spielen mußte, in möglichst vortheilhaftes Licht zu setzen. In die sechzehn Tage zwischen seiner Promotion und seiner Abreise von Straßburg verlegt er Erlebnisse, Eindrücke, geistige Entwickelungen, Bekanntschaften, die ersichtlich in frühere Wochen fielen: die Aussicht auf eine Anstellung in französischen Diensten, das Erwachen seiner echt deutsch=nationalen Gesinnung, seine Abwendung von der „bejahrt und vornehm gewordenen" französischen Litte=ratur, seine Polemik gegen Voltaire und Holbach, seine Begeisterung für Shakespeare, seine Bekanntschaft mit Lenz, seine nochmaligen Reisen durch das Elsaß! Und um das Finale möglichst günstig zu gestalten, wird noch einmal der Wunderbau des Münsters hervorgezaubert: erst kurz vor der Abreise erhält er den Einblick in die Originalrisse, die seine frühere Anschauung über den unvollständig aus=gebauten Hauptthurm bestätigen. Ja, in „einer der sonder=barsten Ahnungen" will er auf dem letzten Heimritt von Sesenheim nach Straßburg sich selbst in hechtgrauem, gold=durchwirktem Kleide sich wieder zu Pferde entgegenkommend gesehen haben, — wie er nach acht Jahren wirklich und zum letzten Mal diesen Weg ritt!

Aber wenn er die Gründe für seinen Treubruch auch nicht klar ausgesprochen hat, — zwischen den Zeilen seiner Schilderung läßt er sie doch ziemlich deutlich lesen. Den von manchen Biographen angeführten Grund: er habe fürchten müssen, von seinem Vater nie die Einwilligung zu solcher „Mesalliance" zu erhalten, deutet er freilich nirgends an. Auch war dem ohne jedes Amt, nur als Kaiserlicher Titularrath lebenden „Rath" Goethe, dem Sohne eines Schneiders, der pflichtgetreue Pfarrer Brion, der Sohn

eines Böttchers, wohl mindestens „ebenbürtig“. Im Gegen=
theil, Rath Goethe, der sich nachmals gegen die Ver=
heirathung seines Sohnes mit der Frankfurter Banquiers=
tochter Lili Schönemann sträubte, weil sie ihm zu sehr
„Staatsdame“ war, und der ebenfalls später energisch
gegen seines Sohnes Uebersiedlung an den Weimarer
Fürstenhof eiferte, — dieser einfache, haushälterische, be=
sonnene, treue Vater, der sich „nach seinen reichsbürger=
lichen Gesinnungen jederzeit von den Großen entfernt ge=
halten“, hätte die holde, liebenswürdige, naive Pfarrers=
tochter sicher nicht als „unebenbürtig“ verschmäht.

Sonnabend, 13. Oktober 1770 kam der einundzwanzig=
jährige Student Wolfgang Goethe, wie sich aus noch er=
haltenen gleichzeitigen Briefen von ihm beweisen läßt, zum
ersten Mal in das Sesenheimer Pfarrhaus, übernachtete
dort und kehrte Sonntag, 14., nach Straßburg zurück; im
August 1771 verließ er das Elsaß, um es erst nach Jahren
flüchtig auf der Durchreise wiederzusehen. Kaum zehn
Monate hat also seine Beziehung zu Friederike Brion ge=
dauert, und auch in dieser Zeit war er, da Straßburg
und Sesenheim „sechs Stunden“ von einander entfernt
waren, meistens von Friederike getrennt. Denn wie leicht
er es auch mit seinen Universitätsstudien nehmen mochte, —
sein eigentliches Domicil war doch Straßburg, und nach
Sesenheim kam er nur als Gast. Einzig um Pfingsten
1771 scheint er, nach seinen Briefen an Salzmann zu
schließen, dort mehrere Wochen hinter einander logirt zu
haben. Aber schon begann „sein leidenschaftliches Ver=
hältniß zu Friederike ihn zu ängstigen“, „er kam seltener
hinaus“ und gewann es ersichtlich nur schwer über sich,

vor seiner Abreise aus dem Elsaß sich persönlich von ihr zu verabschieden.

Man halte stets in Erinnerung, daß diese edelste, poesieverklärteste Liebe Goethe's sich ganz in seinem zwei= undzwanzigsten Lebensjahre abspielte, — ein Alter, das mit jugendlichem Leichtsinn noch nicht an alle Consequenzen vorausdenkt und die etwaige Gründung eines eigenen Herdes kaum ernsthaft ins Auge faßt. Ueberdies ist ge= rade in seiner Beziehung zu Friederike noch Eins scharf zu betonen, das in keiner der früheren oder späteren Herzens= neigungen Goethe's so stark hervortritt.

„Mir sei jedoch", schreibt er in „Wahrheit und Dich= tung", „ehe ich meine Freunde zu ihrer ländlichen Woh= nung führe, vergönnt, eines Umstandes zu erwähnen, der sehr viel beitrug, meine Neigung und die Zufriedenheit, welche sie mir gewährte, zu beleben und zu erhöhen."

Und nun folgt jene herrliche Schilderung, wie er durch Herder mit dem „Landprediger von Wakefield" bekannt wird, — stolzer, schöner, poetischer hat weder Goethe noch ein anderer Dichter seine Geliebte jemals eingeführt! Es ist, als genüge ihm sein eigener Lorbeer kaum zum Schmuck für Friederike, als müsse er auf sie auch noch von Herders Ruhm einen Abglanz fallen lassen und die Personen des Sesenheimer Pfarrhauses durch die consequente Paralleli= sirung mit den Gestalten jenes englischen Romanes in eine besonders poetische Sphäre entrücken.

Freilich, bei seinen beiden bisherigen Neigungen zu Gretchen und Käthchen wirkte gerade die „Umgebung", das „Milieu", ernüchternd, ja, anwidernd: dumpfe, düstere Schankstuben in engen Großstadtgassen, eine Tafelrunde

von Zechgenossen, der Mangel eines eigentlichen Familien=
lebens, die geliebten Mädchen „unter seinem Stande", an
Jahren älter als er, zu bedienender Höflichkeit gegen alle
Gäste gezwungen, zu jeder Alltagsstunde für ihn sichtbar.
Feiertagsstunden aber waren es immer, wenn er zu
zeitweiligen Besuchen von Straßburg nach dem „sechs
Stunden" entfernten Sesenheim hinüberritt. Er, der die
Natur so schwärmerisch liebte, hatte das Landleben nie
kennen gelernt, — fehlte dem Vaterhause zu Frankfurt doch
sogar ein eigener Garten! Die ganze Poesie des Land=
lebens, die gerade der Großstädter durch den Gegensatz
stets doppelt tief empfindet, der eigenthümliche Zauber eines
erfrischenden, mehrstündigen Spazierrittes durch anmuthige
Gegenden, der Friede des idyllischen Pfarrhauses, „die herr=
liche Sonntagsfrühe auf dem Lande, wie sie der unschätz=
bare Hebel vergegenwärtigt hat", das glückliche Familien=
leben ihm „ebenbürtiger", gebildeter Menschen, die reine,
heitere Atmosphäre, die seiner eigenen religiösen Stimmung
durchaus sympathische, vorurtheilsfreie Frömmigkeit, —
Alles, Alles wirkte zusammen, um ihm Friederike's Bild
in einer Weise zu verklären wie keins seiner früheren oder
späteren Geliebten. Selbst als er um Pfingsten 1771
wochenlang als Gast im Sesenheimer Pfarrhause wohnte,
schildert er uns nicht eine einzige Stunde im Zimmer!
   „Es gibt Frauenspersonen," berichtet er, „die uns
im Zimmer besonders wohl gefallen, andere, die sich besser
im Freien ausnehmen; Friederike gehörte zu den letztern.
Ihr Wesen, ihre Gestalt trat niemals reizender hervor, als
wenn sie sich auf einem erhöhten Fußpfad hinbewegte; die
Anmuth ihres Betragens schien mit der beblümten Erde und

die unverwüstliche Heiterkeit ihres Antlitzes mit dem blauen
Himmel zu wetteifern. Diesen erquicklichen Aether, der sie
umgab, brachte sie auch mit nach Hause .... Am Aller=
zierlichsten war sie, wenn sie lief. So wie das Reh seine
Bestimmung ganz zu erfüllen scheint, wenn es leicht über
die keimenden Saaten wegfliegt, so schien auch sie ihre Art
und Weise am Deutlichsten auszudrücken, wenn sie, etwas
Vergessenes zu holen, etwas Verlorenes zu suchen, ein ent=
ferntes Paar herbeizurufen, etwas Nothwendiges zu be=
stellen, über Rain und Matten leichten Laufes hineilte.
Dabei kam sie niemals außer Athem und blieb völlig im
Gleichgewicht."

Dieses Feiertägliche, dieses Beruhigende des Sabbath=
friedens, dieser landschaftliche Zauber der „beblümten Erde,
des blauen Himmels, des erquicklichen Aethers", — Eigen=
schaften, mit denen Goethe keine andere Gestalt seines
Lebens und seiner Dichtungen in ähnlicher Weise verklärt
hat, — tragen wahrlich nicht wenig dazu bei, um gerade
Friederike's Bild mit unvergleichlichem, unvergänglichem
Reiz zu umweben. Nur deuten sie leider auch die feinen
seelischen Beweggründe an, aus denen Goethe doch Be=
denken trug, sein Loos für immer mit dem ihren zu ver=
ketten.

Er selbst hatte diese Bedenken sicher schon früher,
spätestens wohl bei seinem mehrwöchentlichen Sesenheimer
Pfingstaufenthalt empfunden; seinen Lesern verräth er sie
in „Wahrheit und Dichtung" aber erst bei der Schilderung
des längeren Logirbesuches, den Frau Brion mit den
Töchtern in Straßburg bei ihren Verwandten abstattete.
„Eine sonderbare Prüfung" nennt er diesen Besuch, und

als er „sie endlich abfahren sah, fiel es ihm wie ein Stein vom Herzen." Nicht etwa, daß die Töchter, weil sie sich „noch deutsch trugen" oder zu ländlich ungezwungen waren, ihn in den städtischen Salons zu sehr an den Contrast mit Damen von Welt gemahnt hätten! Solch Contrast, das wußte er wohl, wäre in Kurzem leicht zu beseitigen gewesen, und von Friederike, die doch ausschließlich für ihn in Betracht kam, rühmt er überdies ausdrücklich, „sie unverändert und auch in diesen Umgebungen so frei wie den Vogel auf den Zweigen" gefunden zu haben. Nein, etwas Anderes, ungleich Feineres und Tieferes bewahr= heitete ihm dieser Stadtbesuch!

„Und so fand ich nun meine Freundinnen, die ich nur auf ländlicher Scene zu sehen gewohnt war, deren Bild mir nur auf einem Hintergrunde von schwankenden Baumzweigen, beweglichen Bächen, nickenden Blumenwiesen und einem meilenweit freien Horizonte bisher erschien, — ich sah sie nun zum ersten Mal in städtischen, zwar weiten Zimmern, aber doch in der Enge, in Bezug auf Tapeten, Spiegel, Standuhren und Porzellanpuppen. Das Ver= hältniß zu dem, was man liebt, ist so entschieden, daß die Umgebung wenig sagen will; aber daß es die gehörige, natürliche, gewohnte Umgebung sei, dies verlangt das Ge= müth. Bei meinem lebhaften Gefühl für alles Gegenwärtige konnte ich mich nicht gleich in den Widerspruch des Augen= blicks finden."

Diese Worte bekunden deutlich, daß er in Friederike nicht nur ihre reizende Person liebte, sondern fast ebenso stark den Zauber, der sie daheim umgab: das wahrhaft glückliche, seinem Elternhause unbekannte Familienleben, den schönen landschaftlichen Hintergrund, den Gottesfrieden des Pfarrhauses, das Feiertägliche seiner erst durch mehr= stündigen Ritt über Land abzustattenden Besuche. Schon bei seinem wochenlangen Pfingstbesuch im Sesenheimer Pfarrhaus erkaltete, wie seine Briefe an Salzmann beweisen, die Hochgluth seiner Liebe gerade durch das tägliche Bei= sammensein mit Friederike sehr merklich. Das Ausnahms= weise, das Feiertägliche, das aus dem Lärm der Groß= stadt sich in den Frieden des Landpfarrhauses Hinaus= rettende ging bei längerem dortigen Aufenthalt verloren. Er erkannte, und der Besuch Friederike's in Straßburg bestätigte es ihm grausam, daß seine Liebe doch nicht stark und tief genug sei, um auch unter veränderter städtischer Umgebung sich noch allgewaltig und dauernd an die Ge= liebte gefesselt zu fühlen. Das „Reh" im Gehege, das „Haide= röslein" als Zimmerblume, — der schönste Reiz ist dahin!

So athmen auch von sämmtlichen Liebesliedern Goethe's einzig diejenigen an Friederike durchaus landschaftliche Stimmung.

Aber seine Ruhmbegierde, sein „wetterfähnchenartiger" Sinn zeigte ihm deutlich genug, daß sein ferneres Leben, dem auch die Kartenlegerin bei den Tanzmeisterstöchtern „allerlei Gutes und Vergnügliches, Geld, Freunde und große Herren" geweissagt hatte, sich nicht wie ein fried= liches Dorfidyll „hinter Pappeln auf den Wiesen, hinter Buchen in dem Hain", sondern wie ein bewegtes Drama auf dem Parquet großstädtischer Säle abspielen werde, — und Friederike auf dem Parquet war ihm eben nicht mehr Friederike!

Man vergleiche daraufhin sein Märchen „Die neue

Melusine", das er angeblich in der Laube zu Sesenheim
erzählte, aber nicht in „Wahrheit und Dichtung", sondern
in den „Wilhelm Meister" aufnahm: Ein flatterhafter
Jüngling trifft auf der Reise zufällig im Posthaus eines
kleinen Städtchens mit einer schönen jungen Dame zusammen. Liebe und Gegenliebe vereint beide schnell.
Aber bald macht der Jüngling die Entdeckung, daß seine
Geliebte die Tochter des Zwergkönigs ist, die nur durch
einen Zauberring an ihrem Finger zeitweis menschliche
Größe erlangt. Jetzt bleibt ihm nur die Wahl, entweder
für ewig zu scheiden oder auch Zwerggestalt anzunehmen.
Aus Liebe entscheidet er sich zu Letzterem, die Geliebte
läßt den Zauberring auf seinen Finger hinübergleiten, und
sofort sind beide Liebende in Zwerge verwandelt. Anfangs
behagt ihm das neue Leben; als er aber zur Heirath,
„die ihm doch sonst das Verhaßteste auf Erden schien",
gezwungen worden war, da „begriff er zum ersten Mal,
was die Philosophen unter ihren Idealen verstehen möchten,
wodurch die Menschen so gequält sein sollen. Er hatte
ein Ideal von sich selbst und erschien sich manchmal im
Traum wie ein Riese. Genug, die Frau, der Ring, die
Zwergenfigur, so viele andere Bande machten ihn ganz
unglücklich, daß er auf seine Befreiung im Ernst zu denken
begann. Weil er überzeugt war, daß der ganze Zauber
in dem Ring verborgen liege, so beschloß er, ihn abzufeilen."
Nach unsäglicher Mühe gelang es, der Zwerg schoß wieder
zu seiner menschlichen Größe auf, ohne Abschied entwich
er heimlich von der Geliebten und gelangte, obgleich durch
einen ziemlichen Umweg, wieder in das Posthaus, wo sein
Abenteuer begonnen hatte.

Die Anwendung dieses Märchens auf Goethe's Be=
ziehung zu Friederike ist allzu durchsichtig: er, der Riese
an Genie, fürchtete, durch die Ehe ins Zwerghafte hinab=
gedrückt zu werden. Der „Zauberring" ist der verklärende
Zauber der ganzen landschaftlichen Umgebung, des idyllischen
Friedens, des traulichen Heims, des stets Feiertäglichen
seiner Sesenheimer Besuche. Diesen Zauber erst einmal
gebrochen, täglich, stündlich mit der Geliebten beisammen,
ja, sie aus ihrem ländlichen Reiz in städtische Nüchternheit
versetzt, — dann ist Friederike nicht mehr die verklärte
Idealgestalt, sondern nur noch das liebenswürdige, an=
muthige, heitere, naive, unschuldige Landmädchen mit dem
„artigen, frei in die Luft forschenden Stumpfnäschen" und
nicht der heroischen Selbstaufopferung werth, ihr zu Liebe
auf Riesenpläne zu verzichten und sich in zwerghafte Ver=
hältnisse zu fügen.

Herder, die gigantischste Mannesgestalt, die dem Jüng=
ling Goethe bis dahin entgegengetreten, Herder, der in
dem jungen Goethe den Alle überragenden Genius noch
nicht ahnte und über ihn an seine Braut Caroline Flachs=
land nur die Worte schrieb: „Goethe ist wirklich ein guter
Mensch, nur etwas leicht und spatzenmäßig, worüber er
meine ewigen Vorwürfe gehabt hat; auch glaube ich, ihm,
ohne Lobrednerei, einige gute Eindrücke gegeben zu haben,
die einmal wirksam werden können", — dieser selbe Herder,
damals schon ein gefeierter Schriftsteller, riß den Jüngling
Goethe, nach dessen eigenen Worten, „fort auf den herr=
lichen breiten Weg, den er selbst zu durchwandern geneigt
war, machte ihn aufmerksam auf seine Lieblingsschriftsteller
und schüttelte ihn kräftiger auf, als er ihn gebeugt hatte."

Und dies Fortschreiten auf dem „herrlichen breiten Weg" des Ruhmes sollte er sich durch eine frühzeitige Heirath vielleicht unmöglich machen? Durch eine Heirath mit einem Mädchen, das er vielleicht nur durch den „Zauberring" ihrer Umgebung als verklärte Idealgestalt ansah? Und mochte er nicht schon damals an sich selbst jene Neigung verspüren, die er dem Voltaire zuschrieb: „Auf thätiges und geselliges Leben, auf Politik, auf das Verhältniß zu den Herren der Erde und Benützung dieses Verhältnisses, damit er selbst zu den Herren der Erde gehöre, dahin war von Jugend auf Voltaire's Wunsch und Bemühung gewendet. Nicht leicht hat sich Jemand so abhängig gemacht, um unabhängig zu sein. Auch gelang es ihm, die Geister zu unterjochen: die Nation fiel ihm zu." Wort für Wort hat Goethe durch sein späteres Leben für sich selbst diese Sätze bewahrheitet, und da „das Kind der Vater des Mannes ist," so darf man wohl annehmen, daß der Jüngling Goethe sich schon mit den Träumen trug, die er als Mann verwirklichte.

Friederike Brion und Reinhold Lenz.

—— × ——

Unter den eigenartigen Reizen des wahrhaft kunst=
vollen Aufbaues der Schilderung seiner Abreise war im
vorigen Kapitel auch der Umstand betont worden, daß
Goethe seine Bekanntschaft mit Lenz erst unmittelbar vor
seinem Scheiden von Sesenheim und Straßburg erzählt.
Freilich war Lenz erst Ende April 1771 nach Straßburg
gekommen, also nicht gar so spät, wie man nach „Wahr=
heit und Dichtung" vermuthen könnte. Nein, Goethe hat
ersichtlich mit kluger Berechnung gerade Lenz zu allerletzt
genannt, weil dieser sich bald nachher bemühte, das Herz
der verlassenen Friederike Brion zu erobern.

Jacob Michael Reinhold Lenz wurde am 12. Januar
1751 zu Seßwegen in Liefland als Sohn eines mit zahl=
reicher Familie gesegneten deutschen Landpfarrers geboren,
studirte in Königsberg Theologie, veröffentlichte bereits
1769 ein in Hexametern abgefaßtes Gedicht „Die Land=
plagen", beendete in Berlin, wo er mit Ramler und
Nicolai verkehrte, seine Studien und begleitete im Jahre
1771 zwei junge Edelleute, die Brüder von Kleist, nach

Straßburg. Hier wurde er mit Salzmann, Goethe und deren Freundeskreise näher bekannt, und in Ergänzung der kurzen Skizze, die Goethe bereits von ihm entwarf, sei zunächst noch seine ausführlichere Schilderung aus dem vierzehnten Buch von „Wahrheit und Dichtung" nachgetragen:

„Lenz hatte einen entschiedenen Hang zur Intrigue, und zwar zur Intrigue an sich), ohne daß er eigentliche Zwecke, verständige, selbstische, erreichbare Zwecke dabei gehabt hätte; vielmehr pflegte er sich immer etwas Frazzenhaftes vorzusetzen, und eben deswegen diente es ihm zur beständigen Unterhaltung. Auf diese Weise war er zeitlebens ein Schelm in der Einbildung, seine Liebe wie sein Haß waren imaginär, mit seinen Vorstellungen und Gefühlen verfuhr er willkürlich, damit er immerfort Etwas zu thun haben möchte. Durch die verkehrtesten Mittel suchte er seinen Neigungen und Abneigungen Realität zu geben, und vernichtete sein Werk immer wieder selbst; und so hat er Niemandem, den er liebte, jemals genützt, Niemandem, den er haßte, jemals geschadet, und im Ganzen schien er nur zu sündigen, um sich zu strafen, nur zu intriguiren, um eine neue Fabel auf eine alte pfropfen zu können."

„Aus wahrhafter Tiefe, aus unerschöpflicher Produktivität ging sein Talent hervor, in welchem Zartheit, Beweglichkeit und Spitzfindigkeit mit einander wetteiferten, das aber bei aller seiner Schönheit durchaus kränkelte, und gerade diese Talente sind am schwersten zu beurtheilen. Man konnte in seinen Arbeiten große Züge nicht verkennen; eine liebliche Zärtlichkeit schleicht sich durch zwischen den albernsten und barockesten Fratzen, die man selbst einem so gründlichen und anspruchlosen Humor, einer wahrhaft komischen Gabe kaum verzeihen kann. Seine Tage waren aus lauter Nichts zusammengesetzt, dem er durch seine Rührigkeit eine Bedeutung zu geben wußte, und er konnte um so mehr viele Stunden verschlendern, als die Zeit, die er zum Lesen anwendete, ihm bei einem glücklichen Gedächtniß immer viel Frucht brachte und seine originelle Denkweise mit mannigfaltigem Stoff bereicherte."

„Man hatte ihn mit liefländischen Kavalieren nach Straßburg gesendet und einen Mentor nicht leicht unglück= licher wählen können. Der ältere Baron ging für einige Zeit ins Vaterland zurück und hinterließ eine Geliebte, an die er fest geknüpft war. Lenz, um den zweiten Bruder, der auch um dieses Frauenzimmer warb, und andere Liebhaber zurückzudrängen und das kostbare Herz seinem abwesenden Freunde zu erhalten, beschloß nun, selbst sich in die Schöne verliebt zu stellen oder, wenn man will, zu verlieben. Er setzte diese seine These mit der hartnäckigsten Anhänglichkeit an das Ideal, das er sich von ihr gemacht hatte, durch, ohne gewahr werden zu wollen, daß er so gut als die Uebrigen ihr nur zum Scherz und zur Unterhaltung diene. Desto besser für ihn! Denn bei ihm war es auch nur Spiel, welches desto länger dauern konnte, als sie es ihm gleichfalls spielend er= widerte, ihn bald anzog, bald abstieß, bald hervorrief, bald hintansetzte. Man sei überzeugt, daß, wenn er zum Bewußtsein kam, wie ihm denn das zuweilen zu geschehen pflegte, er sich zu einem solchen Fund recht behaglich Glück gewünscht habe."

„Uebrigens lebte er, wie seine Zöglinge, meistens mit den Offizieren der Garnison. . . . . . . Mündlich und nachher schriftlich hatte er mir die sämmtlichen Irrgänge seiner Kreuz= und Querbewegungen in Bezug auf jenes Frauenzimmer vertraut. Die Poesie, die er in das Gemeinste zu legen wußte, setzte mich oft in Erstaunen, sodaß ich ihn dringend bat, den Kern dieses weitschweifigen Abenteuers geistreich zu befruchten und einen kleinen Roman daraus zu bilden; aber es war nicht seine Sache, ihm konnte nicht wohl werden, als wenn er sich grenzenlos im Einzelnen verfloß und sich an einem unendlichen Faden ohne Absicht hinspann.“

Man hat dies Urtheil zu hart finden wollen; aber die noch erhaltenen Briefe von Lenz und andere Zeugnisse scheinen es vollinhaltlich zu bestätigen. Knapp vier Monate vor Goethe's Abgang von Straßburg traf Lenz dort ein, und der Verkehr beider war damals kein allzu häufiger.

Als einer der Brüder von Kleist im Frühjahr 1772 in französische Dienste trat, folgte ihm Lenz von Straßburg nach seiner Garnisonstadt Fort=Louis, welche wenig über eine Wegstunde von Sesenheim entfernt liegt. Ende Mai oder Anfang Juni ging er zum ersten Mal nach Sesenheim hinüber, wurde als Pfarrerssohn und Predigtamtskandidat freundlich im Brion'schen Hause aufgenommen, verkehrte dort zuweilen während der Monate Juni, Juli, August und predigte dort einmal vertretungsweise. Sein Text war das Gleichniß vom Pharisäer und Zöllner und sein Thema „Die schädlichen Folgen des Hochmuths“, — letzteres für ihn selber von eigenartiger

Vorbedeutung! Schon zu Ende August oder zu Anfang September desselben Jahres übersiedelte Lenz mit Herrn von Kleist nach Landau, und von diesem weiter entlegenen Orte scheint er, nach seinen Briefen zu schließen, nicht mehr nach Sesenheim gekommen zu sein.

An den Straßburger Actuar Salzmann, der ehedem Goethe's Vertrauter bei dessen Liebe zu Friederike war, haben sich von Lenz sechs Briefe aus Fort-Louis und sieben Briefe aus Landau erhalten, in denen Lenz die unerweisbare Behauptung aufstellt, für seine Liebe allmälig bei Friederike Brion Gegenliebe gefunden zu haben. Da kein anderes gleichzeitiges Zeugniß und vor Allem kein einziger Brief Friederike's vorliegt, so sind wir einzig auf Lenzens Briefe angewiesen, die aber jedem unbefangenen Leser sehr bald den „Schelm in der Einbildung" verrathen.

Alle seine sieben aus Landau geschriebenen Briefe enthalten über Friederike überhaupt nur die einzige Aeußerung: „Friederike hat mir aus Straßburg geschrieben und mir gesagt, sie habe dort eine besondere Freude gehabt, die ich vielleicht boshaft genug sein würde zu errathen. Und das war die, Sie (Salzmann) am Fenster gesehen zu haben. Sie schreibt ferner, sie wäre durch Ihren bloßen Anblick so dreist geworden, nach dem anderen Theile des Tom Jones zu schicken, und bittet mich, sie desfalls zu entschuldigen. Ist das nicht ein gutes Mädchen?"

Das ist die einzige Stelle aller Lenz'schen Briefe, welche über Friederike nichts Erdichtetes zu enthalten scheint. Daß Friederike dem Freunde von Goethe und Salzmann theilnahmsvoll entgegengekommen sein mag, ist begreiflich. Lenz hatte ihr aus Salzmann's Bibliothek den ersten Theil

des Tom Jones geliehen und ihr, auf ihre Bitte, ver=
sprochen, daß Salzmann ihr wohl auch noch die beiden
letzten Bände leihen würde. Darauf bezieht sich Friederike's
Brief, — der einzige, dessen Lenz je in seiner Correspondenz
mit Salzmann gedenkt! Und was citirt Lenz aus diesem
Briefe Friederike's? Höfliche Rede= und Dankeswendungen,
wie sie in der guten Gesellschaft für erwiesene Gefälligkeiten
überall üblich sind! Hätte der Brief nur ein Wort ent=
halten, aus dem Lenz auf eine Erwiderung seiner Liebe
von Friederike's Seite hätte schließen können, der indiscrete,
ruhmredige, von den „schädlichen Folgen des Hochmuths"
schon stark angekränkelte Dichter hätte es sicherlich brüh=
warm seinem „Sokrates" mitgetheilt. Ja, dieser einzige
jemals von Lenz erwähnte Brief Friederike's bekundet durch
den Satz, Lenz würde „vielleicht boshaft genug sein",
den Grund ihrer Freude (Salzmann's Anblick) zu errathen,
deutlich genug, daß Friederike in Lenz den „Schelm in der
Einbildung" ziemlich klar durchschaute.

Friederike wußte, daß Salzmann Goethe's Vertrauter
war und in dessen Auftrag oft kleine Besorgungen an sie
vermittelt hatte, — es war begreiflich, daß sie sich um
Goethe's willen für Salzmann interessirte. Und da sie
ebenso klar die Eifersucht von Lenz auf Goethe kannte, so
vermuthet sie, Lenz werde „vielleicht boshaft genug sein",
zu errathen, daß ihre „besondere Freude" eben der Anblick
von Goethe's innigstem Vertrauten, Salzmann, gewesen
sei. Wahrlich, es gehörte bei Lenz ein arger Grad von
Selbstverblendung dazu, diese Aeußerung Friederike's so
zu deuten, wie er es durch seinen Ausruf: „Ist das nicht
ein gutes Mädchen?" ersichtlich zu thun scheint.

Aber auf eben diesen Ausruf läßt Lenz in eben dem= selben Briefe unmittelbar den Nachsatz folgen: „Und doch muß ich meinen Entschluß vor Ihnen verbergen. Was ist das für ein Zusammenhang? Ein trauriger! Ich bin dazu bestimmt, mir selbst das Leben traurig zu machen, aber ich weiß, daß, so sehr ich mir jetzt die Finger am Dorne zerritze, daß ich doch einmal eine Rose brechen werde. Zu allem diesem werde ich Ihnen die Schlüssel in Straßburg geben."

Beweis genug, daß er, ohne das Röslein brechen zu können, sich nur die Finger sehr am Dorne zerritzt hatte!

Aber wenn in den sieben Briefen aus Landau Friederike nur einmal in der vorstehend erörterten Weise erwähnt wird, so wird sie in den sechs früher geschriebenen Briefen aus Fort=Louis um so öfter genannt. Freilich erzählt Lenz auch in ihnen nicht eine einzige Einzelheit, die ihn berechtigt hätte, Friederike als „sein Mädchen", „seine Freundin" zu bezeichnen. Nie wird von einem Briefe, einem Kuß, einem Händedruck oder einer sonstigen Be= theuerung ihrer Liebe berichtet. Immer nur unbestimmte, ganz allgemein gehaltene Versicherungen, „die durch un= merkliche Grade gewachsene Vertraulichkeit sei beschworen und unauflöslich". Aber gerade diese gleichsam nur ab= stracten Betheuerungen stimmen zu Lenzens sonstiger mensch= licher und dichterischer Eigenart so wenig, daß man aus ihnen unwillkürlich ersieht, Friederike's angebliche Gegen= liebe existirte nur in seiner „Einbildung". Das einzige Mal, wo er einen concreten Fall anführt, hat er wieder nur eine höfliche Redewendung zu verzeichnen: Friederike hat den mehrfach erwähnten ersten Band des Tom Jones noch nicht zu Ende gelesen und rechtfertigt sich damit, Lenz selber sei Schuld daran, „denn wenn man gute Gesellschaft hat, so kann man nicht viel lesen."

Diese Aeußerung und der oben angeführte Brief Friederike's, beides wahrlich doch nur harmlose Höflich=keitswendungen, sind die einzigen bestimmten Angaben in Lenzens Briefen an Salzmann. Aber so brühwarm er diese berichtet, so wenig würde er, bei seiner überschwäng=lichen Indiscretion, auch nur einen Augenblick gezögert haben, etwaige intime Details mitzutheilen, wenn er deren ohne bewußte, absichtliche Lüge hätte erzählen können.

Und dabei überdies immer wieder die Betheuerung, daß er unglücklich, tief unglücklich sei! „Mein Verstand hat sich noch nicht wieder eingefunden," „Meine Leiden=schaft hat sich diesmal so ziemlich vernünftig aufgeführt," „Ich erwarte heute Abend noch einen Gnadenstoß," „Trennung ist nicht die einzige Ursache meines Schmerzes," „Meine philosophischen Betrachtungen dürfen nicht über zwo, drei Minuten währen, sonst thut mir der Kopf weh," „Ich hasche immer nach der ersten besten Wahrscheinlich=keit, die mir in die Augen flimmert, und die liebe, be=scheiden nackte Wahrheit kommt dann ganz leise von hinten und hält mir die Augen zu," sind Stellen, die sich wört=lich in seinen Briefen an Salzmann finden. Dieser, dessen Antworten leider nicht erhalten sind, kannte damals die Brion'schen Töchter noch nicht persönlich, sondern nur aus Goethe's früheren Schilderungen. Aber der nüchterne Salz=mann hat den phantastischen Lenz, wie wir aus dessen Briefen ersehen, wegen seiner Liebesgeständnisse einfach „ausgelacht". Und erzwänge Lenz nicht durch seinen

späteren Wahnsinn das innigste Mitleid, so würde der ge-
schraubte, schwülstige, renommistische Ton seiner Briefe
auch jeden unbefangenen Leser veranlassen, den „Schelm
in der Einbildung" gleichfalls auszulachen. In ruhigeren
Stunden hat Lenz ersichtlich selbst erkannt, daß „die liebe,
bescheiden nackte Wahrheit ihm ganz leise von hinten die
Augen zugehalten" habe, und dann schämt er sich seiner
„Thorheit" und „möchte sich gern vor sich selber verbergen".

Man vergesse nicht, daß im Frühjar 1772, aus dem
diese Briefe an Salzmann stammen, Goethe noch ein völlig
unbekannter Jüngling war. Wohl hatte er in Straßburg
und nach seinem Scheiden von dort viele seiner herrlichsten
Lieder gedichtet, am „Faust" gearbeitet und während des
Winters von 1771 auf 1772 im Frankfurter Elternhause
die erste Fassung des „Göß von Berlichingen" niedergeschrieben, aber veröffentlicht war von dem Allen noch
nichts. Gedruckt, und überdies anonym gedruckt, waren
bisher nur die von Breitkopf componirten zwanzig „Neuen
Lieder", „die Laune des Verliebten" und „die Mitschuldigen", — unbedeutende Leistungen, die übertreffen zu
können Lenz sich wohl schmeicheln durfte! Um so be-
rechtigter mochte er sich zu der Hoffnung glauben, daß er
aus Friederike's Herzen auch die Liebe zu Goethe werde
verdrängen können; aber daß ihm dies in Wahrheit ge-
lungen sei, dafür bringen seine Briefe nicht einmal den
Schatten eines Beweises. Zu seiner Ehre sei ihm geglaubt,
daß seine Liebe aufrichtig, nicht, nach Goethe's Ausdruck,
„imaginär" war, und daß er nicht „mit seinen Vorstellungen und Gefühlen willkürlich verfahren sei." War

er wirklich in der falschen Einbildung befangen, bei
Friederike Gegenliebe erweckt zu haben, so trübte sein kaum
sechs Jahre später ausgebrochener Wahnsinn ihm vielleicht
schon damals die Unbefangenheit des Blickes.

Ueber seinen späteren Verkehr in Sesenheim liegen
Briefe nicht mehr vor. In den Jahren 1773 bis 1776
weilte Lenz meist in Straßburg, wo er mit Salzmann sich
mündlich aussprechen konnte.

Kaum war im Jahre 1773 „Götz von Berlichingen“
erschienen, als Lenz sofort an Goethe einen weitläufigen
Aufsatz sendete, betitelt „Ueber unsre Ehe“. Das Haupt=
absehen dieser Schrift war, nach Goethe's Bericht in
„Wahrheit und Dichtung“, Goethe's Talent und das
seinige bald coordinirend, bald subordinirend neben ein=
ander zu stellen und auf die innigste Verbindung zwischen
ihnen beiden hinzudrängen. Goethe ging darauf ein, theilte
ihm seine Arbeiten und Pläne mit und empfing dagegen
von Lenz dessen „Hofmeister“, „Neuen Menoza“, „Soldaten“
u. s. w. und verschaffte ihm bald Verleger dazu.

Gelegentlich einer Reise nach der Schweiz besuchte
Goethe, nunmehr auch schon der weltberühmte Verfasser
des „Werther“, im Mai und Juli 1775 auf mehrere Tage
Straßburg. Er verkehrte viel mit Salzmann, Lenz und
anderen dortigen Freunden, aber die verlassene Friederike
wagte er nicht in Sesenheim zu besuchen, da er sich zu
Ostern 1775 bereits mit der schönen Frankfurter Banquiers=
tochter Lili Schönemann verlobt hatte. Noch im November
desselben Jahres erfolgte Goethe's Uebersiedlung nach
Weimar, wo ihn Frau von Stein bald völlig zu fesseln
wußte.

Kaum hatte Goethe sich in Weimar leidlich festgesetzt, als auch Lenz schon am 1. April 1776 sich dort einstellte, um ebenfalls sein Glück bei Hose zu machen. Er blieb bis zum 1. December, und während dieses achtmonatlichen Aufenthaltes weilte er auch mehrere Wochen bei Frau von Stein auf ihrem Gute Groß=Kochberg. In einem von dort am 23. October an Salzmann nach Straßburg geschriebenen Briefe schmeichelt er sich sogar mit der Hoffnung: „Vielleicht sehen Sie mich einmal in herzoglich sächsischer Uniform wieder. Doch das unter uns." Bereits fünf Wochen später hatte er diese Hoffnung durch eine noch unaufgeklärte „Eselei", nach Goethe's Ausdruck, für immer verscherzt, und am 1. December mußte er Weimar auf höheren Befehl verlassen.

Carl August nannte ihn „Goethe's Affen", und wie hart das Wort auch ist, so hat es doch einen berechtigten Kern. Es war Lenzens Fluch, daß er sein doch nicht zu den höchsten Leistungen berechtigendes Talent in brennendem Ehrgeiz zu Goethe'schem Genius forciren wollte, und wohl nur um dieses Dranges willen suchte er in Sesenheim und Weimar auch leibhaft in Goethe's Fußstapfen zu treten.

Als „Abadonna" aus seinem erträumten Weimar'schen Himmel verstoßen, kehrte Lenz wieder in das Elsaß zurück, — anscheinend freilich erst gegen Ende des Jahres 1777. Hier versank er in immer tiefere Schwermuth und zuletzt in völligen Wahnsinn. Im tiefen Winter, in Schnee und Sturm irrte er durch die Vogesen und kam am 20. Januar 1778, aufs Höchste vernachlässigt und mit den traurigsten Spuren der Verirrung, nach Waldbach ins Steinthal, wo der würdige Pfarrer Oberlin ihn mit hingebender

Liebe aufnahm. Hier predigte er sogar noch vertretungs=
weise für Oberlin, aber sein Geist umnachtete sich immer
mehr. In seinen wirren Reden fragte er nach dem Schicksal
des Mädchens, das er geliebt und das auch ihn geliebt,
und dem er die Ehe versprochen, und das er doch verlassen
habe, aus Eifersucht, weil sie einen Andern liebte.

Diesen von Pfarrer Oberlin mitgetheilten Reden eines
Wahnsinnigen ist ja keinerlei Beweiskraft zuzusprechen, ab=
gesehen davon, daß Oberlin nicht erwähnt, wer das frag=
liche Mädchen sei. Denn nach Friederike hatte Lenz noch
manche Andere ebenso hoffnungslos geliebt, und sollten
jene irren Reden wirklich auf Friederike Brion gemeint ge=
wesen sein, so bezog sich die Eifersucht auf den Andern,
den sie liebte, muthmaßlich auf Goethe, der 1778 auch als
weltberühmter Dichter für den unglücklichen Lenz sehr be=
neidenswerth war.

Am 7. Februar gab Lenz zwei Briefe an Oberlin
zur Besorgung, mit der Bitte, sie vorher durchzulesen.
„In dem einen“, schreibt Oberlin, „an eine adelige Dame
in W. schien er sich mit Abadonna zu vergleichen; er
redete von Abschied. In dem anderen an die Mutter seiner
Geliebten sagt er, er könne ihr dies Mal nicht mehr sagen,
als daß ihre Friederike nun ein Engel sei, und sie würde
Satisfaction bekommen.“ Nach Oberlins Versicherung lebte
Lenz damals in dem Wahn, seine Geliebte sei gestorben,
und wenn, wie es scheint, der zweite Brief an Frau Brion
gerichtet war, so enthält der Satz: „ihre Friederike sei
nun ein Engel, und sie würde Satisfaction bekommen“,
wahrlich mehr eine Rechtfertigung als eine Anklage für
Friederike!

Nach mehrfachen von Lenz unternommenen Selbst=
mordversuchen ließ Oberlin ihn unter sicherer Begleitung
am 8. Februar nach Straßburg schaffen. Dort blieb Lenz
drei Wochen und begab sich dann nach Emmendingen zu
Hofrath Schlosser, der sich am 1. November 1773 mit
Goethe's einziger Schwester Cornelia verheirathet, sie aber
bereits am 8. Juni 1777 durch den Tod wieder verloren
hatte. Ende Februar 1778 traf Lenz bei Schlosser ein,
erfuhr erst jetzt Cornelia's Tod und wurde dadurch aufs
Neue tief erschüttert. Im Schlosser'schen Hause verfiel
Lenz in Tobsucht, so daß er in Ketten gelegt werden mußte.
Als er sich leiblich beruhigt hatte, wurde er in Emmen=
dingen einem Schuster zur Pflege übergeben, erlernte von
ihm das Schusterhandwerk und faßte eine schwärmerische
Freundschaft zu einem jungen Schustergesellen. Ende Juni
1779 wurde er aus Hertingen bei Basel, wohin man
ihn inzwischen gebracht hatte, von einem älteren Bruder
abgeholt und über Lübeck zu Schiff in seine russische
Heimath gebracht. Er starb in Moskau am 24. Mai 1792
und wurde, nachdem er in den letzten Jahren nur von
Almosen gelebt hatte, auf Kosten eines russischen Edel=
mannes begraben.

Am 25. September 1779, als Lenz also schon in
seiner russischen Heimath weilte, besuchte Goethe zum letzten
Mal Sesenheim. Mehr als acht Jahre waren seit seinem
Scheiden von dort verflossen, Friederike wußte, daß sie
ihn für ewig verloren hatte, und es hieße, sie einer absicht=
lichen Lüge beschuldigen, wollte man annehmen, sie habe
über den unglücklichen, völlig abgethanen Lenz vorsätzlich
etwas Falsches berichtet. In Goethe's Nachlaß fand sich

ein von ihm vielleicht nie für die Oeffentlichkeit bestimmtes
Blatt, das erst nach seinem Tode in die Gesammtausgabe
seiner Werke unter die Rubrik „Biographische Einzelheiten"
aufgenommen wurde und wörtlich also lautet: „Ich besuchte
auf dem Wege Friederike Brion; finde sie wenig verändert,
noch so gut, liebevoll, zutraulich, gefaßt und selbständig.
Der größte Theil der Unterhaltung war über Lenz. Dieser
hatte sich nach meiner Abreise im Hause introducirt, von
mir, was nur möglich war, zu erfahren gesucht, bis sie
endlich dadurch, daß er sich die größte Mühe gab, meine
Briefe zu sehen und zu erhaschen, mißtrauisch geworden.
Er hatte sich indessen nach seiner gewöhnlichen Weise verliebt in sie gestellt, weil er glaubte, das sei der einzige
Weg, hinter die Geheimnisse der Mädchen zu kommen;
und da sie, nunmehr gewarnt, scheu, seine Besuche ablehnt
und sich mehr zurückzieht, so treibt er es bis zu den
lächerlichsten Demonstrationen des Selbstmordes, da man
ihn denn für halbtoll erklären und nach der Stadt schaffen
kann. Sie klärt mich über die Absicht auf, die er gehabt,
mir zu schaden und mich in der öffentlichen Meinung und
sonst zu Grunde zu richten."

Aber wenn der unglückliche Lenz, der niemals im
Leben Gegenliebe fand, sich in Stunden der Verblendung
vielleicht überreden mochte, die verlassene Friederike könne
ihre ihm erzeigte Theilnahme wohl doch noch in wahre
Neigung verwandeln, so beweisen seine erhaltenen Gedichte
unwiderleglich, daß er sich klar bewußt war, in Friederike's
Seele herrsche unaustilgbar nur Goethe. Diese Gedichte,
nur zwei an Zahl, mögen als harmonischer Schlußaccord
hier folgen. Das erste ist als Zuruf Friederike's an den

in die Welt hinausreitenden Goethe gedacht; im zweiten
führt Lenz sich selber in das Sesenheimer Pfarrhaus ein
und zeichnet die um Goethe untröstlich trauernde Friederike
in wunderbar ergreifenden Worten.

Freundin aus der Wolke.

Wo, du Reiter,
Meinst du hin?
Kannst du wähnen,
Wer ich bin?
Leis' umfass' ich
Dich als Geist,
Den dein Trauern
Von sich weist.
Sei zufrieden,
Goethe mein!
Wisse, jetzt erst
Bin ich dein;
Dein auf ewig
Hier und dort, —
Also wein' mich
Nicht mehr fort!

Die Liebe auf dem Lande.

Ein schlecht genährter Candidat,
Der oftmals einen Fehltritt that
Und den verbotnen Liebestrieb
In lauter Predigten verschrieb,
Kehrt' einst bei einem Pfarrer ein,
Den Sonntag sein Gehilf' zu sein.

Der hatt' ein Kind, zwar still und bleich,
Von Kummer krank, doch Engeln gleich.
Sie hielt im halberloschnen Blick
Noch Flammen ohne Maß zurück,

All' itzt in Andacht eingehüllt,
Schön wie ein marmorn Heiligenbild.
War nicht umsonst so still und schwach,
Verlassne Liebe trug sie nach.
In ihrer kleinen Kammer hoch
Sie stets an der Erinnrung sog;
An ihrem Brodschrank an der Wand
Er immer, immer vor ihr stand,
Und wenn ein Schlaf sie übernahm,
Im Traum er immer wieder kam.
Für ihn sie noch ihr Härlein stutzt,
Sich, wenn sie ganz allein ist, putzt,
All' ihre Schürzen anprobirt
Und ihre schönen Lätzchen schnürt
Und von dem Spiegel nur allein
Verlangt, er soll ihr Schmeichler sein.
Kam aber etwas Fremd's ins Haus,
That sie sich schlecht und häuslich aus.
Denn immer, immer, immer doch
Schwebt ihr das Bild an Wänden noch
Von einem Menschen, welcher kam
Und ihr als Kind das Herze nahm.
Fast ausgelöscht ist sein Gesicht,
Doch seiner Worte Kraft noch nicht
Und jener Stunden Seligkeit
Und jener Träume Wirklichkeit,
Die, angeboren Jedermann,
Kein Mensch sich wirklich machen kann.

Ach Männer, Männer, seid nicht stolz,
Als wärt nur ihr das grüne Holz,
Der Weiber Güt' und Duldsamkeit
Ist grenzenlos wie Ewigkeit.

Verlassen! Verlassen!

———×———

Durch diese ergreifende, ehrliche Schilderung der ihre „verlassene Liebe nachtragenden" Friederike hat Lenz wieder gesühnt, was er in schwachen Stunden der Selbsttäuschung durch die irrthümliche Versicherung, bei dem „marmornen Heiligenbild" Gegenliebe gefunden zu haben, in seinen Briefen an Salzmann gesündigt hatte.

Es sind sehr dürftige Notizen, die über das fernere Leben im Sesenheimer Pfarrhause vorliegen. Die drei Töchter Salomea, Friederike, Sophie erscheinen, nach den von G. A. Müller in seinem Buche „Sesenheim, wie es ist," veröffentlichten Angaben aus den Pfarrakten, fünfzehn Mal als Taufpathen in Sesenheim, — gewiß der beste Beweis für die Beliebtheit der Pfarrfamilie! Die jüngste Tochter, Sophie, ist am öftesten, nämlich sieben Mal, die älteste, Salomea, am seltensten, nämlich drei Mal, als Taufpathin genannt, während Friederike fünf Mal diese Ehre genießt: am 22. August 1773, am 31. März 1776, am 21. November 1777, am 11. November 1780 und am 25. April 1786.

Die in Wahrheit älteste, seit 1766 nach dem Baden= schen an den Pfarrer Gockel verheirathete und deshalb von Goethe nie erwähnte Brion'sche Tochter starb am 1. Oktober 1772 zu Eichstetten in ihrem sechsundzwanzigsten Lebensjahre, nachdem sie ihrem Gatten eine Tochter und zwei Söhne geboren hatte.

Inzwischen hatte Goethe in seinem Elternhause, wohin er von Straßburg im August 1771 zurückgekehrt war, sein erstes geniales Werk den „Götz von Berlichingen" geschrieben und war im Frühjahr 1772 nach Wetzlar über= gesiedelt, um am dortigen Reichskammergericht zu praktiziren. Aus der juristischen Praxis wurde natürlich wieder nicht viel, zumal er sich bereits im Juni desselben Jahres in die sechzehnjährige Charlotte Buff, die schon verlobte Braut des Gesandtschaftssekretärs Kestner, leidenschaftlich verliebte. Charlotte's Mutter war zwei Jahre vorher ge= storben, und das praktische, muthige Mädchen führte nun dem verwittweten Vater und ihren zahlreichen jüngeren Geschwistern den Haushalt. Letzterer konnte durch das Fehlen der Mutter freilich kein so patriarchalischer sein wie in Sesenheim, und der Zauber des Landlebens sowie das stets Feiertägliche der Besuche mangelte gleichfalls. Noch erhaltene gleichzeitige Briefe und Goethe's eigenes Zeugniß in „Wahrheit und Dichtung" beweisen, daß er keine Gegenliebe bei Lotte fand, und so entfernte sich denn Goethe, ohne Abschied zu nehmen, bereits am 11. September 1772 wieder von Wetzlar und kehrte nach einer kurzen Reise längs der Lahn und des Rheins abermals in das Elternhaus nach Frankfurt zurück.

Bereits am 4. April 1773 heirathete Charlotte Buff

ihren Verlobten, und bald nachher ließ Goethe seinen in=
zwischen wesentlich umgearbeiteten „Götz von Berlichingen"
auf eigene Kosten drucken und im Buchhandel erscheinen.
An Salzmann nach Straßburg schrieb er damals: „Wenn
Sie das Exemplar Berlichingen noch haben, so schicken
Sie's nach Sesenheim unter Aufschrift an Mamsell . . . . .,
ohne Vornamen. Die arme Friederike wird einigermaßen
sich getröstet finden, wenn der Ungetreue vergiftet wird.
Sollte das Exemplar fort sein, so besorgen Sie wohl ein
anderes."

Wir wissen nicht, wie „die arme Friederike" den
„Götz" aufnahm, aber eine selige Freude mag sie wohl
empfunden haben, als der zündende Erfolg der Dichtung
ihr bestätigte, daß ihre treue, reine Jugendliebe einem
wahrhaft genialen Poeten galt. Mit einem Schlage wurde
der bis dahin unbekannte Wolfgang Goethe zum ge=
feiertesten Lieblingsdichter der Nation, und einzelne seiner
Bewunderer begannen schon damals eine Huldigungsfahrt
nach Frankfurt.

Denn dort im Elternhause verlebte Goethe vom Herbst
1772 bis zum Spätherbst 1775 drei schaffensfreudige, nur
durch kurze Reisen unterbrochene Jahre. Der Vater, selbst
ein eleganter Jurist, erkannte stolz und klar die hohe
dichterische Begabung des Sohnes und nahm „diesem
singulären Menschen" mit Freuden alle juristischen Vor=
arbeiten ab, um ihm ungestörte Muße zu seinem künst=
lerischen Schaffen zu lassen. Am 1. November 1773 hatte
sich Goethe's einzige Schwester Cornelia an Schlosser nach
Emmendingen verheirathet, und das Elternpaar Goethe
hätte es nun sehr gern gesehen, wenn in ihr großes, seit=

her etwas verödetes Haus der Sohn eine willkommene Schwiegertochter eingeführt hätte.

Der aber, nun ein gefeierter Dichter, liebelte flatterhaft bei Frauen und Mädchen in Frankfurt umher. Unter seinen flüchtigen Neigungen jener Jahre wird einzig die zu Frau Maximiliane Brentano (der nachmaligen Mutter Bettina's von Arnim) von ihm selbst in „Wahrheit und Dichtung" stärker betont. Brentano war ein Wittwer mit fünf Kindern und wesentlich älter als Maximiliane, aber ein reicher Kaufmann. Goethe, der die junge Frau schon als Mädchen gekannt hatte, mußte sie, nach Mercks Ausdruck, „über den Geruch von Oel und Käse und die Manieren ihres Herrn Gemahls trösten." Nach Goethe's, durch gleichzeitige Briefe bestätigter Schilderung war „sein Verhältniß zu der jungen Frau eigentlich ein geschwisterliches, und ob sich gleich nichts Leidenschaftliches in den Umgang mischte, so war er doch peinigend genug." Diese beiden Neigungen zu Charlotte Buff und Maximiliane Brentano erhalten schon dadurch, daß sie einer Braut und einer Gattin galten, einen peinlichen Beigeschmack, und Goethe's erschreckend nüchterne Berichte in „Wahrheit und Dichtung" bestätigen es, wie wenig Glück sie ihm gewährten.

Aber aus diesen beiden, in der Seele des Dichters allmälig mit einander verquickten Neigungen entstand von 1773 auf 1774 der „Werther", zu dessen Heldin Lotte den Vornamen und gar manchen Charakterzug ahnungslos hergab. Sie selbst wie ihr Gatte war beim Erscheinen des Buches sehr erzürnt, so deutlich als Modelle benützt worden zu sein, und Kestner bedeutete den Dichter brieflich,

daß die wirkliche Lotte die Gefühle des wirklichen Werther
keineswegs jemals erwidert habe. Goethe mußte die
einstigen Freunde allmälig wieder zu versöhnen, besonders
durch den Hinweis: „Lottens Namen von tausend heiligen
Lippen mit Ehrfurcht ausgesprochen zu wissen, sei doch ein
Aequivalent gegen Besorgnisse, die einen kaum ohne alles
Andere im gemeinen Leben, da man jeder Baase ausgesetzt ist, lange verdrießen würden."

Mit dem Hinweis auf die Ehrfurcht Tausender be-
hielt Goethe Recht: der „Werther" zündete wie wohl nie
vorher oder nachher ein anderes Buch. Eine beispiellose
Popularität verschaffte er dem glücklichen Dichter; die
„Werthertracht" wurde Mode, in fast alle Sprachen wurde
das Buch übersetzt, unzählige Nachahmungen und Parodien
rief es hervor. Daß Goethe auch dies Werk, das so laut
von einer neuen Leidenschaft zeugte, habe nach Sesenheim
übermitteln lassen, wird nirgends berichtet und ist kaum
wahrscheinlich.

Nunmehr zu einer europäischen Berühmtheit geworden,
wurde der Dichter Anfang Januar 1775 zu Frankfurt
in das Haus der verwittweten Frau Banquier Schönemann
eingeführt, deren einzige, am 23. Juni 1758 geborene
Tochter Anna Elisabeth als „Lili" von ihm gefeiert und
binnen Kurzem seine Braut wurde. So innig er auch das
schöne, vornehme, fein gebildete Mädchen liebte, — sehr
glücklich stimmte ihn, wie seine gleichzeitigen Briefe an
Gräfin Auguste Stolberg beweisen, diese Verlobung keineswegs, und in „Wahrheit und Dichtung" hat er darüber
die kühlen Worte: „Es war ein seltsamer Beschluß des
hohen über uns Waltenden, daß ich in dem Verlaufe meines

wundersamen Lebensganges doch auch erfahren sollte, wie
es einem Bräutigam zu Muthe sei. Ich darf wohl sagen,
daß es für einen gesitteten Menschen die angenehmste aller
Erinnerungen sei."

Uebrigens ist er, nach seiner Schilderung, mehr ver=
lobt worden, als daß er selbst sich verlobte. Zwischen Lili
und ihm war es noch zu keiner Erklärung gekommen, wie=
wohl beide im Stillen von ihrer gegenseitigen Neigung
überzeugt waren. Da traf zur Ostermesse 1775 die ält=
liche, männliche, ernste, derbe Demoiselle Delf, die Leiterin
eines kleinen Heidelberger Handelshauses, in Frankfurt ein
und machte mit gewöhnter Energie dem „schleppenden Ver=
hältniß" der Liebenden ein Ende. „Seit vielen Jahren,"
erzählt Goethe, „hatte sie das Vertrauen von Lili's Mutter.
In meinem Hause durch mich eingeführt, hatte sie sich den
Eltern angenehm zu machen gewußt; denn gerade dieses
barsche Wesen ist in einer Reichsstadt nicht widerwärtig
und, mit Verstand im Hintergrunde, sogar willkommen.
Sie kannte sehr wohl unsere Wünsche, unsere Hoffnungen;
ihre Lust zu wirken sah darin einen Auftrag; kurz, sie unter=
handelte mit den Eltern. Wie sie es begonnen, wie sie
die Schwierigkeiten, die sich ihr entgegenstellen mochten,
beseitigt, genug, sie tritt eines Abends zu uns und bringt
die Einwilligung. „Gebt Euch die Hände!" rief sie mit
ihrem pathetisch gebieterischen Wesen. Ich stand gegen Lili
über und reichte meine Hand dar; sie legte die ihre, zwar
nicht zaudernd, aber doch langsam hinein. Nach einem
tiefen Athemholen fielen wir einander lebhaft bewegt in
die Arme."

In dem reichen Schönemann'schen Hause sah Goethe

sich von der schönen, eleganten, koketten „Staatsdame" Lili am Spieltisch „unerträglichen Gesichtern" gegenüber gestellt, er verzehrte sich in Eifersucht über das „liebe, lose Mädchen", die ihn „wider Willen an ihrem Zauberfädchen fest hält", er sehnte sich aus der „Pracht" jener Säle hinaus in die freie Natur, er klagte, daß ihm „dem Hoffnungslosen der Gram die Seele bricht", er trotzte, daß er „noch Kraft habe", um den Bann schließlich doch zu brechen! Welch' anderes Glück, welche freudige Frische athmen seine Lieder an Friederike, die in Wahrheit „schönste seiner Musen"!

Seltsam: das einzige Mädchen, mit dem Goethe sich jemals officiell, wenn vielleicht auch halb gezwungen, verlobte, führte Friederike's zweiten Vornamen „Elisabeth". Ihr Vater war seit langen Jahren todt, ihre Mutter stammte aus einem alten, französischen Adelsgeschlecht, — das patriarchalische Familienleben fehlte auch hier, und dem in einer engen Großstadtstraße belegenen vornehmen Patricierhause mangelte der landschaftliche Reiz natürlich gleichfalls.

Bereits ehe es zum Bruch mit Lili kam, machte Goethe am 15. Mai 1775, kaum vier Wochen nach seiner Verlobung, mit den beiden Grafen Stolberg und einem Herrn von Haugwitz eine Reise nach der Schweiz. Bei dieser Gelegenheit weilte er vom 23. bis 27. Mai zum ersten Male wieder in Straßburg, verkehrte dort viel mit Salzmann und Lenz, bestieg die Plattform des Münsters, aber nach Sesenheim wagte er, als Lili's Verlobter, nicht hinüberzureiten. Nach flüchtigem Besuch bei seiner Schwester in Emmendingen ging er Anfang Juni über Schaffhausen nach Zürich zu Lavater, durchstreifte dann die kleineren

Schweizer Cantone, spähte an Lili's Geburtstag, 23. Juni, vom Gipfel des Sanct Gotthard nach dem heiß ersehnten Italien hinab, ließ sich aber durch die Liebe zu seiner Braut zur Rückkehr nach Frankfurt bestimmen. Wieder weilte er auf der Heimreise im Juli mehrere Tage in Straßburg, wieder verkehrte er mit Salzmann und Lenz, wieder bestieg er die Plattform des Münsters, und wieder wagte er sich nicht nach Sesenheim hinaus. Aber in eben diesen Julitagen zeigte ihm zu Straßburg der zufällig als Gast dort weilende berühmte Hannover'sche Arzt Zimmermann die Silhouette der Weimar'schen Hofdame Frau Charlotte von Stein, deren Anblick dem Dichter angeblich drei Nächte lang den Schlaf raubte und ihn zu der Unterschrift veranlaßte: „Es wäre ein herrliches Schauspiel, zu sehen, wie die Welt sich in dieser Seele spiegelt. Sie sieht die Welt, wie sie ist, und doch durchs Medium der Liebe. So ist auch Sanftheit der allgemeine Eindruck."

Am 24. Juli traf Goethe wieder in Frankfurt ein. Wie sehr auch Lili und ihre Mutter sich durch seine zehnwöchentliche Reise gekränkt fühlen mochten, allmälig stellte sich doch ein leidliches Verhältniß wieder her. Aber seine Hoffnung, die stets etwas kühl zurückhaltende Braut zu leidenschaftlicher Liebe zu entflammen, war gescheitert, er ärgerte sich, vom Sanct Gotthard nach Deutschland zurückgekehrt zu sein, und schmiedete allerlei Pläne, um allein nach Italien zu entfliehen.

Schon im December 1774 hatte er den Besuch des vom „Götz" und „Werther" begeisterten Hauptmanns von Knebel, Erziehers des Prinzen Constantin von Weimar, in Frankfurt erhalten und war ebendort durch ihn dem auf der Durchreise befindlichen Erbprinzen Carl August und dessen jüngerem Bruder Constantin vorgestellt worden. In der Begleitung des Prinzen befand sich der Erzieher Carl August's, Graf Görtz-Schlitz, und Stallmeister von Stein-Kochberg, Gatte jener Charlotte von Stein, deren Silhouette Goethe im folgenden Jahre zu Straßburg zuerst erblickte. Der Dichter gefiel den Prinzen außerordentlich, und als der achtzehnjährige Carl August am 3. September 1775 selbständig die Regierung in Weimar übernommen hatte und auf der Durchreise nach Carlsruhe zu seiner Vermählung sich abermals in Frankfurt aufhielt und mehrfach mit Goethe verkehrte, forderte er diesen freundlichst auf, ihn auf der Rückreise von Carlsruhe nach Weimar zu begleiten. Wie sehr auch Goethe's Vater in seinem republikanischen Bürgersinn gegen die engere Verbindung mit dem jungen Fürsten eiferte, — der Dichter nahm die Einladung freudigst an, zumal sein Verhältniß zu Lili ihm nachgerade unerträglich geworden war und er vielleicht auch auf die Bekanntschaft mit Frau Charlotte von Stein brannte. Anfang November 1775 übersiedelte er nach Weimar, wo er siebenundfünfzig Jahre lang bis zu seinem Tode verharrte.

Die drei im Frankfurter Elternhause vom Herbst 1772 bis zum Spätherbst 1775 verlebten Jahre gehören zu Goethe's weitaus reichsten Jahren an dichterischer Ausbeute. „Götz", allerdings schon im Winter 1771—72 zuerst entworfen, „Werther", „Clavigo", „Stella" entstanden hier; der erste Theil des „Faust", freilich erst lange, lange Jahre später veröffentlicht, wurde hier in der Hauptsache niedergeschrieben, am „Mahomed" und „Prometheus" gedichtet,

der „Egmont" concipirt und nebenbei eine Fülle literarischer
Kleinigkeiten flüchtig hingeworfen. Der Verkehr mit dem
frommen Fräulein von Klettenberg, die im December 1774
starb, hatte seine Theilnahme auch wieder religiösen Fragen
zugewendet, mit denen er sich ja stets und in gewissem
Sinne sogar bei seiner Promovirung in Straßburg eifrig
beschäftigt hatte. Ein Zeugniß seines Nachsinnens über
religiöse Dinge sind die „Zwo wichtigen, bisher unerörterten
biblischen Fragen", die er im Jahre 1773 veröffentlichte.

Aber an der reichen poetischen Ausbeute seines Frank=
furter Aufenthaltes hat die Liebe zu Lili nur sehr beschei=
denen Antheil. All' die genannten Werke entstanden vor
seiner Bekanntschaft mit ihr, und seit er sich zur Ostermesse
1775 mit ihr verlobt hatte, schuf er zunächst und auf lange
Zeit hinaus nur Kleinigkeiten: die Singspiele „Erwin und
Elmire", „Claudine von Villa Bella" u. s. w.

Mit der Uebersiedelung nach Weimar im November 1775
endet „Wahrheit und Dichtung". Die Geschichte seiner
Liebe zu Lili ist die letzte, die Goethe selbst erzählt. Und
wie dürftig und nüchtern ist auch dieser Bericht im Ver=
gleich zu der Sesenheimer Schilderung! Die von Lili's
Mutter und von Goethe's Eltern nur ungern gesehene
Verlobung wurde durch die Uebersiedelung des Dichters
nach Weimar stillschweigend wieder aufgelöst.

In Weimar, wo Wieland bereits ansässig war und
auch Herder im nächsten Jahr dauernd angestellt wurde,
ließ Goethe sich alsbald in eine verhängnißvolle Leiden=
schaft zu Charlotte von Stein verstricken, und diese Leiden=
schaft galt einer verheiratheten Frau, die sieben Jahre
älter als er und Mutter von sieben Kindern war! Fast

elf Jahre lang wußte Charlotte den Dichter zu fesseln, aber die tausend Briefe, welche von ihm an sie erhalten sind, beweisen klar, daß er kein echtes Glück in diesem unerquick= lichen, verfänglichen Verhältnisse fand.

Schon im April 1776 schrieb Goethe an „Tante Fahlmer", er wolle von Lili nichts mehr hören, sie sei abgethan, er hasse ihre Verwandten, die der Teufel holen möge, und er bedaure das arme Geschöpf, daß sie unter so einer Race geboren sei! Bereits im Juni 1776 ver= lobte sich Lili mit einem Kaufmann Bernard, und als dieser ihr nach Jamaica durchgebrannt war, heirathete sie am 25. August 1778 den Banquier Friedrich von Türck= heim zu Straßburg, der ehemals im Schönemann'schen Bankhause zu Frankfurt angestellt gewesen war und sie schon damals geliebt hatte.

Ueber die späteren Schicksale des von dem vierzehn= jährigen Goethe ehedem angeschwärmten Gretchens wissen wir nichts; unter allen seither von ihm geliebten Mädchen steht aber Friederike Brion insofern einzig da, als sie allein unverheirathet blieb. Man könnte vielleicht glauben, gerade ihr Ledigbleiben habe ihm geschmeichelt, und er habe be= sonders deshalb ihr Bild in „Wahrheit und Dichtung" mit den leuchtendsten Farben gemalt. Aber es liegt ein Brief von ihm an Frau von Stein vor, der aus einer Zeit stammt, wo Friederike erst 27 bis 28 Jahre zählte und sich also wohl noch hätte verheirathen können. Dieser nie für die Oeffentlichkeit bestimmte und erst lange Jahre nach Goethe's Tode gedruckte Brief schildert das bereits im vorigen Kapitel erwähnte letzte Wiedersehen des Dichters mit Friederike und beweist gerade durch seinen intimen

Charakter unwiderleglich, daß Friederike die ihr mehr als dreißig Jahre später in „Wahrheit und Dichtung" gewidmete Verherrlichung wirklich verdiente.

Im Herbst 1779 reiste Goethe, soeben zum „Geheimen Rath" ernannt, mit dem Herzog Carl August und Gefolge über Frankfurt, Straßburg, Basel nach der Schweiz. Durch kein officielles Verlöbniß beengt, besuchte er diesmal sowohl Friederike in Sesenheim, als auch Lili in Straßburg. Sonnabend, am 25. September, kam er allein Abends nach Sesenheim. Sein nur zwei Tage später an Charlotte von Stein geschriebener Brief lautet wörtlich:

„Den 25. Abends ritt ich etwas seitwärts nach Sesenheim, indem die Anderen ihre Reise grad fortsetzten, und fand daselbst eine Familie, wie ich sie vor acht Jahren verlassen hatte, beisammen und wurde gar freundlich und gut aufgenommen. Da ich jetzt so rein und still bin wie die Luft, so ist mir der Athem guter und stiller Menschen sehr willkommen. Die zweite Tochter vom Hause hatte mich ehemals geliebt, schöner als ich's verdiente und mehr als Andere, an die ich viel Leidenschaft und Treue verwendet habe, ich mußte sie in einem Augenblicke verlassen, wo es ihr fast das Leben kostete; sie ging leise darüber weg, mir zu sagen, was ihr von einer Krankheit jener Zeit noch überbliebe, betrug sich allerliebst mit so herzlicher Freundschaft vom ersten Augenblicke, da ich ihr unerwartet auf der Schwelle ins Gesicht trat und wir mit den Nasen aneinanderstießen, daß mir's ganz wohl wurde. Nachsagen muß ich ihr, daß sie auch nicht durch die leiseste Berührung irgend ein altes Gefühl in meiner Seele zu wecken unternahm. Sie führte mich in jede Laube, und da mußt'

ich sitzen und so war's gut. Wir hatten den schönsten
Vollmond; ich erkundigte mich nach Allem. Ein Nachbar,
der uns sonst hatte künsteln helfen, wurde herbeigerufen
und bezeugt, daß er noch vor acht Tagen nach mir gefragt
hatte, der Barbier mußte auch kommen, ich fand alte
Lieder, die ich gestiftet hatte, eine Kutsche, die ich gemalt
hatte, wir erinnerten uns an manche Streiche jener guten
Zeit, und ich fand mein Andenken so lebhaft unter ihnen,
als ob ich kaum ein halb Jahr weg wäre. Die Alten
waren treuherzig, man fand, ich sei jünger geworden. Ich
blieb die Nacht und schied den anderen Morgen bei Sonnen=
aufgang von freundlichen Gesichtern verabschiedet, daß ich
nun auch wieder mit Zufriedenheit an das Eckchen der Welt
hindenken und in Friede mit den Geistern dieser aus=
gesöhnten in mir leben kann. — Den 26. Sonntags traf
ich wieder mit der Gesellschaft zusammen, und gegen Mittag
waren wir in Straßburg. Ich ging zu Lili und fand den
schönen Grasaffen mit einer Puppe von sieben Wochen
spielen und ihre Mutter bei ihr. Auch da wurde ich mit
Verwunderung und Freude empfangen. Erkundigte mich
nach Allem und sah in alle Ecken. Da ich denn zu
meinem Ergötzen fand, daß die gute Creatur recht glücklich
verheirathet ist. Ihr Mann aus Allem, was ich höre,
scheint brav, vernünftig und beschäftigt zu sein, er ist
wohlhabend, ein schönes Haus, ansehnliche Familie, einen
stattlichen, bürgerlichen Rang, alles, was sie brauchte. Er
war abwesend. Ich blieb zu Tische. Ging nach Tisch
mit dem Herzog auf den Münster, Abends sahen wir ein
Stück L'Infante de Zamora mit ganz trefflicher Musik
von Paesiello. Dann aß ich wieder bei Lili und ging in

ſchönem Mondſchein weg. Die ſchöne Empfindung, die
mich begleitet, kann ich nicht ſagen. So proſaiſch als ich
nun mit dieſen Menſchen bin, ſo iſt doch in dem Gefühl
von durchgehendem, reinem Wohlwollen, und wie ich dieſen
Weg her gleichſam einen Roſenkranz der treueſten, be=
währteſten, unauslöſchlichſten Freundſchaft abgebetet habe,
eine recht ätheriſche Wolluſt. Ungetrübt von einer be=
ſchränkten Leidenſchaft treten nun in meine Seele die Ver=
hältniſſe zu den Menſchen, die bleibend ſind, meine ent=
fernten Freunde und ihr Schickſal liegen nun vor mir wie
ein Land, in deſſen Gegenden man von einem hohen Berge
oder im Vogelflug ſieht."

Friederike und Lili! Wie grundverſchieden war ſeine
Neigung zu ihnen, wie grundverſchieden ihre Neigung zu
ihm! Und faſt wie ſymboliſch muthet es uns an, daß er
gerade in der Frühe eines heiteren Sonntagsmorgens jetzt
auf ewig von Friederike ſcheidet, als ſolle das ehedem ſtets
Feiertägliche ſeiner Liebe zu ihr auch mit dem Feiertags=
frieden eines Sonntagsmorgens auf dem Lande harmoniſch
ausklingen!

Genau drei Jahre ſpäter herrſchte wieder mal Freude
im Seſenheimer Pfarrhauſe: am 24. September 1782
traute Pfarrer Brion ſeine nunmehr älteſte Tochter Maria
Salomea, die „Olivie" aus „Wahrheit und Dichtung",
mit dem für Diersburg bei Offenburg deſignirten Pfarrer
Magiſter Gottfried Marx, dem Sohne eines ehrſamen
Straßburger Schuhmachermeiſters. Die Braut ſtand bereits
in ihrem 34., der Bräutigam erſt in ſeinem 27. Lebens=
jahre.

Nun blieben nur noch die beiden jüngſten Töchter

Friederike und Sophie im Elternhause, da der einzige
Sohn Christian wohl schon auf der Universität studirte.
Er wurde auch Pfarrer und im Jahre 1786 seinem Vater
als Adjunctus in Sesenheim beigegeben. Noch in dem=
selben Jahre starb am 3. April in ihrem 63. Lebensjahre
Frau Pfarrer Brion zu Sesenheim und wurde auf dem
dasigen Friedhof am 5. April bestattet. Pfarrer Geyler
zu Niederrödern, wo Brion ehedem siebenzehn Jahre lang
Pfarrer gewesen war und wo alle seine Kinder, mit Aus=
nahme des jüngsten Sohnes, das Licht der Welt erblickt
hatten, hielt die Leichenrede.

Nur anderthalb Jahre überlebte Pfarrer Brion den
Tod seiner fast dreiundvierzig Jahre lang mit ihm ver=
mählt gewesenen Gattin. In seinem 71. Lebensjahre starb
er am 14. October 1787 am 19. Sonntage nach Trinitatis
und wurde am 17. Oktober neben seiner Gattin be=
stattet. Sein Sohn Christian war damals bereits Pfarrer
zu Rothau im Steinthal am Fuße der Vogesen, und in
das Sesenheimer Pfarrhaus, das der heimgegangene Brion
siebenundzwanzig Jahre lang bewohnt hatte, zog bald
darauf Pfarrer Schweppenhäuser, ein Sohn von dem ehe=
maligen unmittelbaren Amtsvorgänger des Verstorbenen.

Pfarrer Brion hatte den Seinen kein nennenswerthes
Vermögen hinterlassen, aber Sorge getragen, daß sie nach
seinem Tode wenigstens einst ein Unterkommen fänden. Zu
diesem Zwecke hatte er in der an der Landstraße gelegenen
Filialgemeinde Dengolsheim ein Haus mit hübschem Baum=
garten gebaut oder angekauft, doch scheinen seine beiden
hinterbliebenen Töchter dies Haus nur auf kurze Zeit oder
gar nicht bezogen zu haben, sondern bald zu ihrem Bruder

Christian nach Rothau übersiedelt zu sein. Wenigstens
hat Friederike am 12. Februar 1788, am 22. Februar 1793,
am 13. September 1795, am 16. April 1796 und am
7. April 1797, Sophie aber in den Jahren 1789, 1791,
1792 und 1793 sechs Mal als Taufpathin sich in das
Kirchenbuch zu Rothau eingetragen. Diese Eintragungen
bezeichnen Friederike bald als „négociante", bald als
„marchande". Beide Schwestern hatten nämlich einen
kleinen Handel mit Weberzeugen (siamoises), Steingut
und irdenen Töpferwaaren angefangen, ihn jedoch ver=
muthlich wegen des geringen Ertrages bald wieder auf=
gegeben und sich mit Anfertigung weiblicher Arbeiten durch=
zuschlagen versucht. Auch nahmen sie junge Mädchen aus
Sesenheim und der Umgegend bei sich auf, die ihnen in
der Haushaltung behülflich waren und nebenbei auch zur
Erlernung der französischen Sprache „Herrn Böckel's Schule"
besuchten.

Aus dem vielleicht nur zufälligen Umstande, daß in
dem Kirchenbuche zu Rothau vom 12. Februar 1788 bis
zum 22. Februar 1793 Friederike nicht ein einziges Mal,
ihre jüngere Schwester Sophie aber sechs Mal als Tauf=
pathin verzeichnet steht, hat man den gewagten Schluß
ziehen wollen, Friederike sei während jener fünf Jahre
überhaupt nicht in Rothau anwesend gewesen! Nach einer
von Gervinus ohne Erbringung urkundlicher Beweise zuerst
geäußerten Behauptung soll Friederike bei einer verhei=
ratheten Schwester jenes Weyland, der im Oktober 1770
Goethe zuerst in das Sesenheimer Pfarrhaus einführte,
während der Jahre 1788 bis 1793 in Versailles und Paris
zu Gast gewesen sein, — eine Behauptung, die bisher

noch jeder Begründung entbehrt und sowohl von einem Sohne Christian Brion's, als auch von der Weyland'schen Familie auf das Bestimmteste in Abrede gestellt wurde. 1788—1793! Welche Zeiten! In Straßburg hatte der dort garnisonirende Offizier Rouget de Lisle die Marseillaise, das Sturmlied der Revolution, gedichtet und componirt und im April 1792 im Hause des Maire Dietrich zum ersten Mal unter jubelndem Beifall selbst gesungen; vom Straßburger Münster wehte statt des weißen Lilienbanners der Bourbonen die Tricolore der Republik; eine riesige, blutrothe Jacobinermütze schmückte die höchste Spitze des Hauptthurmes, um dadurch vom Münster die Gefahr abzuwenden, in mißverstandenem Gleichheitsstreben zerstört zu werden; der fanatische Professor Eulogius Schneider zog als öffentlicher Ankläger des Tribunals im Elsaß mit der Guillotine umher und opferte ihr zahllose Häupter; der jugendschöne Saint=Just, „der Johannes des Blutmessias Robespierre", erschien mit seinem Schwager Lebas in Straßburg und setzte zwar nicht der Guillotine, aber doch dem wahnsinnigen Treiben des Eulogius Schneider ein blutiges Ende.

Von Straßburg aus hat die Marseillaise ihren Triumph= marsch angetreten. Aber dem Maire Dietrich, in dessen Hause ihre ehernen Klänge zuerst erdröhnten, hat sie kein Glück gebracht. Von seinen politischen Gegnern ver= dächtigt, wurde er seines Amtes entsetzt, im December 1792 nach Besançon abgeführt und am 29. December 1793 zu Paris guillotinirt. Sein Nachfolger als Bürgermeister von Straßburg war schon im Spätsommer 1792 Baron Friedrich von Türckheim, der Gatte von Goethe's ehemaliger Lili,

15*

geworden. Aber bereits am 20. Januar 1793 wurde auch
er seines Amtes entsetzt, bald nachher verhaftet, wieder frei
gesprochen und durch einen neuen Verhaftsbefehl endlich
veranlaßt, am 6. Juli 1794 als Holzhauer verkleidet über
Saarbrücken nach Heidelberg zu entfliehen. Nach drei
Tagen grausamster Ungewißheit erhielt seine Gattin durch
einen alten Invaliden die mündliche Bestellung von ihm:
„Der Weg über Saarbrücken ist frei, ihr sollt kommen.“
Durfte sie dem fremden Manne trauen? Er konnte ein
Verräther, seine Sendung eine Falle sein, um sie selbst
und ihren Gatten zu verderben. Nach heißem Gebet zu
Gott raffte sie sich auf. Als Bäuerin verkleidet, nur von
ihren fünf Kindern und deren Hauslehrer Redslob be=
gleitet, wagte sie die Flucht. Einen Korb auf dem Kopf,
ihren jüngsten, fünfjährigen Sohn in ein Tuch gebunden
auf dem Rücken tragend, die vier anderen Kinder mühsam
nachziehend, wanderte sie Tag und Nacht, mit blutenden
Füßen, in brennender Sonnenhitze mit Durst und Hunger
kämpfend, unter Todesangst um Gatten und Kinder muthig
weiter, bis sie nach manchen Fährlichkeiten auf deutschen
Boden gelangte und mit ihrem glücklich entronnenen Ge=
mahl wieder zusammentraf.

Ob auch die Geschwister Brion ähnliche Gefahren in
jener Schreckenszeit zu bestehen hatten, darüber fehlt jede
Kunde; nur die bereits erwähnten Eintragungen in die
Taufregister der Rothauer Pfarre sind Alles, was wir
aus jener Epoche über Friederike wissen.

———

Hermann und Dorothea.

Durch die Stürme der Revolution, welche seit 1789 über Frankreich hereinbrachen, war auch Goethe aus jener Ruhe aufgeschreckt worden, in die er sich zu künstlerischen und wissenschaftlichen Arbeiten allmälig in Weimar eingesponnen hatte. Bis zum Jahre 1786 hatte ihn Frau von Stein zu fesseln gewußt; dann entzog er sich durch seine Flucht nach Italien jenem aufreibenden, nun schon elf Jahre andauernden Verhältniß, und als er nach fast zweijähriger Abwesenheit im Sommer 1788 wieder nach Weimar zurückkehrte, bestrickte ihn die junge Putzmacherin Christiane Vulpius durch ihre Frische und Naivetät derart, daß er bald in die vertrautesten Beziehungen zu ihr trat und sie, die ihn bereits am 25. December 1789, zufällig gerade am Geburtstage der Frau von Stein, mit seinem erstgebornen Sohn beschenkte, sammt ihrer Tante und Schwester in sein Haus nahm.

Inzwischen war er über ein Jahrzehnt lang als Dichter sehr stark beim Publikum ins Hintertreffen gerathen. Die zündenden Erfolge seines schon 1773 und 1774 erschienenen

„Götz" und „Werther" hat er überhaupt nie wieder erreicht, und was er im nächsten Jahrzehnt veröffentlichte, konnte wirklich keine Begeisterung erwecken: „Erwin und Elmire", „Claudine von Villa Bella", „Stella", „der Triumph der Empfindsamkeit". Die Buchhändler klagten, daß seine Schriften sich schlecht verkauften, einzelne kritische Stimmen wollten ihn bereits zu den völlig abgethanen, keine Zukunft mehr versprechenden Poeten werfen, und die Nation jauchzte einem neuen Lieblingsdichter zu: Friedrich Schiller.

Als Goethe von jener Schweizerreise, gelegentlich deren er Friederike Brion zum letzten Mal im Leben sah, wieder mit Carl August nach Weimar zurückkehrte, wohnten beide am 14. December 1779 auch einer Preisvertheilung in der Militärakademie zu Stuttgart bei und waren Zeugen, wie ein gerade zwanzigjähriger Eleve Friedrich Schiller drei Preise erhielt. Dieser hatte seither mit den „Räubern", „Fiesco", „Kabale und Liebe" Triumphe gefeiert, die alle früheren Bühnenerfolge Goethe's tief in Schatten stellten. Und als Goethe dreizehn Jahre nach dem Erscheinen seines „Werther" endlich wieder eine seines großen Namens würdige Dichtung veröffentlichte, da war es „Iphigenia auf Tauris", — ein Meisterwerk in den Augen der Gebildeten, aber „Kaviar fürs Volk" und nicht dazu geeignet, die schon stark verblaßte Popularität des Dichters neu aufzufrischen. In demselben Jahre 1787, als „Iphigenia" erschien, veröffentlichte Schiller seinen „Don Carlos", der mit seinen kräftigen Conflicten, seinen der Zeitströmung entgegenkommenden liberalen Ideen, seinem stürmischen Pathos die Menge ganz anders packte, als die kühle Hoheit und sprachliche Schönheit der „Iphigenia". Der im Jahre 1788

erschienene „Egmont" hatte wohl einen volksthümlicheren
Charakter, eroberte sich aber die Bühnen nur sehr langsam,
und der im Jahre 1790 folgende „Torquato Tasso" war
vollends nichts für die große Menge. Freilich veröffentlichte
Goethe noch in demselben Jahre 1790 das Herrlichste und
Volksthümlichste, was er überhaupt gedichtet hat: das
Fragment seines „Faust". Aber er veröffentlichte diese
damals noch lange nicht beendete Dichtung eben nur als
„Fragment", und alles Fragmentarische ist zu breiter
Wirkung auf die Massen nicht geeignet. Erst vierzig Jahre
später eroberte „Faust" sich die Bühnen, und der Erfolg
des 1790 publicirten „Fragmentes" blieb damals auf enge
Kreise beschränkt. Die demnächst veröffentlichten Nichtig=
keiten „Jery und Bätely" und „Scherz, List und Rache",
sowie die naturwissenschaftlichen Arbeiten über „die Meta=
morphose der Pflanzen" und die „Beiträge zur Optik"
konnten noch weniger auf breite Schichten wirken, und so
sah Goethe bei der Mehrheit der Nation sich durch Schiller's
Popularität bedenklich verdunkelt.

Im August 1792 mußte Goethe dem Herzog Carl
August in jenen Feldzug folgen, den Preußen und Oester=
reich zur Niederwerfung der französischen Revolution unter=
nahmen. Ueber Longwy und Verdun ging es nach Valmy,
wo die berüchtigte Kanonade schon am 20. September dem
kläglich geleiteten Feldzuge ein frühes, unrühmliches Ende
bereitete. Noch einmal mußte Goethe im Juni und Juli
des nächsten Jahres auf dem Kriegsschauplatz erscheinen,
um der Belagerung von Mainz durch die Preußen bei=
zuwohnen, und diese beiden Veranlassungen boten ihm
reichlich Gelegenheit, die Schrecken des Schlachtfeldes und

das Elend der Vertriebenen aus eigener Anschauung kennen zu lernen.

Mit der Revolution suchte er sich durch manche, der Größe des weltgeschichtlichen Ereignisses allerdings nicht annähernd entsprechende Dichtung abzufinden: den „Groß-Cophta", den „Bürgergeneral", die „Unterhaltungen deutscher Ausgewanderter", „die Aufgeregten", ja, in gewissem Sinne auch den „Reineke Fuchs", der allerdings keine Original-dichtung, sondern nur eine modernisirte Ueberarbeitung des alten Volksbuches war. Keine dieser Leistungen entsprach den Erwartungen, welche die Nation an einen Goethe stellen durfte. Seine Schaffenskraft schien wie gelähmt, und voll berechtigt ist seine Aeußerung zu Staatsrath Schultz: „Ich weiß wirklich nicht, was ohne die Schiller'sche Anregung aus mir geworden wäre."

Ja, Goethe's guter Stern führte ihm zur rechten Stunde durch Schiller's anspornende, vorwärts drängende Kraft „einen neuen Frühling herauf, in welchem Alles froh nebeneinander keimte und aus aufgeschlossenen Samen und Zweigen hervorging."

Im Mai 1789 hatte sich Schiller in Jena nieder-gelassen, im Februar 1790 mit Charlotte von Lengefeld verheirathet und als Hofrath und Universitätsprofessor spielte er, ganz abgesehen von seinem Dichterruhm, auch gesellschaftlich eine Rolle. Bald nach Goethe's Rückkehr aus Italien war er mit ihm bereits im Sommer 1788 persönlich bekannt geworden, aber eine nähere Beziehung zwischen beiden stellte sich erst im Juni 1794 her, als Schiller für die von ihm begründeten „Horen" auch Goethe's Mitarbeiterschaft erbat. Freudigst sagte Goethe zu, und nun entstand jenes Bündniß, das erst durch Schillers Tod gelöst wurde. Aber wie freisinnig Schiller auch dachte, — Christiane Vulpius blieb ihm doch ein Stein des An= stoßes. Er allein besuchte Goethe und logierte gelegentlich auch wochenlang bei ihm in Weimar, aber Frau und Kinder hielt er dem Goethehause fern. In dem Brief= wechsel zwischen Goethe und Schiller versäumt ersterer fast nie, die Frau des letzteren grüßen zu lassen; Schiller aber ignorirt consequent Goethe's „kleine Freundin". Und doch hätte Goethe es sehnlichst gewünscht, daß wenigstens seine nächsten Freunde das Verhältniß so angesehen hätten, wie er es beurtheilt wissen wollte: als Ehe ohne priesterlichen Segen.

Freilich, Goethe selbst hatte in seinen „Römischen Elegien" und „Venetianischen Epigrammen" den ehelichen Charakter seines Liebesbundes keineswegs betont. So be= wunderungswürdig die Dichtungen als Dichtungen waren, — vom moralischen Gesichtspunkt aus blieben sie sehr anfechtbar, und es gehörte nicht geringer Muth von Schiller dazu, sie in „Die Horen" und in den „Musen= Almanach" aufzunehmen. Vielleicht that er es nur aus Höflichkeit gegen Goethe, vielleicht auch in der klugen Ab= sicht, auf alle Fälle Sensation erregen zu wollen. Das gelang ihm zwar in gewissem Sinne, aber der erträumte materielle Erfolg blieb den „Horen" versagt. Mühsam fristete sich die Monatsschrift durch drei Jahre, um dann zu entschlafen. Aber schon war in den verbündeten Dichtern der Plan entstanden, auf die mancherlei gehässigen Angriffe gegen die Horen durch ein bisher unerhörtes literarisches Strafgericht zu antworten. Von 1795 auf 1796 entstanden

jene scharfen Epigramme, welche im Herbst 1796 im
„Musen=Almanach" unter dem Gesammttitel „Xenien" er=
schienen. Die Wirkung war eine gewaltige. Von allen
Seiten regnete es Anti=Xenien, die für Goethe das Un=
bequeme hatten, daß mancher unfeine Streich dabei auf
Christiane Vulpius fiel. Schon aus Rücksicht auf seinen
nunmehr siebenjährigen Sohn hätte er es gern gesehen,
wenn man seine nicht sehr rühmlichen häuslichen Verhält=
nisse unberührt gelassen hätte. Um so mehr mochte er
darauf brennen, die Nation, die nun mal an seinem Ver=
hältniß zu Christiane berechtigten Anstoß nahm, durch eine
Dichtung zu versöhnen, welche der Heiligkeit der Familie
eine Huldigung darbrachte.

Mit alleiniger Ausnahme des „Götz von Berlichingen",
wo das schöne Eheleben zwischen Götz und seiner treuen
Hausfrau in einigen wirksamen Scenen geschildert ist,
hatte Goethe bisher keine seiner Dichtungen das Lob der
Familie anstimmen lassen. „Werther", „Clavigo", „Stella",
„Egmont", „Faust", „Tasso", seine lyrischen Lieder, die
„Römischen Elegien" und „Venetianischen Epigramme"
vertraten vielmehr eine entgegengesetzte Richtung, und auch
sein „Wilhelm Meister", der, wenngleich zwei Jahrzehnte
früher begonnen, erst zur Zeit des Xenienkampfes ver=
öffentlicht wurde, zeigte fast überall ein unterwühltes
Familienleben. Jetzt aber hatte der Dichter, der sich
seinem fünfzigsten Lebensjahre näherte, den Segen der
Häuslichkeit schätzen gelernt, und da ihn überdies das
Verlangen beseelte, gerade nach den Xenien von Neuem
selbstschöpferisch hervorzutreten, so stürzte er sich mit einer
Energie, wie er sie seit mehr als zwanzig Jahren nicht

gekannt hatte, auf eine neue Dichtung. Mit Ausnahme seiner drei Jugendarbeiten „Goetz", „Werther", „Clavigo", die in kurzer Zeit aus einem Gusse entstanden, hatte Goethe an allen seinen späteren Werken Jahre, ja, oft Jahrzehnte lang gedichtet, und die endgültige Fassung wich von dem ursprünglichen Entwurf meist gar wesentlich ab. Jetzt aber ergriff er im September 1796 seinen neuen Stoff so energisch, daß er das Werk, bevor es noch völlig niedergeschrieben war, schon für „tausend Thaler in Gold" an den Buchhändler Friedrich Vieweg verkaufte. Im April 1797 war die Arbeit wirklich beendet, von der Goethe noch als Greis zu Eckermann äußerte, „sie sei fast das einzige seiner größeren Gedichte, das ihm noch Freude mache, und das er nie ohne innigen Antheil lesen könne."

Die erste Anregung und das Rohmaterial des Stoffes verdankte er einem Zufall. Er hatte neuerdings in einer 1732 zu Leipzig erschienenen Flugschrift „Das liebethätige Gera gegen die salzburgischen Emigranten" eine einfache, kurze Dorfgeschichte gelesen: „In Alt=Mühl, einer Stadt im Oettingischen, hatte ein gar feiner und vermögender Bürger einen Sohn, welchen er oft vergebens zum Heirathen angemahnet. Als nun die Salzburger Emigranten auch durch dieses Städtchen passirten, findet sich unter ihnen ein Mädchen, welches dem Jüngling sehr gut gefällt. Er erkundigt sich bei anderen Salzburgern nach des Mädchens Aufführung und Familie, und da die Antwort befriedigend ausfällt, eilt er zu seinem Vater und erklärt ihm, entweder er müsse diese Salzburgerin zur Frau haben, oder er bleibe ledig. Der Vater sucht ihn mit Hülfe des Pfarrers von diesem Entschluß abzubringen, aber alle Vorstellungen sind erfolglos, und endlich gibt der Vater auf Anrathen des Geistlichen seine Einwilligung. Der Sohn geht zu dem Mädchen, aber statt als Bräutigam um sie zu werben, fragt er sie, ob sie bei seinem Vater in Dienst treten wolle. Sie ist dazu bereit und folgt ihm in sein Eltern= haus. Der Vater aber, unbekannt mit der List seines Sohnes, fragt das Mädchen, ob ihr denn sein Sohn ge= falle und sie ihn heirathen wolle? Sie aber meint, man solle sie nicht foppen, der Sohn habe nur eine Magd ver= langt, und sie wolle ihr Brod durch treuen Dienst wohl erwerben. Als sie erfährt, daß es mit der Heirath ernst gemeint sei, willigt sie freudig ein und überreicht ihrem Bräutigam einen Beutel mit zweihundert Ducaten als ihre Mitgift."

Diese schlichte, gemüthliche Anekdote hätte Goethe vielleicht kaum in „Hermann und Dorothea" zu einer der herrlichsten Perlen seiner Dichtung gestaltet, wenn ihn nicht die „Luise" von Johann Heinrich Voß „in diese Gattung gelockt" hätte. Das gesteht Goethe in einem Briefe an Schiller ehrlich ein, und auch in seiner „Cam= pagne in Frankreich" bekennt er, daß er die „Luise" „leidenschaftlich verehrte und sie gern vortrug"; ja, die Freude an dieser Dichtung ist, wie er an Schiller schreibt, „am Ende doch productiv bei ihm geworden und hat den „Hermann' erzeugt."

Daß Goethe sich klar bewußt war, welche Bedeutung „Hermann und Dorothea", ganz abgesehen von dem künst= lerischen Werthe, für ihn persönlich, für seine Stellung zur deutschen Nation und im Rückblick auf seine früheren Werke

habe, das beweist das Begleitgedicht, welches er gerade
dieser Schöpfung mit auf den Weg gab.

Er weist die Vorwürfe zurück, die ihm wegen seiner
unter Einwirkung von Properz und Martial entstandenen
„Römischen Elegien", „Venetianischen Epigramme" und
„Xenien" gemacht wurden; er lehnt, nur dem Befehl der
Muse gehorchend, selbst die Wünsche der „Besseren" ab,
die ihn im Leben wie im Dichten „anders wollen"; er
bittet die Göttin, seinen jetzt nicht mehr dicht gelockten
und bald wohl silbernen Scheitel mit reicheren Kränzen
zu schmücken: wenn möglich, dereinst mit dem würdig ver=
dienten Lorbeer, aber schon jetzt mit dem „häuslichen
Kranze von Rosen"! Dieser Uebergang auf seine so viel
angefochtene „Häuslichkeit" hat etwas Ergreifendes: mit
muthigem Stolz nennt er hier zum ersten Male vor aller
Welt Christiane seine „Gattin", die „auf reinlichem Herde"
das Feuer schüre, während sein Knabe das Reis dazu
werfe. In herrlicher Mannhaftigkeit zeigt er sich, da er
so würdevoll für die Reinlichkeit seines Herdes, für seine
Gattin und seinen Sohn eintritt, und deshalb darf er ge=
trost „gleichgesinnte Freunde" zum Wein und zum Anhören
des neuesten Gedichtes in sein Haus entbieten. Aber ehe
er mit der Vorlesung beginnt, bringt er einen Trinkspruch
auf den großen Philologen Friedrich August Wolf aus,
der eben damals die Theorie begründet hatte, daß „Ilias"
und „Odyssee" nicht von dem einen Homer gedichtet, son=
dern aus alt überlieferten Volksliedern von verschiedenen
Ueberarbeitern zusammengestellt worden seien. Mit dem
einen Homer hätte kein moderner Dichter den Wettkampf
wagen dürfen, „doch Homeride zu sein, auch nur als letzter,

ist schön." (Das deutsche Nationalepos, das „Nibelungen=
lied", lernte Goethe erst ein Jahrzehnt später kennen.) In
ehrlicher Dankbarkeit gegen Johann Heinrich Voß ruft er
den Geist des Dichters der „Luise" als einführenden Be=
gleiter in die stille, deutsche Wohnung an. Vielleicht mit
einem Hinblick auf das kranke Geschlecht der „Werther"=
Zeit spricht er die Hoffnung aus, in dem „gesunden" Ge=
schlecht der Gegenwart werde der Muth siegen trotz der
traurigen Zeit. Er hofft, mit seiner Dichtung Thränen
ins Auge zu locken und Lust in die Seele zu flößen und
als Dank dafür „herzlich ans Herz" gedrückt zu werden.
Das scheidende Jahrhundert mahne zu weisen Gesprächen,
denn wohl Jeden habe das Geschick geprüft; aber heiterer
solle man nun auf jene Schmerzen zurückblicken und, nach
gewonnener Kenntniß von Menschen und Nationen, das
eigene Herz kennend sich dessen erfreuen.

Niemals vorher oder nachher hat Goethe einer seiner
Schöpfungen ein ähnliches Geleitgedicht mitgegeben. Die
herrliche „Zueignung" zum „Faust" steht poetisch höher,
aber sie klingt wie mit Aeolsharfentönen gleichsam schon
aus einem verklärten Jenseits herüber. In dem Geleit=
gedicht zu „Hermann und Dorothea" dagegen ist jedes
Wort von actueller und individueller Bedeutung; es ist im
vollsten Sinne eine „oratio pro domo".

Auf dem linken Rheinufer, von wo Dorothea mit
den Vertriebenen nach dem rechten Rheinufer hinüber=
flüchtet, hatte Goethe zu Straßburg als einundzwanzig=
jähriger Student die schönsten anderthalb Jahre seiner
Universitätszeit verbracht und in der anmuthigen Elsässerin
Friederike Brion die poesieverklärteste Liebe seiner Jugend

gefunden. In Straßburg war er mit dem Actuarius Salzmann näher bekannt geworden, einem kaustischen alten Junggesellen von einer gewissen Feierlichkeit der Umgangs=formen und von einer praktischen Lebensweisheit, die ihn sehr wohl zum Mentor eines Jünglings geeignet machte. Ebenfalls in Straßburg war seine erste Bekanntschaft mit Herder erfolgt, der damals wirklich „ein Jüngling, näher dem Manne", und als Begleiter, wenn auch nicht des „jungen Barons", so doch des Prinzen von Holstein=Eutin nach Straßburg gekommen war.

Eine nähere Bestimmung über die Rheingegend, welche Goethe zum Schauplatz seiner Dichtung wählte, findet sich in dem Werke selber nicht. Aber unverkennbar hat er seine Dorothea in die „fast verdrängte deutsche National=tracht" gekleidet, in welcher er uns später in „Wahrheit und Dichtung" Friederike Brion vorführt. Freilich, Friederike trägt „ein kurzes, weißes, rundes Röckchen mit einer Falbel, nicht länger, als daß die nettsten Füßchen bis an die Knöchel sichtbar blieben, ein knappes weißes Mieder und eine schwarze Taffetschürze"; aber das war der Werkeltagsanzug an einem Abend, wo keine Gäste mehr erwartet wurden. An anderen Tagen mag auch Friederike wie Dorothea „einen schön geschnürten rothen Latz, ein knappes schwarzes Mieder und einen vielgefalteten blauen Rock" getragen haben, der „ihr im Gehen die wohlgebildeten Knöchel umschlug". Für Friederike's „ge=waltige blonde Zöpfe schien der Hals des niedlichen Köpf=chens fast zu zart", — es ist nicht nothwendig, sich diese „gewaltigen Zöpfe" als lang über den Rücken hernieder=wallend vorzustellen, sie können ebenso wie Dorothea's

„ftarfe Zöpfe vielmal um filberne Nadeln gewickelt" ge=
wefen fein und waren es an Befuchs= und Festtagen ficher=
lich immer. „Schlank und leicht, als wenn fie nichts an
fich zu tragen hätte, fchreitet" Friederike, „heiter und frei
erfcheint fie in ihrer ganzen Anmuth und Lieblichkeit", wie
auch Dorothea „mit ftarken Schritten" geht, „das runde
Kinn mit reinlicher Anmuth von der Hembkraufe um=
geben, während fich des Kopfes zierliches Eirund frei und
heiter zeigt". Zug um Zug fcheint Dorothea's Tracht,
Haltung, Ausfehen nach Friederike gebildet zu fein; nur
wird Letztere als blauäugig, Erftere als fchwarzäugig ge=
fchildert. Friederike wird als blondhaarig befchrieben;
Dorothea's Haarfarbe wird nirgends mit einer Sylbe an=
gedeutet.

Ebenfo wenig, wie die linksrheinifche Gegend, aus
der die Vertriebenen flüchten, bezeichnet Goethe die rechts=
rheinifche Stadt genauer, in der die Handlung fich ab=
fpielt. Diefe Stadt wird zwar um des Versmaßes willen
zuweilen „Städtchen" genannt, aber daß keineswegs eine
kleine Stadt gemeint ift, beweist die ausdrückliche Be=
tonung, daß fie „wohl bevölkert" war und fich „mancher
Fabriken und manches Gewerbes befliß". Auch die Er=
wähnung „der Thürme", der trefflichen ftädtifchen Anlagen
und Einrichtungen, der Chauffee und der Rathsverwaltung
deuten auf ein größeres Gemeinwefen. Vom Rhein liegt
die Stadt ziemlich entfernt, denn der Vater fagt aus=
drücklich, daß er oft mit Staunen den Rhein begrüßt
habe, „wenn er, reifend nach feinem Gefchäft, ihm wieder
fich nahte". Von der Stadt bis zum Rheine war alfo
eine „Reife", die der Wirth zum goldenen Löwen haupt=

sächlich wohl zum Einkauf von Rheinweinen antrat. Die
Stadt liegt in einem „glücklichen Winkel" gegen den Rhein,
genau wie Frankfurt, das freilich nicht als Schauplatz
gemeint sein kann, da der Vater ausdrücklich den Sohn
auf Reisen schicken möchte, damit er wenigstens Straßburg,
Frankfurt und Mannheim kennen lerne.

Aber die Einzelangaben der Schilderung sind trotzdem
genau von Frankfurt entnommen und sogar in Beziehung
zum Vaterhause des Dichters. Letzteres wurde in seine
gegenwärtige Gestalt erst 1755 aus zwei ehemaligen
Nachbarshäusern umgebaut, ebenso wie der „goldene Löwe"
der Dichtung mit dem Nachbarhaus zusammen nach dem
Brande neu aufgebaut wird. Zum Goethehause gehören
zwar keine Gärten, aber unmittelbar daran, nur durch
eine Mauer getrennt, stoßen unübersehbare, ehedem sich
bis zur Stadtmauer erstreckende Gärten. Das hintere
Mansardenzimmer des Goethehauses, das der Dichter in
jungen Jahren bewohnte, ist nach Westen gerichtet und
gewährt den unbegrenzten Fernblick über jene Gärten,
über die Stadtmauer und über die schöne, fruchtbare
Ebene nach Höchst zu, — genau wie Hermanns Dachstube
„entgegen der sinkenden Sonne" liegt und weithin über
Gärten, Stadtmauer und Felder bis nach dem Birnbaum
auf dem Hügel ausschaut. Dieser Birnbaum auf dem
Hügel, von dem man „die Gegend jenseits, nach dem
Gebirg" erblicken konnte, gemahnt gar lebhaft an den
Sesenheimer Hügel mit „Friederikens=Ruhe", von wo man
auch das jenseitige Vogesengebirge und den Straßburger
Münster erblickte, — in eine Ideallandschaft komponiren

16*

ja Maler wie Dichter räumlich weit getrennte Einzel=
heiten hinein!

Manche gärtnerische Schilderung mag Goethe dem in
„Wahrheit und Dichtung“ so liebevoll beschriebenen Garten
seines mütterlichen Großvaters Textor entlehnt haben, der
als Stadtschultheiß von Frankfurt vielleicht auch das Recht
gehabt hatte, „aus besonderer Gunst durch die Mauer des
Städtchens ein Pförtchen von seinem Garten aus brechen
zu dürfen“, wie es von Hermanns Großvater, „dem
würdigen Burgemeister“, erzählt wird. Unmittelbar „am
Markt“, wie „der goldene Löwe“, liegt das Goethehaus
freilich nicht, aber sehr nahe dem Roßmarkt, dem größten
Markte Frankfurts.

Auch jener Brunnen, wo Hermann und Dorothea
gemeinsam Wasser schöpften, findet sich in „Wahrheit und
Dichtung“ fast genau mit denselben Worten „etwa eine
halbe Stunde vom Thor, an dem rechten Ufer des Mains“
bei Frankfurt beschrieben. Hier wie dort uralte Linden,
hier wie dort der Brunnen „sauber eingefaßt“, hier wie
dort unmittelbar dabei der Gemeindeanger, der gelegent=
liche Lustort für Bauern und nahe Städter.

Und die Bewohner des „goldenen Löwen“? In der
Mutter hatte schon Frau Rath Goethe sich selbst erkannt,
und sie gilt mit Recht noch heute als das Urbild. Fast
noch getreuer spiegelt sich Goethe's Vater im Wirth zum
goldenen Löwen wider: der vielgereiste, gebildete, haus=
hälterische, aber dabei sehr mildthätige, etwas eigenwillige,
jedoch durch seine Gattin oder einen vermittelnden Freund
stets umzustimmende, von seinem Sohn sehr eingenommene,
treue, fleißige, leicht aufbrausende, doch auch leicht zu be=

jänftigende Ehrenmann, der auf äußere Formen jo viel
Gewicht legt. Ein charafteriſtiſcher Zug erhöht noch die
Aehnlichfeit: wie Goethe als ſechzehnjähriger Student in
Leipzig wegen jeiner im Schnitt unmodernen Kleider, die
der väterliche Bediente, ein ehemaliger Schneider, an=
gefertigt hatte, ſtark verhöhnt wurde, ſo wird Hermann
von den Nachbarstöchtern wegen ſeines Anzuges ver=
ſpottet.

Auch die Familienverhältniſſe ſtimmen genau: Her=
mann iſt der einzige Sohn, ſeine einzige Schweſter iſt früh
geſtorben; Wolfgang war der einzige Sohn, und ſeine einzige
Schweſter Cornelia ſtarb auch früh. Hermann wie Wolf=
gang ſind Erſtgeborene. Von den väterlichen Verwandten
wird in „Wahrheit und Dichtung" wie in „Hermann und
Dorothea" nur die Mutter des Vaters genannt; von den
mütterlichen Verwandten wird in „Hermann und Dorothea"
nur der Vater der Mutter genannt, ebenſo wie in „Wahrheit
und Dichtung" nur Großvater Textor plaſtiſch hervortritt,
wenngleich noch andere Mitglieder der Textor'ſchen Familie
flüchtig erwähnt werden. Daß Goethe's Mutter ebenſo
wie Hermanns Mutter „Eliſabeth" hieß, daß der Umbau
des Goethehauſes ebenſo wie der Neubau des „goldenen
Löwen" erſt nach der Hochzeit ſtattfand, daß dem großen
Brande in der Dichtung ein großes Feuer in Frankfurt
entſpricht, bei deſſen Löſchung ſich Wolfgang Goethe als
Jüngling ſtark betheiligte, ſei wenigſtens kurz hervor=
gehoben. Der Vater des Rath Goethe ſtarb in Frankfurt
als reicher Beſitzer des Gaſthauſes „zum Weidenhof", und
deshalb machte der dankbare Enkel wohl Hermanns Vater
zum reichen Gaſthofbeſitzer des „goldenen Löwen".

Und Hermann selbst? Er ist bis aufs Kleinste hin=
unter der junge Wolfgang Goethe, nur ohne dessen
dichterisches Genie: ehrerbietig gegen die Eltern, körperlich
gewandt, praktisch, fleißig, leicht entzündlich, eine hohe,
schöne Gestalt, so daß selbst der Vater zu Dorothea neckend
sagen darf: „dem sei fürwahr so schwer nicht zu folgen,
und sie habe wohl nur deshalb so wenig Zeit zur Ent=
schließung gebraucht". Und was der Pfarrer von Hermann
sagt, stimmt Sylbe für Sylbe auf Wolfgang Goethe: „Was
er begehrte, das war ihm gemäß; so hielt er es fest auch".

Die übrigen Personen der Dichtung? Der Prediger
ist Zug um Zug jener Herder aus Goethe's Straßburger
Epoche, nur ohne Herder's zeitweilige Bitterkeit und gleich=
falls ohne sein Genie. Der Apotheker trägt unverkennbar
die Züge des Actuarius Salzmann; er ist Hagestolz wie
dieser und vermuthlich zum Theil auch deshalb gerade
zum Apotheker gemacht, weil das Wort „Apotheker" und
das meist viersylbig gesprochene Wort „Actuarius" die=
selbe Betonung haben und deshalb in metrischer Beziehung
für die Verwendung im Hexameter gleichwerthig sind.

Hatte doch Goethe bei seinen Studien des Properz
und Martial sicherlich auch die zuerst von dem alten
Scholiasten Acron, später von Richard Bentley begründete
Einsicht gewonnen, daß die Lyriker der römischen Kaiser=
zeit in ihren Liedern statt der wahren Namen gern der=
artig fingirte Namen setzten, daß diese jenen an Zahl und
Maß der Sylben völlig gleich kamen und somit von Ein=
geweihten leicht im Verse mit einander vertauscht werden
konnten. In „Hermann und Dorothea" kommen nur drei
Namen vor: die der beiden Titelhelden und der von Her=

mann's Mutter, „Lieschen", den auch Goethe's Mutter führte.
Der Vater ist in der Dichtung „Wirth", in Wirklichkeit
„Rath", der „Prediger" ist „Prediger", wie es Herder
war, der „Actuarius" der Wirklichkeit wird zu dem metrisch
für den Hexameter gleichwerthigen „Apotheker", der über=
dies auch mit einem „A" anfängt. „Wolfgang" wandelt
seinen gut deutschen Namen in den urgermanischen
„Hermann" und „Friederike" den ihren in „Dorothea",
— die „Friedereiche" wird „Göttergabe"!

Freilich, das Urbild der Dorothea ist nicht jene jugend=
lich sorglose Friederike, welche Goethe später in „Wahrheit
und Dichtung" so unvergleichlich gezeichnet hat, nein, es
ist jene durch den tiefsten Gram bereits geprüfte Friederike,
die er im September 1779 als weltberühmter Dichter und
Weimarischer Geheimrath zum letzten Mal wiedersah. Es
ist die Friederike, von der er in dem gleichzeitigen Briefe
an Frau von Stein schreibt, daß sie ihn „ehemals schöner
geliebt habe, als er's verdiente, und mehr als Andere, an
die er viel Leidenschaft und Treue verwendete", und die
jetzt, beim Wiedersehen nach acht Jahren, „auch nicht durch
die leiseste Berührung irgend ein altes Gefühl in seiner
Seele zu wecken unternahm". Es ist die Friederike, von
der er aus Anlaß eben dieses Besuches auf dem unter
„Biographische Einzelheiten" veröffentlichten Blatte seiner
gesammelten Werke schreibt: „ich finde sie wenig verändert,
noch so gut, liebevoll, zutraulich wie sonst, gefaßt und
selbständig; sie klärt mich über die Absicht auf, die Lenz
gehabt, mir zu schaden und mich in der öffentlichen Meinung
und sonst zu Grunde zu richten".

Gut, liebevoll, zutraulich, aber vor Allem gefaßt und

selbständig ist auch Dorothea gezeichnet; „ihr Auge blickte nicht Liebe, aber hellen Verstand und gebot, verständig zu reden", heißt es von ihr, als sie mit Hermann am Brunnen sitzt, — das Abbild der Friederike, die auch nicht durch die leiseste Berührung irgend ein altes Gefühl in der Seele des Jugendgeliebten erwecken, sondern ihn über die Gefahren aufklären will, die ihm einst von einem Neben= buhler drohten.

Die Friederike von 1779, die ihren ersten Geliebten zwar nicht durch seinen Tod, aber durch seinen Treubruch verloren hatte, hat es wohl veranlaßt, daß auch ihr Ab= bild Dorothea bereits „mit stillem Gemüth" den Verlust des ersten Geliebten, freilich durch seinen Tod, zu beklagen hat. Dieses persönliche Motiv ist für Goethe wahrschein= lich bestimmender gewesen, als die technische Absicht, in die ziemlich dünne Handlung seiner Dichtung ein retar= direndes Moment hineinzubringen. Und wie sein letztes Wiedersehen mit Friederike am letzten September=Sonntage endete, so vollzieht sich der ganze Vorgang in „Hermann und Dorothea" an einem Sonntage der Erntezeit: das stets Feiertägliche von Goethe's ehemaligen Sesenheimer Besuchen wird auch auf die Dichtung übertragen.

Wie lebhaft Goethe gerade in der Zeit, als er „Her= mann und Dorothea" schrieb, an seine Straßburg=Sesen= heimer Epoche gemahnt wurde, beweist sein Briefwechsel mit Schiller. Goethe besaß von dem bereits 1792 ver= storbenen Lenz, der sich ehedem um die Nachfolge Goethe's in Friederike's Herzen vergeblich bemüht hatte, abschriftlich mehrere noch ungedruckte Manuscripte, über deren Ver= öffentlichung in den „Horen" zwischen Schiller und Goethe

in fünf Briefen vom 17. Januar bis 6. Mai 1797 ver=
handelt wird. Nie vorher oder nachher wird sonst der
Name Lenz in dem fraglichen Briefwechsel erwähnt, als
gerade in den ersten Monaten des Jahres 1797, während
deren Goethe „Hermann und Dorothea" beendet. Und
Schiller's erste Anfrage vom 17. Januar 1797 wegen der
„Lenz'schen Verlassenschaft" nimmt ersichtlich Bezug auf
vorher mündlich darüber gehabte Gespräche. Ja, jenes
herrlichste aller Lenz'schen Gedichte, „die Liebe auf dem
Lande", welches die verlassene Friederike und ihre unaus=
tilgbare Liebe zu Goethe so ergreifend schildert, wurde von
Goethe aus seinem handschriftlichen Besitz an Schiller
gegeben und von diesem in dem bereits 1797 erscheinenden
„Musen=Almanach für 1798" veröffentlicht. Es liegt eine
tragische Ironie darin, daß gerade Goethe dies ihn selbst
trotz alledem verherrlichende Gedicht seines einstigen „Affen",
wie Carl August den unglücklichen Lenz nannte, zu eben
der Zeit publicirt, als er selbst die arme Friederike so
wunderbar durch seine Dorothea verewigt.

In keine seiner Dichtungen seit dem „Werther" hat
Goethe so viel persönliche Erlebnisse, so greifbare Charakter=
züge von sich selbst und ihm lieben Menschen hineingetragen
wie in „Hermann und Dorothea". Der wirkliche Werther
brachte es weder bis zu der berühmten Kußscene mit Lotte
noch bis zum Selbstmord, und der wirkliche Hermann
heirathete weder seine Dorothea noch trat er so mannhaft
für den Kampf gegen Frankreich zum Schutze „Gottes,
des Gesetzes, der Eltern, Weiber und Kinder" ein. Aber
wie Goethe im „Werther" seine unglückliche Liebe zu Lotte
Buff bis zur tragischen Katastrophe poetisch ausspann, so

in „Hermann und Dorothea" seine glückliche Liebe zu
Friederike bis zu dem glücklichen Ausgang einer beseligen=
den Ehe, eines thatkräftigen Eintretens für Vaterland und
Familie.

Wegen dieses bürgerlich befriedigenden Schlusses,
wegen dieses Einschränkens auf den engen Kreis häuslichen
Glückes rückt Goethe die Hauptpersonen seiner Dichtung
in eine niedrere Sphäre im Vergleich zu ihren lebenden
Urbildern. Der Prediger bleibt zwar Prediger, aber ohne
Herder's Genialität; der Apotheker steht mit dem Actuarius
Salzmann etwa in gleichem Range; aber die gebildete
Pfarrerstochter Friederike wird zu einer Dorothea, über
deren Herkunft und Erziehung wir nichts erfahren, und
die sofort bereit ist, sich als „Magd" zu verdingen; der
kaiserliche „Rath" Goethe wird zum „Wirth" des goldenen
Löwen, ohne die gelehrte Bildung und die künstlerischen
Liebhabereien seines lebenden Urbildes; die Gattin ist der
Frau Rath Goethe noch am ähnlichsten geblieben; Hermann
aber hat von Wolfgang nur vieles von äußerer Erscheinung
und Charakterzügen, jedoch nichts von seiner Genialität
und seinem gesellschaftlichen Range entlehnt. Auch an
Jahren ist Hermann sogar noch etwas jünger als der ein=
undzwanzigjährige Straßburger Student Goethe: gleich
nach dem „vor zwanzig Jahren" stattgehabten Brande
heiratheten Hermann's Eltern, und er ist daher etwa neun=
zehnjährig, Dorothea wohl nur um wenig jünger.

Als Goethe zum ersten Mal im Schiller'schen Kreise
Einiges aus „Hermann und Dorothea" vorlas, quollen
ihm die Thränen hervor, und er sagte: „so schmilzt man
bei seinen eigenen Kohlen". Die Erinnerung an das volle

Glück seiner Sesenheimer Liebe mochte ihn überkommen und ihn gemahnen, wie anders Alles geworden wäre, wenn auch er wie sein Hermann die Jugendgeliebte früh= zeitig heimgeführt hätte! Mit allem Zauber seiner Kunst hat er diese Möglichkeit ausgemalt, und besonders die herrliche Scene zwischen Hermann und Dorothea auf dem Hügel unter dem Birnbaum scheint jenem nachmals in „Wahrheit und Dichtung" geschilderten Erlebniß frei nach= erzählt zu sein: wie Goethe, als Drusenheimer Gastwirths= sohn verkleidet, auf dem Sesenheimer Friederikenhügel mit Friederike zusammentrifft und es noch nicht wagt, sie zu küssen.

Und so an seine reinste, schönste Jugendzeit anknüpfend, erringt er einen Erfolg, wie er ihm seit dreiundzwanzig Jahren nicht beschieden war. Konnte der Erfolg von „Hermann und Dorothea" auch nicht so lärmend sein wie der des „Werther", — es war doch seit 1774 endlich mal wieder ein zündender und überdies ein „gesunder" Erfolg! Der krankhafte „Werther" hat als charakteristisches Symp= tom seiner Zeit eine hohe Bedeutung und verdient wegen seiner herrlichen Sprache, seiner psychologischen Feinheiten, seiner echt poetischen Stimmungsmalerei auch heute noch volle Bewunderung. Aber diese hohen Vorzüge besitzt auch „Hermann und Dorothea" und überdies den unschätzbaren: innerer Gesundheit! „Werther" ist die elegische Chamade einer schwächlichen, abgethanen Epoche; „Hermann und Dorothea" die jubelnde Fanfare einer kräftigen, neuen Zeit!

So spielt denn in „Hermann und Dorothea" auch das politische Leben eine so hervorragende Rolle wie in keiner anderen Goethe'schen Dichtung. Mit glücklichem

Meistergriffe ist die gewaltige Gegenwart als Hintergrund gezeichnet: in demselben Jahre, als Napoleon Bonaparte durch die Siege von Montenotte, Lodi, Arcole, Rivoli jene glänzende Laufbahn eröffnet, die am 18. April 1797 zum Präliminarfrieden von Leoben führt, dichtet Goethe „Hermann und Dorothea" und beendet dies Werk fast genau am Tage des Friedensschlusses von Leoben, so daß er halb prophetisch, halb wahr schließen darf: „und wir erfreuten uns alle des Friedens".

Ueberdies ist „Hermann und Dorothea" die weitaus reinste, sittlichste unter allen Goethe'schen Dichtungen, — ein Familienbuch im besten Sinne des Wortes! Nur zwei, an Philine's freches Liedchen erinnernde Zeilen im Munde der Mutter möchte man ausgemerzt wissen. Sonst ist nichts darin, was ein keusches Gemüth verletzen könnte, — die ganze Dichtung, wie auch die sympathische Gestalt des Predigers andeutet, der harmonische Schlußaccord der einstigen Pfarrhausidylle von Sesenheim.

Feierabend.

— ◆ ·

Während ein Nachhall der reinsten, poesieverklärtesten Liebe Goethe's in „Hermann und Dorothea" mit wunderbar abgetönten Accorden die Welt entzückte, lebte Friederike in einem entlegenen Gebirgsdorfe das einsame Leben eines unbemittelten, alternden Mädchens. Ein geheimnißvolles und nun wohl nicht mehr zu lichtendes Dunkel umgibt ihre Gestalt und ihr Schicksal. Kein Bild von ihr hat sich erhalten, kein Brief aus ihrer Jugendzeit. Der erste Brief von ihr, der auf die Nachwelt gekommen ist, stammt aus dem Jahre 1798, als Friederike also mindestens im siebenundvierzigsten Lebensjahre stand. Dieser Brief ist aus Rothau nach dem damals in Frankreich üblichen republikanischen Kalender vom 9. Nivose VII (30. December 1798) datirt und an „Bürger Heintz, Agent und Anckerwirth in Sessenheim," gerichtet. Auch die Titulatur „Bürger" statt „Herr" bekundet die damalige republikanische Mode. Bei einer am 24. April 1786 geborenen Tochter dieses „Gastgebers zum Anker" hatte Friederike Brion am 25. April 1786 Nachmittags 3 Uhr, drei Wochen nach dem Tode ihrer Mutter, zum letzten Mal in Sesenheim Pathe gestanden. Die Taufe ließ ihr Vater durch seinen Sohn, seinen damaligen Adjuncten, vollziehen, und Friederike's Eintragung in das Kirchenbuch lautet: „Friederik Elisabeth Brion Göltel", — „Göltel", auch „Götel" die landesübliche Bezeichnung für „Pathe". Das Pathenkind erhielt gleichfalls den Namen Friederike, und sie betrifft der nachfolgende Brief, welcher in der Haupt= sache von der jüngeren Schwester Sophie Brion geschrieben und von Friederike Brion nur mit einer kurzen Nachschrift versehen ist. In genauer Orthographie des Originales lautet der Brief:

„Liebe theure Freunde,

„Euer Schön und Reich beladenes Christ=Kindel kam glücklich und wohl bey uns an. Seine weite Reisse bey der Rauhen Witterung machte das Es ganz Erstarrt bey uns Erschien, und wir alle waren beschäftiget es zu End= laden und zu Erwärmen, unsere Freude und Dank ist gleich groß; ihr habt ja beynahe zu wasser und Land Alles geschlachtet uns So Reich zu beschenken, Gottes Seegen und Alles wohlergehen, ihr Guten, vor all das Viele welches eure Freundschaft uns zuflüssen Läßt. Vor eure liebe Tochter werden wir jmmer bestens besorgt Sein. Nun ist sie jn Hrn. Boeckels Schule und hat auch Ein übersetzungs Buch, So das wir hoffen können wenn ihr uns bald besucht jhre eine welsche Rick in Eurer Tochter finden werden, denn der teutzsche Ton ist zu gemein vor die Schloss Damen. Die gute madame Dietrich belustiget uns oft bey jhrem Schönen Clasier, und guten Tafel, madame Zigler ist Seit Letzte woche in der Stadt und wird nun den Hanf haben, auch wir danken euch vor die gute Besorgung, es grüßet euch alle herzlich Eure Freundin

Sophie Brion.

„Profit's neu Jahr, Ihr Lieben. Ja gewiß muß euch in diesem Jahre ein besonderer Seegen zufließen, weil Ihr uns mit so vielen Wohlthaten im verflossenen beschenkt hat — und doch muß ich euch gestehen, das unter allem Lieben und guten mir doch euer Rickchen das Liebste ist so wir von euch erhalten. Das ist Wahrheit von eurer treuen dankbaren Gevatterin Frid. Brion.

P. S. Rickchen wünschte sein groß Perjenes Halstuch zu haben, in einem Land wo niemand Kleine trägt."

Man mache aus der wunderlichen Orthographie, die übrigens, ebenso wie der Styl, bei Friederike immerhin wesentlich besser ist als bei Sophie, ja keinen Fehlschluß auf die Bildung der Schreiberinnen! Wer andere Briefe aus jener Zeit, beispielsweise von der Königin Luise von Preußen, der Herzogin Anna Amalia von Weimar, der Frau von Stein, ja, selbst von Goethe, in der Orthographie der Originale gelesen hat, der weiß, daß man es damals mit der Rechtschreibung nicht ängstlich nahm. Die wenigen Zeilen von Friederike muthen durch ihren frischen Ton, durch ihr kurzes, echt weibliches Postscriptum und durch ihr knappes, treuherziges „das ist Wahrheit" sehr sympathisch an.

Und welchen Einblick gewährt der Brief in die kleine, enge Häuslichkeit der beiden alternden Schwestern! Die „madame Dietrich" ist die Wittwe des ehemaligen Maire von Straßburg, der am 29. Dezember 1793 guillotinirt worden war. Sein Vater war 1771 Eigenthümer des

Schlosses zu Rothau geworden und hatte 1783 den Titel „Graf vom Steinthal" erhalten. In dieser Eigenschaft hatte er am 9. Mai 1787 den Candidaten Christian Brion, den Bruder Friederike's, zum Pfarrer bei der evangelischen Gemeinde in Rothau ernannt. Aber bereits 1792 wurde Christian Brion nach Gries bei Bischweiler versetzt, und sein Nachfolger in Rothau wurde sein Freund Jonas Böckel, der, wie vorstehend mitgetheilter Brief beweist, auch eine Schule hielt, und mit dessen Schwester Katharine sich Christian Brion verheirathet hatte.

Aus einem noch erhaltenen Stammbuch dieses Jonas Böckel, in das sich bei seinem Besuche in Sesenheim die ganze Familie Brion im April 1785 eintrug, sei die nach-folgende Einzeichnung der damals mindestens dreiund-dreißigjährigen Friederike mitgetheilt:

„Verfolge ihn zärtlich, o Freude,
O Unschuld, o Liebe, ihr Drey!
Doch bringt ihm im lachenden Kleide
Die Göttliche Tugend dabey.

Sessenheim d. 20ten April   Dies aus treustem
1785.   Herzen von
Wer eifrig wünschet,   Ihrer Freundin
hat was er will.   Frid: Brion."

Auf all den wenigen Stammbuchblättern und Briefen, die sich von Friederike erhalten haben, schreibt sie ihren Namen stets abgekürzt „Frid: Brion." Nur bei den amt-lichen Eintragungen in das Sesenheimer Kirchenbuch schreibt sie bald „Friderika", bald „Fridericka", niemals aber „Fridrike" oder „Fridrika".

Im Ganzen sind nur drei Briefe von Friederike auf

die Nachwelt gekommen, deren ältester jener oben mitge=
theilte aus dem Jahre 1798 ist.

Stammbucheinzeichnungen von Friederike sind bisher
sechs bekannt geworden; außer der oben abgedruckten noch
die fünf folgenden:

In das Stammbuch des Heilbronner Senators
Schübler, wenige Blätter hinter nachstehender Eintragung
Goethe's: „Zur Erinnerung eines flüchtigen Augenblicks
schrieb seinen Nahmen Goethe. Weimar den 12. Apr. 76“,
schrieb Friederike ohne Ortsangabe und ohne Datum:

„Immer die Wahrheit reden und empfinden
Dieses wünscht, Ihre um andenken
Bittente Freundin Frid: Brion.“

Aus dem Stammbuch eines Unbekannten besaß der
verstorbene Pfarrer Lucius zu Sesenheim ein gemaltes
Blatt mit einem von Rosen umwundenen Pfeil und der
Unterschrift:

„Es treffe Sie keiner, — er gleiche denn diesem!
Sessenheim d. 24. Juni 1785. Frid: Brion.“

Aus dem Stammbuch des Pfarrers Fischer in Meißen=
heim, des Schwiegersohnes und Nachfolgers von Friederike's
Schwager Marx, hat sich folgende Eintragung erhalten:

„Durchwandle froh die rauhe Bahn des Lebens
Dein Loos sei stets Zufriedenheit,
Kein Wunsch von dir sey je vergebens
und die erfüllung sey nie weit.
Meissenheim, Dies aus dem Herzen
den 4t Oct. 1807. Ihrer Sie liebenten tant
Frid: Brion.“

In das Stammbuch der Frau Salome Pfitzinger zu
Niederrödern schrieb Friederike:

17*

„Daß Paradieß ist nicht verlohren, so lang es noch Menschen
giebt, die so Natürlich, Munter, Edel und gut wie Sie theure
Freundin.

Glücklich wirde mich schätzen wan
jmmer um und bey Jhnen Leben könnte.
Dies hof' ich
Glauben Sie auf's Wort Jhrer wahrheits
Liebenten Freundin
Niederbronn 26. April 1808.   Frid. Brion."

Einem Sohne ihres Bruders Christian schrieb Friederike
in das Stammbuch:

„Laß weder Leichtsinn noch Laster die Blüthe zu so vielem
Guten vergiften, das reicher früchten sich bald freuen darf

bei meinem   Deine dich so herzlich und
vergnügten aufenthalt   aufrichtig liebende tante
in Niederbronn   Frid. Brion."
ben 30. Juni 1809.

Diese sechs Stammbuchblätter, von denen nur eins
ohne Ortsangabe und Datum ist, geben im Zusammen=
hang mit den bereits erwähnten Eintragungen in die
Kirchenbücher wenigstens einigen zuverlässigen Aufschluß
über Friederike's Leben. Ob sie die beiden Verschen selbst
gedichtet oder irgendwoher abgeschrieben hat, dürfte schwer
zu entscheiden sein; aus den Prosaeintragungen aber spricht
ebenso wie aus dem bereits mitgetheilten Briefe das frische,
treue Herz des „wahrheitsliebenden" Mädchens.

Um das Jahr 1801 trennten sich die beiden Schwestern
Friederike und Sophie. Der kleine Handel, den sie in
Rothau betrieben, mochte ebenso wenig abwerfen, wie das
Jnkostnehmen der Pensionärinnen, und so zog Friederike
denn 1801 nach Diersburg in Baden zu ihrem Schwager
Pfarrer Marx, dessen kränkelnde Gattin dringend eine

der Schwestern zu ihrer Unterstützung herbeirief. Fast gleichzeitig übersiedelte Sophie zu ihrem Bruder Christian Brion nach Gries bei Bischweiler.

In Diersburg verlebte Friederike die nächsten Jahre mit wenigen Unterbrechungen. Nur von 1804 auf 1805 wohnte sie etwa anderthalb Jahre bei dem verwittweten Notar Feberey in Reichshoffen, bis dieser eine neue Gattin nahm. Friederike führte seinen Haushalt und vertrat Mutterstelle bei den Kindern, und eins von diesen, die nachmalige Frau Lehrer Jäckel in Hördt, schrieb an Pfarrer Lucius zu Sesenheim Jahrzehnte später folgenden Brief über Friederike: „Sie war sehr gut mit uns Kindern und behandelte uns außerordentlich liebevoll. Die härteste und für mich immer außerordentlich empfindliche Strafe, die sie über mich verhängte, bestand darin, daß sie mich mit einem „Nätzfaden“ (elsässischer Ausdruck für Nähzwirn) an den Ofenstollen anband. Noch lange, wenn ich als Kind von einem Engel reden hörte, so dachte ich mir ihn wie Tante Brion, in einem weißen Kleide. Ich erinnere mich noch sehr wohl, wie sie heftig weinte, als sie uns nach der Ankunft meiner Stiefmutter verließ und mich zu wiederholten Malen in die Arme nahm und küßte. Ihr Verhältniß in meines Vaters Hause war ein sehr achtungs= volles.“

Pfarrer Marx wurde 1805 nach Meißenheim bei Lahr versetzt und dorthin übersiedelte auch Friederike mit ihm. Bereits am 15. Januar 1807 verlor er im Meißenheimer Pfarrhause seine Gattin durch den Tod. Von seinen beiden Töchtern war die ältere, Sophie Caroline, schon seit 1805 an seinen Amtsnachfolger in Diersburg, Pfarrer Friedrich

Victor Hoyer, verheirathet, und an der jüngeren, Friederike
Caroline, vertrat fortan Friederike Brion Mutterstelle.
Hatte doch die sterbende „Olivie" diese Tochter besonders
warm an das Herz der Schwester gelegt.

Es mag ein gar stilles Leben gewesen sein, das
Friederike bei ihrem verwittweten Schwager Marx fortan
zu Meißenheim führte, und das wohl nur durch zweitweilige
Reisen zu ihren Geschwistern Sophie und Christian unter=
brochen wurde. Denn Christian Brion war 1807 von Gries
nach Niederbronn versetzt worden, wohin auch seine Schwester
Sophie nachmals übersiedelte. Die beiden letzten der vor=
her mitgetheilten Stammbucheinzeichnungen beweisen, daß
Friederike 1808 und 1809 in Niederbronn zu Gast war
und dort einen „vergnügten Aufenthalt" fand. Sonst geben
uns nur noch zwei Briefe von ihr Kunde, die sie an ihren
neunzehnjährigen Neffen Fritz Brion, Hüttenaufseher zu
Bärenthal im Elsaß, gerichtet hat. Vorausgeschickt sei, daß
die im ersten Briefe erwähnte „Carline" die unverheirathete
Tochter des Pfarrers Marx ist, und die im zweiten Briefe
erwähnte „Redslobs Rickel" eine Enkelin der von Goethe
in „Wahrheit und Dichtung" nie erwähnten, seit 1766 an
den Pfarrer Gockel verheiratheten und bereits 1772 ver=
storbenen ältesten Schwester Friederike's. Redslob hatte
Gockel's älteste Tochter geheirathet und ist muthmaßlich
identisch mit dem Hauslehrer, welcher Goethe's ehemalige
Braut Lili von Türckheim und ihre fünf Kinder auf deren
im sechsten Capitel dieses Buches erzählten Flucht von
Straßburg nach Deutschland begleitete. In der Ortho=
graphie der Originale lauten die beiden Briefe:

Meißenheim den 14. Mai 1811.

Lieber Lieber Fritz!

Noch geben Wir die Hofnung nicht auf, Dich dies Jahr noch bei uns zu Sehen — besonders wan Du Hr. Pfetter in Bergheim wirst, so wird Dir doch das Herz auch ein Bischen für uns aufwachen, richte Dich aber dann nur so ein, das Du über einen Donnerstag hier bist. Damit wir mit Dir in unserm Ichenheim Kasino prangen können — und zum z. B. einem Christlichen tänzel Ver= helfen. freilich mags Dir ein Bißchen Schwer fallen, wann Du Siehst wie Dir Hr. Schweigh. von Ichenh. Mamsell Fischer weg gekapert hat — doch es Seind andere da mit denen Du Dich trösten kannst — und das können Ihr jungen Herrichen ja so Leicht!

Vermuthlich ist Hr. Resch nun ein schmunzlicher Ehmann —

Gott geb, das Er ein Braves Weib und die Kinder eine gute Liebevolle Mutter erhalten — empfehl mich Ihnen und im Lieben Pfarrhauß — die ich alle Bitten laß wann Sie nachrichten von Hr. und Madam Spoor erhalten, mir solche mitzutheilen, da Sie mir Ihr Wort nicht halten — und eine Zeile schreiben das mir immer als wohlthut.

Adieu Lieber Lieber Fritz komm doch bald, dies Wünscht Dein Onkel Marx! und Carline gewiß so herz= lich als Deine treue

tant Frid:

Meißenheim, den 16. jen. 1812.

Lieber Lieber Friz:

Die nun am meisten nun Briefe — und nachrichten

von Dir gebethen drucfsen ietz gewiß am Längsten mit der
antwort herum — Die eine möchte es vermuthlich zu
Künstlich und schön machen, die andere den abschied von
Hrn. Fischer mer Verschmerzt haben, Damit Sie Dir auch
Munter schreiben Könnte — dan es ist seit Ihrer Ruck=
kehr immer Sonnenfinsternuß, so wie es bei Dir außsehen
muß wie Du Dein liebes Bärenthal verlassen, mit alle
Dortige Hexe! und Ziggaünerine! nur getrost mein lieber
Nevvé! Suche Dir einen anderen Blocksberg auß, wo Du
dan viel Reinere Freuden genießen Kanst! und wan alles
fehlen solte so bring ich Dir dies Frühjahr Redslobs Rickel
das Dich schon wird zu trösten suchen. —

Diese Paar Sudtente Zeile laß ich mir nicht an=
rechnen. Lieber Lieber Fritz, mit erster Sicherer gelegen=
heit Dan dies geht Wieder auf's ungewiße, solst Du Viel
Von mir zu Leßen bekommen, indessen Bitt ich nur Hr.
und M. Haaß — und den artig. Fr. Herbstere mich
bestens zu empfehlen, wirst Du bequem logirt, und wo
gehst Du in Kost! Alles dies möchte . . . . ."

Damit bricht der Brief ab. Ob der Schluß im
Laufe der Jahre abhanden gekommen, ob Friederike selbst
ihn zu machen vergessen, ist nicht ersichtlich. Auch diese
beiden Briefe beweisen, daß sie die Heiterkeit und Naivität,
durch die sie in jungen Jahren einen Goethe bezauberte,
sich bis ins Alter bewahrte. Die Sechzigjährige hofft,
daß der Besuch des Neffen zu einem „christlichen Tänzel"
im Ichenheimer Donnerstags=Kasino verhelfen werde! Der
Hinweis, daß die jungen Herrchen sich ja so leicht mit
Anderen zu trösten wissen, mag in schmerzlicher Erinnerung

an ihre Jugendliebe geschrieben sein, aber im Uebrigen
spricht ein gesunder Humor aus diesen Briefen.

Sechs Stammbucheinzeichnungen und drei Briefe, das
ist, mit Ausnahme der Namensunterschriften in den Kirchenbüchern, Alles, was von Friederike persönlich auf die Nachwelt gekommen ist. Außerdem bewahrt das Goethehaus
zu Frankfurt ein 1875 dorthin geschenktes Kleidungsstück
aus Friederike's Nachlaß: aus perlgrauer Seide mit großen
Blumen, dunkelgrau in Schwarz.

Im Meißenheimer Pfarrhause lebte Friederike bis zu
ihrem Tod. Hier war sie unter dem Namen „Die große
Tante" überall bekannt, während ihre jüngere, zeitweis zu
Besuch kommende Schwester Sophie „Das Täntele" hieß.
Die Ortsbewohner schilderten nachmals Friederike als
schlanke, hagere, ziemlich hochgewachsene Figur mit läng-
lichem Gesicht, blonden, reichen, lockigen Haaren und
schönen, freundlichen Augen. Sie lebte still und zurück-
gezogen, von Armen und Reichen gleich lieb und werth
gehalten; allenthalben spendete sie bereitwillig Rath und
Trost, und ihr größtes Glück war es, Bedürftigen und
Nothleidenden Hülfe zu bringen, oft ohne die Rücksicht auf
die geringen Mittel, die ihr zu Gebote standen. Von ihrer
Jugendliebe zu Goethe hat sie in dieser letzten Periode
ihres Lebens, wie von verschiedenen Seiten ausdrücklich
bezeugt wird, nie zu Jemandem gesprochen.

Aus einem „Reisetagebuch aus dem Jahre 1825", das
von B. R. Abeken im „Weimarer Sonntagsblatt" (1857,
Nr. 51) veröffentlicht wurde, sei nachfolgender Auszug
mitgetheilt:

„Am 25. Juli besuchte ich mit N. eine Mamsell

F . . ., eine geborne Elfässerin, die für die Töchter der Honoratioren Kreuznachs eine Schule hält. Wir fanden die Dame, die um die Fünfzig alt sein mag, und wurden sehr freundlich aufgenommen. Bei ihr saß eine Alte, weit über Siebzig und fast taub, deren Gesichtsbildung aber mich interessirte. Sie nahm Theil am Gespräch, wobei die Tochter die Dolmetscherin machte. Ich erkundigte mich nach Straßburg, nach der Gegend, wo die Frauen zu Hause waren; und so kamen wir auf das durch Goethe's Selbst= biographie bekannte Sesenheim. Da war die Mutter wie die Tochter auf bekanntem Boden; beide hatten jene Pfarrersfamilie oft besucht. Ich fragte, ob die Liebens= würdigkeit Friederike's zur Wahrheit oder zur Dichtung gehöre? Da brach der Strom los. Die Alte hatte dieses Mädchen genau gekannt und wußte nicht genug von dessen Anmuth zu rühmen. Sie hörte nun nicht auf zu erzählen, und die Tochter half ein. Aus welchem Munde die Worte kamen, weiß ich nicht mehr zu unterscheiden. Das Fol= gende kam von der Alten: „Da sitz' ich einmal am Tisch mit der Frau Pfarr von Sesenheim; die Friederike ver= sorgt die Kinder, die zu Gast sind; die Aeltern und andern Gäste sitzen in der Stube nebenan. Nun sah ich, wie die Friederike aus einer Schüssel Hühner=Fricassee die besten Bissen aussucht, die Leberchen, die Brust u. s. w. Ich sprach: ‚Frau Base, was ist mit der Friederike? Die ist sonst so demüthig, und nun nimmt sie das Beste vom Essen.‘ — ‚Ach‘, spricht sie, ‚laßt sie nur; das ist nicht für sie; schauen Sie in die andere Stube; da sitzt ein junger Herr, zu dem werden die guten Bissen schon den Weg finden.‘ — Ich schaue hin und sehe da einen schmucken

Studenten sitzen, der kriegt auch Alles. Das war
Goethe." — Und nun ging es mit dem Erzählen weiter:
wie Friederike an diesem gehangen; wie sie nach seinem
Abschiede mehrere gute Partieen habe thun können; wie
sie nie gewollt und bis zu ihrem Tode Goethe's Porträt
in ihrer Schlafstube gehabt habe; wie sie überall geliebt
worden sei; wo ein Kranker in dem Orte, in dem sie ge=
wohnt oder in der Umgegend gewesen, da hat er nach
Friederike's Pflege verlangt; Kinder und Alte haben sie
lieb gehabt. Auf Goethe waren die Erzählerinnen übri=
gens nicht böse: ‚Man weiß ja, wie es mit den Herren
Studenten geht, und er konnte damals nicht heirathen!‘

Dieser Bericht aus dem Jahre 1825, wo es eine
„Friederiken=Litteratur" noch nicht gab und die beiden
Erzählerinnen noch lebhafte persönliche Erinnerungen an
Friederike hatten, zeigt letztere gleich liebenswürdig in der
Jugend und im Alter. Wie echt weiblich ist der reizende
Zug, aus dem Hühner=Fricassee die besten Bissen für den
Geliebten auszusuchen! Und sie mochte ihren Goethe kennen,
über den Grillparzer das klassische Wort schrieb, „er habe
zwar manches Schlechte geschrieben, aber nie etwas Schlechtes
gegessen."

Es fehlt jede Kunde, ob Goethe seit seinem letzten
Sesenheimer Besuche im September 1779 jemals wieder
Nachricht über Friederike erhalten habe. Wohl findet sich
in seinem von Robert Keil veröffentlichten Tagebuch unter
dem 13. März 1780 die kurze Notiz „Guter Brief von
Riekgen B.", — aber ob dies „B." wirklich „Brion" be=
deuten soll, ist mindestens fraglich. Vielleicht hatte Goethe,
der von seiner Schweizerreise erst nach viermonatlicher Ab=

wesenheit am 14. Januar 1780 nach Weimar zurückgekehrt
war, nun einen Dankbrief nach Sesenheim für die ihm
bereitete freundliche Aufnahme gesandt und darauf von
Friederike einen „guten Brief" als Antwort erhalten.
Vielleicht! Falls jenes „B.", zu dem selbst Robert Keil
nur ein Fragezeichen setzt, überhaupt „Brion" bezeichnen
soll. Doch wenn auch, so erlischt wenigstens mit dem
13. März 1780 jede Spur einer Beziehung zwischen Goethe
und Friederike.

Diese mochte der glänzenden Laufbahn und dem
wachsenden Ruhm des Jugendgeliebten im Geiste mit
stolzer Freude nachschauen, und je weniger wir über die
Schicksale der Verlassenen wissen, um so lieber stellen wir
uns das alternde Mädchen nach Ernst von Wildenbruch's
sinnigen Worten vor:

„Grau ist das Haar, verwelkt ist das Gesicht,
An welchem Liebe sehnend einst gehangen,
Doch zitternd wie ein süßes Abendlicht
Spielt Lächeln noch um Augen, Mund und Wangen.

Stört nicht dies Lächeln, steht in Ehrfurcht, schweigt!
Sie träumt von einer wunderbaren Stunde,
Da sich ein Gott im Kuß zu ihr geneigt
Und sie unsterblich ward an seinem Munde."

Aber als solle sie, die trotz allem Leid, das sie seit
ihrem kurzen Liebestraum durchlebte, sich doch, wie ihre
Briefe beweisen, einen heiteren Humor bewahrte, auch unter
dem heiteren Eindruck eines schönen Familienfestes scheiden,
so sah sie sieben Wochen vor ihrem Tode die jüngste
Tochter ihres Schwagers Marx sich verheirathen. Jene
von Friederike in den Briefen an ihren Neffen Fritz Brion

erwähnte „Carline", die „den Abschied von Herrn Fischer erst mehr verschmerzt haben möchte", heirathete am 22. Februar 1813 eben diesen „Herrn Fischer", an den auch die vierte der vorher mitgetheilten Stammbucheinzeichnungen Friederike's gerichtet ist. Fischer war ein Sohn des Amtsschulzen zu Meißenheim, studirte Theologie und wurde frühzeitig von der Grundherrschaft zum Nachfolger von Marx im Pfarramt designirt. Er wurde als Adjunctus bei seinem Schwiegervater angestellt und nach dessen Tode definitiver Pfarrer von Meißenheim. Wenn Friederike sich bereits in jenem Stammbuchvers vom 4. October 1807 als „Ihre Sie liebende tant" unterzeichnet, so ist das wohl damit erklärlich, daß Fischer eben schon damals als „Carline's" zukünftiger Gatte galt, und daß Friederike allgemein „Tante" genannt wurde.

„Carline" war von ihrer sterbenden Mutter unter Friederike's besondere Obhut gestellt worden, und mit der nunmehr glücklich im Vaterhause vollzogenen Hochzeit schien Friederike ihre letzte Pflicht erfüllt zu haben. Zu dieser Heirath war auch Sophie Brion herübergekommen, und zu ihr äußerte Friederike: „Schwester, ich lebe nicht mehr lange. Mein Feierabend ist da. Bitte, liebe Schwester, reise nicht fort mit den Hochzeitsgästen! Die jungen Leute leben für sich, und ich fühle mich allein."

Sie hatte recht geahnt: ihr Feierabend war da! Am 3. April 1813 starb sie, am 5. April wurde sie beerdigt, — genau dieselben Daten, an denen vor siebenundzwanzig Jahren ihre Mutter gestorben und begraben war! Das officielle Protokoll im Meißenheimer Kirchenbuche lautet:

„Samstag, den 3. April, Nachmittags um fünf Uhr

starb dahier Friederika Elisabetha Brion, des weiland
Johann Jacob Brion, gewesenen Evangelisch=Lutherischen
Pfarrers in Sessenheim und weiland Maria Magdalena,
einer geborenen Schöll, ehelich erzeugte ledige Tochter in
einem Alter von ohngefähr 58 Jahren; es wurde dieselbe
heute den 5. April 1813, Abends um 5 Uhr, begraben.
Die Zeugen waren:

1. Christian Friedrich Gockel, Pfarrer zu Ichenheim,
   und Neffe der Verstorbenen.
2. Philipp Jacob Redslob, Pfarrer in Allmannsweier,
   und Neffe der Verstorbenen.

Meißenheim, den 5. April 1813.

M. Gottfried Marx,
Pfarrer."

Der einzige Bruder Christian Brion scheint demnach
der Schwester nicht das letzte Geleit gegeben zu haben.
Die Altersangabe „ohngefähr 58 Jahre" ist völlig hin=
fällig; danach müßte Friederike mit elf Jahren confirmirt
worden und ein Backfisch von fünfzehn Jahren gewesen
sein, als Goethe sie kennen lernte! Wie wenig auf solche
„ohngefähre" Altersangaben der Kirchenbücher Gewicht
gelegt werden darf, beweisen auch die Rothauer Tauf=
register. Im Jahre 1794 wird Friederike daselbst als
achtunddreißigjährig, 1795 aber als sechsunddreißigjährig
bezeichnet! Nein, nach den im vierten Kapitel dieses
Buches gemachten Angaben war Friederike bei ihrem
Tode mindestens einundsechzigjährig, — um drei bis vier
Jahre konnte die „ohngefähre" Schätzung sich leicht irren.

Sophie Brion hatte den Wunsch der Schwester er=
füllt und war bis zuletzt bei ihr geblieben. Nur ihrer

Schwäche wegen hatte Friederike in den letzten Tagen das Bett gehütet; sie war, nach Sophie's Ausdruck, „abgelebt, ohne zu altern."

Wie Friederike am Todestage der Mutter und fast in demselben Alter wie diese starb, so scheint sie von ihr auch die Gestalt und die vornehme Anmuth ihrer Haltung ge= erbt zu haben. Schildert doch Goethe die damals sieben= undvierzigjährige Mutter: „ihr Gesicht war regelmäßig und der Ausdruck desselben verständig; sie mußte in ihrer Jugend schön gewesen sein. Ihre Gestalt war lang und hager, doch nicht mehr, als solchen Jahren geziemt; sie hatte vom Rücken her noch ein ganz jugendliches, ange= nehmes Ansehen. Man konnte sie nicht ansehen, ohne sie zugleich zu ehren und zu scheuen."

Neben ihrer sechs Jahre früher verstorbenen älteren Schwester wurde Friederike auf dem Kirchhofe zu Meißen= heim bestattet, und sechs Jahre später gesellte sich ihr Schwager Marx als Dritter zu ihnen. Marx starb am 15. Januar 1819, dem Todestage seiner Gattin, und wurde neben dieser beerdigt. Alle drei Gräber, ehedem mit gleichen Steinplatten bedeckt, liegen in einer Reihe auf dem alten Kirchhof; Friederike „hinten, an der rechten Ecke des Kirchenchors." Im Meißenheimer Pfarrhaus, wo bis 1859 Friederike's Neffe Fischer als Nachfolger seines Schwiegervaters Marx amtirte, wird ihr nach der Straße zu, links vom Hausflur belegenes Sterbezimmer noch heute gezeigt.

Friederike's einziger Bruder Christian Brion war 1816 von Niederbronn nach Barr versetzt worden, aber bereits im August 1817 zu Straßburg verstorben, „wo er von einer schweren Krankheit Genesung zu finden hoffte."

Nun blieb die von Goethe nicht erwähnte Sophie Brion allein zurück, und nur sie sollte es noch erleben, daß durch „Wahrheit und Dichtung" Sesenheim zu einem Wallfahrtsort, ihre Schwester Friederike zum Gegenstand gelehrter Forschungen wurde. Allerdings erlebte Sophie nur den Anfang der „Friederiken-Literatur." Das weitaus höchste Alter, das je ein Mitglied der Brion'schen Familie erreichte, erlangte Sophie: erst im dreiundachtzigsten Lebensjahre starb sie am 27. December 1838 zu Niederbronn.

Die Nachkommenschaft des einstigen Sesenheimer Pfarrers Johann Jacob Brion blüht heute noch durch die Nachkommenschaft seiner beiden Schwiegersöhne Gockel und Marx und seines einzigen Sohnes Christian Brion, die alle Drei auch Pfarrer waren. Auf Enkel und Urenkel ist ein Abglanz von Friederike's Ruhm gefallen, die allerdings das für eine Landpfarrerstochter doppelt auffallende Geschick hatte, von zwei so genialen Dichtern, wie Goethe und Lenz, geliebt zu werden. Die wahre Unsterblichkeit gab ihr freilich nur Goethe, — eine Unsterblichkeit, die nur die eine Schattenseite hat, daß nun von der Forschung alle geheimsten Einzelheiten der ehedem in glücklichem Dunkel verbliebenen Pfarrerfamilie ans Licht gezerrt werden. Ungekannt sank Friederike ins Grab; aber noch in demselben Jahre feierte sie durch „Wahrheit und Dichtung" ihre verklärte Auferstehung.

Verklärung.

———×———

Das Jahr 1797, in welchem „Hermann und Dorothea",
die letzte dichterische Verherrlichung der jugendlichen Frie=
derike, erschien, bedeutet in mehr als einer Hinsicht einen
entscheidenden Markstein in Goethe's Leben. Nie wieder
erzielte er in den fünfunddreißig Jahren, die ihm auf
Erden noch beschieden waren, einen ähnlich zündenden
Erfolg; erst nach seinem Tode errang die dann erfolgende
Veröffentlichung des ganzen, auch den „zweiten Theil" um=
fassenden „Faust" eine noch tiefere Wirkung.

In den Literaturgeschichten wird das Jahr 1797 ge=
wöhnlich als das „Balladenjahr" bezeichnet, weil in diesem
Jahre Goethe und Schiller in rühmlichem Wetteifer eine
Reihe ihrer herrlichsten Balladen schufen. Für Goethe
war 1797 zugleich das Jahr, in welchem er seine letzte
Reise in das Ausland antrat. Am 30. Juli begab er sich
nach der Schweiz, und auf dem Wege dorthin weilte er
vom 1. bis 25. August in Frankfurt, — es war das letzte
Mal, daß er seine Mutter sah! Der Vater war bereits
am 27. Mai 1782 verstorben, ohne den Sohn jemals in

18*

Weimar besucht zu haben, und auch die Mutter hat Weimar niemals betreten, sich nie mit eigenen Augen überzeugt, wo ihr „Hätschelhans" sein Heim gefunden. Am 25. August reiste Goethe von Frankfurt über Heidelberg und Stuttgart nach der Schweiz. Dort erhielt er die Kunde von dem in Weimar erfolgten Tode der schönen, genialen Schauspielerin Christiane Neumann, die er in der Elegie „Euphrosyne" unsterblich verherrlichte. Am 21. Oktober trat er mit seinem Freunde Meyer die Rückreise an und war am 20. November Abends wieder in Weimar. Niemehr seitdem hat er weitere Reisen gemacht als bis nach Frankfurt, Köln, Karlsbad und Marienbad.

Seine neuen literarischen Schöpfungen erzielten geringe Erfolge: die Bearbeitungen des „Mahomet" und „Tancred" von Voltaire, sowie die Uebersetzung der Autobiographie des „Benvenuto Cellini" gingen fast spurlos vorüber, und seine großartig geplante, aber zu symbolisch ausgeführte Originaldichtung „Die natürliche Tochter" erlebte trotz der herrlichen Sprache einen entschiedenen Mißerfolg auf der Bühne. Als Dramatiker war Goethe überhaupt verstummt, denn der erst nach seinem Tode veröffentlichte zweite Theil des „Faust" und gelegentliche, meist allegorische Festspiele zählen nicht mit. Was er an dichterischen Erfolgen noch erringt, dankt er ausschließlich lyrischen und erzählenden Schöpfungen, und auch auf diesem Gebiet verstreicht seit „Hermann und Dorothea" wieder über ein Jahrzehnt, ehe „Die Wahlverwandtschaften" allgemeines Aufsehen erregen.

Die Herausgabe einer neuen periodischen Schrift „Die Propyläen", kunstgeschichtliche Arbeiten über „Winckelmann

und sein Jahrhundert", Uebersetzungen nach Diderot und
Anderen, wissenschaftliche Forschungen „Zur Farbenlehre"
und Osteologie zersplittern seine Kraft. Während Schiller
in schneller Folge die gewaltige „Wallenstein"=Trilogie,
„Maria Stuart", „Jungfrau von Orleans", „Braut von
Messina" und „Wilhelm Tell" auf die Bühne bringt und
die Nation widerstandslos zur Bewunderung hinreißt,
feiert Goethe keinen annähernd gleichen Triumph. Schon
am 21. Oktober 1800 schrieb Schiller an seinen Freund
Körner, den Vater des Dichters Theodor Körner: „Im
Ganzen bringt Goethe jetzt zu wenig hervor, so reich er
noch immer an Erfindung und Ausführung ist. Sein Ge=
müth ist nicht ruhig genug, weil ihm seine elenden häus=
lichen Verhältnisse, die er zu schwach ist zu ändern, viel
Verdruß erregen."

Die ehemals schöne, jugendfrische Christiane Vulpius
hatte sich seither allerdings bedenklich zu ihrem Nachtheil
verändert. Ihr Vater hatte sich einst durch den Trunk zu
Grunde gerichtet, ihr Bruder, der Verfasser des „Rinaldo
Rinaldini" und ähnlicher Schauerromane, schadete sich durch
dieselbe Neigung, von der leider auch Christiane nicht
völlig frei blieb. Vergnügungssüchtig und tanzlustig, aus
Goethe's gesellschaftlichen Kreisen ausgeschlossen, in niederen
Sphären sich besonders wohl fühlend, besuchte sie oft die
Studentenbälle in Jena, sowie die Belustigungen der
unteren Bürgerklassen und die Volksfeste auf der Vogel=
wiese. Nicht immer wahrte sie ihre Würde so, wie es
Goethe, der sie, wenn sie auch nicht seine „Gattin" war,
doch als solche behandelt wissen wollte, gern gesehen hätte.
Mehr als einmal soll sie bei solchen Belustigungen dem

Wein oder Punsch stärker zugesprochen haben, als ihr zu=
träglich war, und von den Studenten verspottet worden
sein. Auch Goethe's einziger Sohn August begann bei
zunehmender Reife allmälig unter der Geringschätzung zu
leiden, mit der man seine Mutter behandelte. Goethe
selbst übte gegen seine „kleine Freundin" die thunlichste
Milde, mag aber schwer genug unter diesen „elenden
häuslichen Verhältnissen" gelitten haben.

Am 18. Dezember 1803 starb Herder, dessen einstige
Freundschaft mit Goethe sich in den letzten Jahren aller=
dings sehr gelockert hatte. Am 3. Dezember 1799 war
Schiller zu ständigem Aufenthalt von Jena nach Weimar
übersiedelt, wo er bereits am 9. Mai 1805 starb, noch
nicht sechsundvierzigjährig! Wie tief Goethe diesen Verlust
empfand, beweisen seine „Annalen" und vor Allem der
herrliche „Epilog zu Schillers Glocke." Aber schon drohten
ernstere Sorgen. Noch in Schillers Todesjahre fand am
2. Dezember die Dreikaiserschlacht von Austerlitz statt, im
Juli 1806 wurde „der Rheinbund" unter Napoleons
Protektorat begründet, am 6. August 1806 legte Kaiser
Franz die deutsche Krone nieder, und das tausendjährige
deutsche Reich löste sich auf. Die Schlacht bei Jena am
14. Oktober 1806 brachte auch über Weimar die Schrecken
der Plünderung, von der Goethe allerdings verschont wurde,
da Marschall Augereau bei ihm Quartier nahm. Auch
nach dessen Abzug wurde Goethe's und Wieland's Haus
unter den Schutz des Kaisers Napoleon gestellt und da=
durch vor weiteren Fährlichkeiten bewahrt. In diesen
Tagen, wo in Goethe's Haus zuweilen achtundzwanzig
Betten mit Einquartierung belegt waren, bewährte Christiane

Vulpius sich von ihrer vortheilhaftesten Seite, und halb
aus Dankbarkeit, halb in der Absicht, ihre und ihres
Sohnes Zukunft dauernd zu sichern, benutzte Goethe die
in der Stadt herrschende Verwirrung, um sich Sonntag,
19. Oktober 1806, in der Sakristei der Hof= und Garnison=
kirche ohne vorhergegangenes Aufgebot eiligst und heimlichst
bei verschlossenen Thüren durch den Oberkonsistorialrath
Günther trauen zu lassen. Nur Goethe's bereits sieben=
zehnjähriger, schon seit Jahren legitimirter Sohn August
und dessen Lehrer Dr. Riemer waren Zeugen bei dieser
verspäteten Hochzeit, über die Goethe in seinen „Annalen"
ebenso vorsichtig schweigt, wie über seine Erlebnisse in den
Schreckenstagen des Krieges.

Goethe stand im achtundfünfzigsten Lebensjahre, als
er seiner „Gewissensehe" diesen offiziellen Abschluß gab,
und wenn man es auch bedauern mag, daß er es ver=
säumt hatte, rechtzeitig eine ihm geistig und gesellschaftlich
ebenbürtige Gattin heimzuführen, so war, wie die Verhält=
nisse nun einmal lagen, diese späte Sühnung der bürger=
lichen Sitte immerhin noch das einzig Richtige. Seit
1782 geadelt und seit 1804 zum „Wirklichen Geheimen
Rath" mit dem Prädikat „Excellenz" ernannt, hielt Goethe
streng darauf, daß seiner Gattin in seinem Hause die ge=
bührende Achtung bewiesen wurde, wenn ihr auch die
höheren Kreise verschlossen blieben. Christiane war damals
bei ihrer kleinen Figur und auffallenden Korpulenz keine
sehr anmuthige Erscheinung, und boshafte Zungen nannten
sie „Goethe's dicke Hälfte" oder „die Kugelgestalt der
Frau Geheimräthin", ja, Bettina von Arnim schleuderte
ihr später die rohe Bezeichnung „Blutwurst" ins Gesicht.

Auch als legitime Gattin verharrte Christiane in ihrer
unterwürfigen Ergebenheit gegen Goethe und gab sich harm=
los ihrer alten Vergnügungssucht hin.

Mit der Liebe zu der kleinen Putzmacherin Gretchen
hatte der Knabe Goethe sein Liebesleben begonnen, mit
der Liebe zu der kleinen Putzmacherin Christiane Vulpins
schloß der Mann es ab, — er war wirklich, wie er am
Schluß der „Neuen Melusine" sagt, „obgleich durch einen
ziemlichen Umweg" wieder dahin zurückgekehrt, wo er be=
gonnen hatte!

Schon ein Jahr nach seiner Verheirathung erglühte
er noch einmal leidenschaftlich für eine Pfarrerstochter: für
die achtzehnjährige Minna Herzlieb, Tochter des verstorbenen
Oberpfarrers Herzlieb zu Züllichau, die als Waise in der
ihr verwandten Familie des Buchhändlers Frommann zu
Jena lebte. Wie sehr ihn diese schwarzhaarige, braun=
äugige Pfarrerstochter an die blondhaarige, blauäugige
Pfarrerstochter Friederike Brion gemahnte, deutet er selbst
in „Wahrheit und Dichtung" am Schluß seiner Schilde=
rung der Straßburg=Sesenheimer Periode an: im Andenken
an eine auf den Ottilienberg (eigentlich: Odilienberg) im
Elsaß begangene Wallfahrt habe er „eine seiner zwar
späteren, aber darum nicht minder geliebten Töchter"
„Ottilie" genannt, — als Urbild der Ottilie seiner „Wahl=
verwandtschaften" gilt bekanntlich die auch in manchem
Sonett von ihm verherrlichte Minna Herzlieb, die sich
nachmals an den Jenenser Universitätsprofessor Walch ver=
heirathete.

Daß der um vierzig Jahre ältere, verheirathete Goethe
bei dem schmucken, achtzehnjährigen Mädchen Gegenliebe

gefunden habe, dafür fehlt jeder Beweis, und sowohl dieser Liebe, wie dem durch diese Liebe ausgereiften, künstlerisch höchst bedeutenden Romane „Die Wahlverwandtschaften" haftet etwas Peinliches, Beklemmendes an.

Immer einsamer wurde es um den alternden Dichter. Am 19. April 1807 starb die verwittwete Herzogin Anna Amalia von Weimar, am 13. September 1808 seine Mutter, — knapp drei Wochen vor der höchsten Auszeichnung, die Goethe in seinem an äußeren Ehren so reichen Leben erfuhr: der Unterredung mit Napoleon am 2. Oktober 1808 gelegentlich des Erfurter Fürstenkongresses. In Jünglingsjahren war Goethe mit Karl August im Mai 1778 beim Prinzen Heinrich, dem Bruder des damals im Feldlager weilenden Friedrichs II., in Berlin zur Tafel gewesen; dreißig Jahre später stand Goethe vor Napoleon, der den Staat des großen Friedrich zertrümmert hatte. Friedrich hatte in einer seiner Schriften den Götz von Berlichingen „eine ekelhafte Plattheit, eine abscheuliche Nachahmung der schlechten englischen Stücke" genannt; Napoleon hatte den „Werther" mit nach Aegypten genommen, ihn dort gründlich studirt und war entzückt davon. Jetzt bei der persönlichen Begegnung in Erfurt nöthigte der Dichter dem Weltbezwinger das bewundernde Wort ab: „voilà un homme," — ein „Ecce homo in umgekehrtem Sinne", wie Goethe sich ausdrückt, auf das er mit Recht zeitlebens stolz war.

Sowohl in seiner amtlichen Stellung als „Wirklicher Geheimer Rath" und vertrauter Freund von Karl August, wie auch als weltberühmter Dichter kam er mit fast allen Größen seiner Zeit in Berührung. Fürsten, Staatsmänner,

Feldherren, Gelehrte, Künstler huldigten ihm; wohl kaum
eine hervorragende Berühmtheit jener Epoche blieb ihm
persönlich unbekannt. Sein äußeres Leben gestaltete sich
zu dem glänzendsten und ehrenreichsten, das jemals einem
deutschen Dichter beschieden war. Daß es sich in den
kleinen Verhältnissen eines Duodezstaates unter oft nichtiger
Kärrnerarbeit abspielte, schien ihn wenig anzufechten; hatte
er doch erreicht, was er als Voltaire's Streben von Jugend
auf bezeichnet hatte: thätiges, geselliges, politisches Leben,
Benützung des Verhältnisses zu den Herren der Erde, da=
mit er selbst zu den Herren der Erde gehöre!

Freilich, als der damalige Herr der Erde auf den
Eisfeldern Rußlands sein Heer verloren hatte und nun
fast ganz Europa über den scheinbar Wehrlosen herfiel,
gerieth Goethe in argen Zwiespalt. Von aufrichtiger Be=
wunderung für Napoleon durchglüht und dessen Genie
allen Schwierigkeiten weit überlegen erachtend, glaubte er
nicht an den Erfolg der Befreiungskriege. Der achtzig=
jährige Wieland war bereits am 20. Januar 1813 in
Weimar gestorben, und von dem leuchtenden Sechsgestirn
Klopstock, Wieland, Lessing, Herder, Goethe, Schiller zog
nunmehr nur noch Goethe seine ruhige, glänzende Bahn.
Die Nation erwartete von ihrem größten, allein noch über=
lebenden Dichter ein Mahn= und Losungswort für den
beginnenden Kampf auf Tod und Leben. Goethe sprach
dies Wort nicht, ja, er stellte in Privatgesprächen der
nationalen Erhebung ein ungünstiges Prognostikon und
verwehrte seinem vierundzwanzigjährigen Sohne die Theil=
nahme am Freiheitskampfe. Als dieser mit Napoleons
Abdankung geendet hatte, ging der Dichter freilich freudig

auf die Bitte der Generaldirektion des Berliner Hoftheaters
ein: zur Verherrlichung der deutschen Siege ein Festspiel
zu schreiben. Aber wie tiefsinnig und wahrhaft poetisch
sein zu diesem Zweck verfaßter „Epimenides" auch ist, —
die hellenisirende Allegorie ging über das Verständniß der
großen Masse und wurde von den Berlinern mit einem
spöttischen „I wie meenen Sie det?" kühl abgelehnt.

In den Friedensjahren, die den Freiheitskriegen vor=
angingen, hatte Goethe unmittelbar nach Veröffentlichung
der „Wahlverwandtschaften" im Herbst 1809 die Vor=
arbeiten zu seiner eigenen Lebensbeschreibung begonnen,
deren erster Band unter dem Titel „Wahrheit und Dichtung"
1811 erschien und nur die Kinderjahre bis zum Schluß
der Jugendliebe zu Gretchen umfaßte. Mit Ausnahme
einiger feinsinniger Geister, wie beispielsweise Wilhelm
Grimm, war das große Publikum enttäuscht: die meister=
hafte Zeichnung des fein abgetönten Kulturbildes fand
wenig Verständniß, und dem nach „Spannung" hungernden
Verlangen der Alltagsleser ward nicht genügt. Der zweite
Band, welcher mit der Schilderung des ersten Besuches in
Sesenheim und mit der angeblichen Erzählung der „Neuen
Melusine" im dortigen Pfarrgarten endet, wurde 1812 ge=
schrieben, kam aber wohl erst zur Ostermesse des nächsten
Jahres ins Publikum, so daß Friederike Brion, die bereits
am 3. April 1813 gestorben war, ihn schwerlich gelesen
haben kann. Der dritte Band, welcher recht eigentlich die
Sesenheimer Epoche behandelt und mit dem Jahre 1774,
vor der Bekanntschaft mit Lili, abschließt, wurde 1813
geschrieben und kam „zu Jubilate 1814" ins Publikum.
Er ist der einzige Band, von dem Goethe in den

„Annalen" versichert, daß er sich „ungeachtet äußerer
mißlicher Umstände einer guten Wirkung erfreute." Der
vierte Band, welcher die Beziehung zu Lili und die
Uebersiedelung nach Weimar schildert, wurde erst lange
Jahre nach Lili's am 6. Mai 1817 erfolgten Tode ge=
schrieben, aber aus Rücksicht auf Lili's noch lebenden
Gemahl erst 1833 nach Türckheims und Goethe's Tode
veröffentlicht.

An demselben 26. September 1779 hatte Goethe
Friederike wie Lili zum letzten Mal gesehen. Mit Lili
wechselte er in späteren Jahren noch zwei Mal Höflichkeits=
briefe, wurde von einigen ihrer Kinder besucht und lernte
1830 auch noch eine Enkelin von ihr kennen, „die ihm
die reizende Lili wieder in aller Lebendigkeit vor Augen
führte." Lili's Nachwuchs blüht noch heute und ist in
hervorragende Adelsgeschlechter verheirathet. Ihr erst=
geborenes Kind, mit dem Goethe sie, nach seinem Briefe
an Frau von Stein, in Straßburg spielen sah, war ein
Mädchen; dann folgten vier Söhne, von denen der schönste
als Adjutant des berühmten General Rapp fast alle Feld=
züge unter Napoleon glücklich mitkämpfte und sowohl die
Greuel in Spanien, als auch die Schrecken auf dem Rück=
zuge aus Rußland überstand. Er war der Stolz seiner
schönen Mutter, die ihn am 21. September 1807 brieflich
an Goethe mit den Worten empfahl: „Sein Biedersinn
und das Empfehlungsschreiben, das ihm die Natur er=
theilte, wird ihm auch Ihr Herz gewinnen. Dies wünscht,
dies hofft die glückliche Mutter." Goethe antwortete dar=
auf überaus herzlich, „in Erinnerung jener Tage, die er
unter die glücklichsten seines Lebens zähle," und unter=

zeichnete diesen letzten Brief an Lili als „Ihr ewig ver=
bundener Goethe."

Friederike und Lili, durch den gemeinsamen Namen
„Elisabeth", durch den gemeinsamen Tag des letzten Wieder=
sehens mit Goethe, durch ihr Nachbarleben in Sesenheim
und Straßburg so innig mit einander verbunden und doch,
so viel man weiß, persönlich einander ewig fremd geblieben,
sind die beiden Frauengestalten in Goethe's Leben, von
denen man es am meisten bedauert, daß nicht eine von
ihnen seine Gattin wurde. Die bei ihrer Verlobung mit
Goethe noch nicht siebzehnjährige Lili mag es gegenüber
dem schon weltberühmten Dichter des „Götz" und „Werther"
durch oberflächliches Kokettiren vielleicht versehen haben;
nach ihrer Verheirathung mit Baron Türckheim zeigt sie
als Gattin und Mutter sich bewundernswerth.

Welch' glückliches, glänzendes Loos fiel ihr im Ver=
gleich zu der verlassenen, zeitweis hart um ihre Existenz
ringenden Friederike! Von ihrem Gatten und ihren gut
gerathenen Kindern, die sie alle fünf einst selbst genährt
hatte, auf Händen getragen, hat Lili, abgesehen von
vorübergehender Drangsal in den Stürmen der Revolution,
ein beneidenswerthes Leben geführt, hat noch sechs blühende
Enkel auf ihrem Schoße gewiegt und ist, noch nicht neun=
undfünfzigjährig, in den Armen ihres Gatten, umringt von
den Ihrigen, ohne schwere Krankheit sanft verschieden.

Die Todesanzeige wurde von der Familie auch an
Goethe gesandt. Ob diesem auch die Kunde von Friede=
rike's Heimgang mitgetheilt worden, wissen wir nicht.

Als aber, während Friederike ins Grab sank, schon
der Sturm gegen Napoleon sich erhob, flüchtete Goethe

vor den Wirren der Gegenwart in die reine Patriarchen=
luft des Ostens. Die Ueberſetzung des perſiſchen Dichters
Hafis durch Joſeph von Hammer lockte ihn in eine ihm
bisher faſt unbekannte Welt von ungeahntem poetiſchem
Reize. Die in „Wahrheit und Dichtung" ſoeben beendete
Erzählung ſeiner jugendlichen Liebesneigungen mochte einen
ſeltſamen Nachklang in ſeiner Seele geweckt haben, und da
die alternde, dicke Chriſtiane jetzt wirklich ſich ſchlecht zur
Muſe eignete, ſo begann der Dichter ein Lieben in der
Einbildung. Eine ganze Reihe von Liedern entſtand;
deutſche, oft urmoderne Empfindungen wurden in orientali=
ſirenden Aufputz gekleidet, — „der weſtöſtliche Divan ward
gegründet", wie es mit ſehr diplomatiſchem Ausdruck in
den „Annalen" heißt. Aber noch fehlte, da Goethe doch
nur Selbſterlebtes in ſeinen Dichtungen wiederzuſpiegeln
pflegte, dieſer neuen „Gründung" die Seele.

Nach glücklich hergeſtelltem Frieden reiſte Goethe in
Begleitung ſeines Dieners am 25. Juli 1814 nach Frank=
furt. Seit ſiebzehn Jahren hatte er ſeine Vaterſtadt
nicht mehr geſehen, von ſeinen nächſten Verwandten lebte
Niemand mehr, und wie ein Fremder ſtieg er im Gaſt=
hofe ab. Bald ging es weiter nach Wiesbaden, wo er
das Bad ſehr regelmäßig beſuchte, kleinere Ausflüge nach
Biebrich, Bingen, Mainz, Naſſau, Winkel und dem Rhein=
gau wurden unternommen, und am 10. September traf
er wieder in Frankfurt ein. Diesmal nahm er bei den
Verwandten ſeines verſtorbenen Schwagers Schloſſer Logis,
lernte durch den ihm längſt befreundeten Geheimrath
von Willemer die im dreißigſten Lebensjahre ſtehende ehe=
malige Schauſpielerin Maria Anna Jung aus Linz an

der Donau kennen, verlebte alsdann herrliche Herbsttage
in Heidelberg, Mannheim, Darmstadt und kehrte am
10. October wieder nach Frankfurt zurück, wo sich inzwischen der im fünfundfünfzigsten Lebensjahre stehende,
schon zweimal verwittwete Willemer mit Maria Anna
Jung vermählt hatte.

Marianne von Willemer, wie fortan ihr Name in der
Literaturgeschichte lautet, kam ebenso wie ihr Gatte dem
gefeierten Dichter mit warmer Bewunderung entgegen.
Der erste Jahrestag der Leipziger Schlacht wurde am
18. October durch Freudenfeuer auf den Berghöhen, am
19. October durch glänzende Illumination der Stadt gefeiert; beide Schauspiele sah Goethe in Gesellschaft des
Willemer'schen Ehepaares sich an und reiste am 20. October
über Hanau nach Weimar zurück, ohne daß der Senat von
Frankfurt oder die Direction des Stadttheaters irgendwie
von Goethe's Aufenthalt in seiner Vaterstadt Notiz genommen hatte.

Diese dreimonatliche Reise ist für Goethe dadurch
höchst wichtig, weil er auf ihr Marianne von Willemer
kennen lernte, welche die Seele, die „Suleika“ seines „westöstlichen Divans“ wurde. Marianne, in ihren Mädchen-
jahren von Klemens Brentano schwärmerisch verehrt, war,
wie erhaltene Bilder und sonstige Zeugnisse beweisen, eine
sehr anmuthige, sympathische Erscheinung, und aus ihren
wenigen Gedichten, sowie aus ihren Briefen spricht eine
bemerkenswerthe Begabung. War die Begegnung zwischen
ihr und Goethe im Jahre 1814 auch nur eine ziemlich
flüchtige, so phantasirte der Dichter sich doch allmälig in
eine wohl mehr poetische als wirkliche Leidenschaft hinein,

welche dem „Divan“ einige der herrlichsten Lieder zu=
führte. Am 24. Mai 1815 brach Goethe abermals zur
Kur nach Wiesbaden auf, machte von dort einzelne Aus=
flüge längs der Lahn und erharrte in banger Spannung
die Nachricht über den Ausgang der Schlacht von Waterloo.
Mit dem preußischen Minister von Stein machte er am
25. Juli eine Fahrt nach Köln, betrachtete den Dom und
sonstige Kunstschätze, traf am 31. wieder in Wiesbaden und
am 12. August Mittags in Frankfurt ein.

Vom 12. August bis 8. September 1815 wohnte er
nun ununterbrochen bei dem Willemer’schen Ehepaar auf
deren gepachtetem Sommersitz am jenseitigen Mainufer, der
sogenannten „Gerbermühle“. Ob die einunddreißigjährige,
in kinderloser Ehe lebende Marianne und der damals sechs=
undsechzigjährige, noch nicht verwittwete Dichter durch dies
vierwöchentliche Beisammenleben unter einem Dache in
frischer, freier Gegend wirklich wärmer für einander zu
fühlen begannen, bleibe dahingestellt; im „west=östlichen
Divan“, zu dem auch Marianne einige der schönsten Lieder
beisteuerte, gerirten sie sich als „Hatem“ und „Suleika“
wie wahrhaft Liebende. Am 26. August wohnte Goethe
in Frankfurt der Hochzeit einer Enkelin seiner mütterlichen
Tante Melber bei, erfüllte aber nicht die sehnliche Hoff=
nung aller Gäste, einen Trinkspruch auszubringen, und am
28. wurde auf der Gerbermühle sein eigener Geburtstag
glänzend gefeiert. Am 8. September bezog er allein Wille=
mer’s Stadtwohnung im sogenannten „Rothen Männchen“,
wo er bis zum 15. September verblieb. Dann verließ er
Frankfurt, das er nie mehr wiedersehen sollte, übersiedelte
von Neuem nach der Gerbermühle und reiste am 19. Sep=

tember von dort über Darmstadt nach Heidelberg, wo er am 21. eintraf. Am 24. kam auch Willemer mit Marianne dorthin; am 26. kehrten beide wieder nach der Gerber= mühle zurück.

Auf der Schloßterrasse zu Heidelberg, wo manches herrliche Lied zum „Divan" entstanden war, verabschiedete sich Goethe am 26. September 1815, angeblich mit einem Kuß auf Stirn oder Mund, von Marianne, — nie mehr im Leben sahen sie sich wieder. Wenn Goethe, unter An= spielung auf die Höhen jenseits des Neckar, damals von sich selber sang:

„Du beschämst wie Morgenröthe
Jener Gipfel ernste Wand,
Und noch einmal fühlet Goethe (im Druck: Hatem)
Frühlingshauch und Sonnenbrand,"

so antwortete ihm Marianne:

„Nimmer will ich Dich verlieren!
Liebe gibt der Liebe Kraft.
Magst Du meine Jugend zieren
Mit gewalt'ger Leidenschaft.
Ach! wie schmeichelt's meinem Triebe,
Wenn man meinen Dichter preist:
Denn das Leben ist die Liebe,
Und des Lebens Leben Geist."

Goethe blieb noch, mit flüchtigen Abstechern nach Mannheim und Karlsruhe, bis zum 7. October in Heidel= berg und traf von dort am 11. wieder in Weimar ein. Hier dichtete er fleißig am „Divan" und wechselte manchen Brief mit dem Willemer'schen Ehepaar, während seine Christiane unrettbar dem nahen Tode entgegenkrankte. Mag Goethe's Liebe zu Marianne wahr oder, wie er früher von

Lenz sagte, nur „imaginär" gewesen sein, — dem mensch=
lichen Empfinden ist es peinlich, den Sechsundsechzig=
jährigen bald leidenschaftlich glühende, bald zärtlich tän=
delnde Lieder an die Frau eines Anderen dichten zu sehen,
während seine eigene Gattin mit dem Tode ringt!

Am 6. Juni 1816 wurde Christiane von ihren Leiden
erlöst. Durch ihren Tod wurde Goethe tief erschüttert,
doch erwähnt er ihn weder in seinen „Annalen" noch in
seinen Briefen an Willemer. Darauf bedacht, die in seinen
Haushalt gerissene Lücke wieder zu schließen, betrieb er die
Verheirathung seines Sohnes mit Fräulein Ottilie von Pog=
wisch. Ohne gegenseitige Liebe wurde die Ehe am 17. Juni
1817 zu Weimar im engsten Familienkreise geschlossen, und
das junge Paar bezog die einfachen, wenn auch gemüth=
lichen Mansardenzimmer im Hause des Dichters. August
von Goethe hatte in Heidelberg und Jena Jura studirt,
war von Carl August zum „Kammerrath" ernannt worden,
war aber im Grunde doch nichts weiter als der Sohn
seines Vaters. Dies Gefühl, sowie der Makel seiner Ge=
burt und die seiner Mutter ehedem seitens der Gesellschaft
und selbst von den Studenten bewiesene Mißachtung
kränkten ihn tief und bestärkten ihn in seiner wohl von
den mütterlichen Vorfahren ererbten Neigung zum Trunk.

Obgleich Weimar erst nach der Leipziger Schlacht
aus dem Rheinbund austrat und sich den Verbündeten
anschloß, wurde es doch für diesen späten Uebertritt auf
dem Wiener Congreß im Herbst 1815 zum Großherzog=
thum erhoben. Kaiser Alexander von Rußland setzte aus
Rücksicht auf die an den weimarischen Erbprinzen ver=
heirathete russische Großfürstin Maria Paulowna (die

Mutter der nachmaligen deutschen Kaiserin Augusta) diese Rangerhöhung durch, kraft deren Carl August von der „Durchlaucht" zur „Königlichen Hoheit" avancirte. Bei der Neugestaltung des weimarischen Staatsministeriums wurde Goethe unter Belassung seines bisherigen Wirkungskreises zum ersten Staatsminister mit dreitausend Thalern Gehalt und einem Zuschuß für eigene Equipage bestimmt. Daß das „Verhältniß zu den Herren der Erde" auch recht unerquicklich werden könne, hatte er noch vor der Hochzeit seines Sohnes erfahren müssen. Die den Großherzog beherrschende schöne Schauspielerin Caroline Jagemann wußte diesen, der ein großer Hundefreund war, zu bewegen, den mit einem dressirten Pudel und einem Melodram „Der Hund des Aubry" damals in Deutschland herumreisenden Schauspieler Karsten kommen zu lassen, damit der intelligente Pudel sich auch auf dem Weimarer Hoftheater producire. Goethe wollte die von ihm Jahrzehnte lang geleitete Bühne nicht so tief erniedrigen lassen. Er wies darauf hin: „Schon in unseren Theatergesetzen steht, daß kein Hund die Bühne betreten darf," zog sich schmollend nach Jena zurück und ersuchte den Großherzog, ihn seiner bisherigen Stellung als Intendant des Hoftheaters zu entheben. Am 12. und 14. April 1817 wurde, in des Dichters Abwesenheit, „Der Hund des Aubry" aufgeführt, und am 13. April erhielt Goethe den lakonischen schriftlichen Entscheid: „Aus den Mir zugegangenen Aeußerungen habe ich die Ueberzeugung gewonnen, daß der Geheimrath von Goethe wünscht, seiner Function als Intendant enthoben zu sein, welches ich hiermit genehmige. Carl August."

Ein schmerzliches „Carl August hat mich nie ver-

standen!" entrang sich Goethe's Lippen, und wenn auch der
Großherzog durch einen freundlichen Privatbrief die alte
Herzlichkeit des Verkehrs wieder herzustellen suchte, der
Theaterleitung blieb Goethe und sein Sohn fortan für
immer fern. Durch die Intrigue einer einflußreichen,
herrschsüchtigen Schauspielerin war Goethe mittels eines
Pudels von der Bühne verdrängt worden, die er, wie
ehedem Schiller, zur ersten in Deutschland hatte erheben
wollen!

Erst im August 1819 erschien der „West-östliche Divan",
an dem Goethe seither eifrig fortgearbeitet hatte, als Buch-
ausgabe. Gleichsam zu seinem eigenen Geburtstage gab
der nunmehr siebzigjährige Dichter seinem Volke dies
eigenartige Geschenk, das neben vielem Affectirten, Ge-
künstelten eine Fülle echter, natürlicher Perlen enthält und
auf eine ganze Reihe von Dichtern wie Platen, Rückert,
Schack, Bodenstedt vorbildlich einwirkte.

Es war die letzte namhafte Gabe, die Goethe noch
bei seinen Lebzeiten dem Publikum bot. Was er sonst
noch veröffentlichte, die „Italienische Reise", die „Cam-
pagne in Frankreich", die Jahreshefte „Ueber Kunst und
Alterthum," „Wilhelm Meister's Wanderjahre", die naturwissenschaftlichen, insbesondere morphologischen Arbeiten,
konnte keine tiefere Wirkung üben. Mit dem Willemer'schen
Hause blieb Goethe bis kurz vor seinem Tode in brieflichem
Verkehr. Willemer starb am 19. Oktober 1838, Marianne
am 6. December 1860, und erst zu Anfang des Jahres
1869 erfuhr die Welt durch einen Aufsatz Herman Grimms
etwas von der ehemaligen Beziehung zwischen Goethe und
Marianne. Die bisher unbekannte Frau wurde neun Jahre

nach ihrem Tode zu einer Berühmtheit, ihr Briefwechsel mit Goethe wurde 1877 veröffentlicht, und seither ist ihr Name von der „Suleika" und dem „westöstlichen Divan" untrennbar. Letzterer war freilich schon vor der Bekannt= schaft mit Marianne begonnen, aber sein wärmstes Colorit und seine schönsten Lieder empfing er erst durch des Dichters, sei es wahre, sei es imaginäre Neigung zu Marianne. Nur während weniger Wochen sind beide sich persönlich nahe getreten, aber diesem flüchtigen Begegnen dankt Marianne jene Unsterblichkeit, die doch nur der Dichter zu spenden vermag. Und weil Marianne die letzte Frauen= gestalt in Goethe's langem Leben ist, die auf eins seiner hervorragenden Werke von bedeutendem Einfluß war, des= halb ist hier ihrer ausführlich gedacht worden.

Die letzte „Liebe" Goethe's, wenn dies Wort in diesem Falle überhaupt statthaft ist, war sie aber keineswegs, sondern dieser Ruhm verbleibt einem neunzehnjährigen Mädchen. Als dreiundsiebzigjähriger Wittwer hatte Goethe noch solche Lebenskraft, daß er im Mai 1822 zum Kanzler von Müller klagte: „Es geht mir schlecht, denn ich bin weder verliebt, noch ist jemand in mich verliebt." In dieser Beziehung sollte allerdings bald Besserung eintreten: am 19. Juni 1822 traf er zur Kur in Marienbad ein und verliebte sich hier in die allerliebste, freilich erst neun= zehnjährige Ulrike von Levezow derart, daß er, als er im Sommer des nächsten Jahres wieder mit ihr und den Ihren in Marienbad zusammentraf, allen Ernstes als nunmehr Vierundsiebzigjähriger um die Zwanzigjährige werben wollte. Die verständige Mutter kam ihm klug zuvor und reiste mit ihrem Töchterchen nach einigen Wochen wieder

ab, und der tief unglückliche Dichter ergoß seinen leidenschaftlichen Schmerz in jene glühenden Liebeslieder, die
unter den Titeln „Trilogie der Leidenschaft", „Elegie",
„Aussöhnung", „Aeolsharfen" in seine gesammelten Werke
Aufnahme fanden. Auch körperlich hatte er unter diesem
nach fünfzig Jahren erfolgenden Rückfall seines einstigen
Wertherfiebers schwer zu leiden. Ulrike blieb unvermählt
und überlebte die letzte Leidenschaft des Dichters noch um
mehr als siebzig Jahre. Er aber fügte sich nur schwer
in das Entsagen, und unwillkürlich denkt man an Thorwaldsen's herrliches Relief „die Alter der Liebe", wo der
Greis dem unerreichbar entfliegenden Amor, vergebens
haschend, schwermüthig nachschaut.

Seine häuslichen Verhältnisse in Weimar waren nicht
dazu angethan, ihm den Verzicht auf seine letzte Liebe zu
erleichtern. Wie gut Goethe auch mit seiner Schwiegertochter stand, — ihr Verhältniß zu dem Gatten wurde kein
inniges. Selbst die in den Jahren 1818 und 1820 erfolgte
Geburt zweier gesunder Söhne besserte das Einvernehmen
des jungen Ehepaares nicht. August ergab sich immer
wilder dem Trunke und anderen Ausschweifungen, — dem
greisen Dichter bot sein Heim trotz allen äußeren Glanzes
nicht den ersehnten Frieden!

In demselben Sommer 1822, als Goethe in Marienbad Ulrike von Levezow kennen und lieben lernte, wurde
in Folge von „Wahrheit und Dichtung" die erste Wallfahrt nach Sesenheim angetreten. Kein Geringerer als
Ludwig Tieck eröffnete diesen Reigen, aber er benützte das
dort Geschaute und Gehörte nicht zu einer wissenschaftlichen
Abhandlung, sondern nur zu einer gelegentlichen Erörterung

in seiner Novelle „Der Mondsüchtige". Doch schon drei Monate nach Tieck trat der Universitätsprofessor Näke aus Bonn ebenfalls eine Reise nach Sesenheim an, die er in seiner „Wallfahrt nach Sesenheim" ausführlich beschrieb. Er wollte als gründlicher Philologe zu Werke gehen und bei dem damaligen Ortspfarrer, sowie bei anderen Dorfbewohnern genaue Erkundigungen über Friederike einziehen. Durch dies Streben und durch seinen vorher erwähnten Aufsatz, der allerdings erst 1840 nach seinem und nach Goethe's Tode gedruckt wurde, hat er sich den Namen „Vater der Friederiken-Literatur" erworben. Durch Vermittlung seines Bonner Universitätscollegen Professor d'Alton, der mit Goethe in naturwissenschaftlicher Correspondenz stand, sandte er diesem im December 1822 seinen Aufsatz handschriftlich ein. Goethe antwortete mit dem nachmals auch in seine gesammelten Werke aufgenommenen Blatte „Wiederholte Spiegelungen", das wörtlich also lautet:

„Um über die Nachrichten von Sesenheim meine Gedanken kürzlich auszusprechen, muß ich mich eines allgemein-physischen, im Besonderen aber aus der Entoptik hergenommenen Symbols bedienen; es wird hier von wiederholten Spiegelungen die Rede sein.

1) Ein jugendlich seliges Wahnleben spiegelt sich unbewußt eindrücklich in dem Jüngling ab.

2) Das lange Zeit fortgehegte, auch wohl erneuerte Bild wogt immer lieblich und freundlich hin und her, viele Jahre im Innern.

3) Das liebevoll früh Gewonnene, lang Erhaltene wird endlich in lebhafter Erinnerung nach außen ausgesprochen und abermals abgespiegelt.

4) Dieses Nachbild strahlt nach allen Seiten in die Welt aus, und ein schönes, edles Gemüth mag an dieser Erscheinung, als wäre sie Wirklichkeit, sich entzücken und empfängt davon einen tiefen Eindruck.

5) Hieraus entfaltet sich ein Trieb, Alles, was von Vergangenheit noch herauszuzaubern wäre, zu verwirklichen.

6) Die Sehnsucht wächst, und um sie zu befriedigen wird es unumgänglich nöthig, an Ort und Stelle zu ge= langen, um sich die Oertlichkeit wenigstens anzueignen.

7) Hier trifft sich der glückliche Fall, daß an der ge= feierten Stelle ein theilnehmender, unterrichteter Mann gefunden wird, in welchem das Bild sich gleichfalls ein= gedrückt hat.

8) Hier entsteht nun, in der gewissermaßen veröbeten Localität, die Möglichkeit, ein Wahrhaftes wiederherzustellen; aus Trümmern von Dasein und Ueberlieferung sich eine zweite Gegenwart zu verschaffen und Friederiken von ehemals in ihrer ganzen Liebenswürdigkeit zu lieben.

9) So kann sie nun, ungeachtet alles irdischen Dazwischentretens, sich auch wieder in der Seele des alten Liebhabers nochmals abspiegeln und demselben eine holde, werthe, belebende Gegenwart lieblich erneuen.

Bedenkt man nun, daß wiederholte sittliche Spiegelungen das Vergangene nicht allein lebendig erhalten, sondern sogar zu einem höheren Leben emporsteigern, so wird man der entoptischen Erscheinungen gedenken, welche gleichfalls von Spiegel zu Spiegel nicht etwa verbleichen, sondern sich erst recht entzünden, und man wird ein Symbol ge= winnen dessen, was in der Geschichte der Künste und Wissenschaften, der Kirche, auch wohl der politischen

Welt, sich mehrmals wiederholt hat und noch täglich wiederholt."

Man hat diese Erwiderung zu schematisch, zu diplomatisch, zu kühl gefunden. Im Gegentheil! Sie ist das Trefflichste, was der Dichter antworten konnte! Daß er seit 1779, also seit 43 Jahren, irgendwelche directe Nachricht über Friederike erhalten habe, dafür fehlt jeder Beweis. Unmöglich konnte er sich also auf eine Erörterung mit Näke einlassen über die Zuverlässigkeit der von diesem in Sesenheim erhorchten Nachrichten. Mit dem künstlerischen Feingefühl, das ihn nie verließ, stellt Goethe sich auf den einzig möglichen Standpunkt, nämlich den des Dichters: an der Erscheinung, die in „Wahrheit und Dichtung" abgespiegelt ist, möge, „als wäre sie Wirklichkeit, ein schönes, edles Gemüth sich entzücken," und „alles irdische Dazwischentreten" solle nicht hindern, daß jene Erscheinung von Spiegelung zu Spiegelung „nicht etwa verbleiche, sondern sich erst recht entzünde."

Nur noch einmal trat an Goethe ein directes Mahnen an die Straßburg=Sesenheimer Epoche. Christian Moritz Engelhardt, ein Verwandter des am 12. August 1812 im einundneunzigsten Lebensjahre verstorbenen Actuars Salzmann, wandte sich mit der Bitte an Goethe, dessen Briefe an Salzmann, die sich im Nachlaß des Letzteren fanden, veröffentlichen zu dürfen. In einem Schreiben vom 3. Februar 1826 protestirte Goethe „förmlich und ernstlich" gegen diese Publication, mit dem Bemerken: „Auch werden Sie bei näherem Bedenken sich gewiß mit mir überzeugen, daß dergleichen besonders in diesem Falle nicht zulässig sei." Inständig bittet er, unter Verheißung irgend eines

Erſatzes, ihm jene Briefe einzuhändigen und dafür ſeines
aufrichtigſten Dankes und ſeiner Anerkennung gewiß zu
bleiben. In Folge dieſes Proteſtes blieben die Briefe
damals ungedruckt, wurden aber nicht dem Dichter ein=
gehändigt, ſondern mit Salzmann's geſammtem literariſchen
Nachlaß, worunter ſich auch die Briefe des unglücklichen
Lenz, ſowie der Originaldruck der Theſen bei Goethe's Pro=
motion befanden, auf der Straßburger Stadtbibliothek de=
ponirt. Und als wolle der Himmel den „Proteſt" des
Dichters wenn auch ſpät, ſo doch nachdrücklich unterſtützen:
am 24. Auguſt 1870, faſt genau an demſelben Tage, an
welchem Goethe vor 99 Jahren Straßburg verlaſſen hatte,
wurde durch deutſche Geſchoſſe die Straßburger Stadt=
bibliothek in Flammen geſetzt und die Originalbriefe von
Goethe und Lenz für immer vernichtet.

Jedoch zu ſpät! Nach vorher genommenen Abſchriften
hatte Engelhardt ſechs Jahre nach Goethe's Tode deſſen
Briefe bereits im „Morgenblatt" von 1838 abdrucken laſſen,
und andere Forſcher thaten, bald unter Vergleichung der
Originale, bald unter einfacher Berufung auf Engelhardt,
nachmals daſſelbe. In ähnlicher Weiſe waren auch die
Briefe von Lenz, zuerſt nur im Auszug, dann im vollen
Wortlaut durch Auguſt Stöber 1831 und 1842 ver=
öffentlicht worden.

Von Goethe kommen ſechs Briefe betreffs der Seſen=
heimer Epoche in Frage; vier davon ſind erſichtlich aus
Seſenheim während des mehrwöchentlichen Logirbeſuches
um Pfingſten 1771 geſchrieben; bei dem fünften ſtreitet man,
ob er aus Seſenheim oder Straßburg geſchrieben ſei; denn
alle dieſe fünf Briefe tragen durchgängig weder Datum

noch Ortsangabe. Der sechste Brief ist aus Frankfurt und enthält den im sechsten Capitel dieses Buches mitgetheilten Auftrag, ein Exemplar des soeben erschienenen „Götz von Berlichingen" an Friederike zu übermitteln.

Die fünf ersten Briefe haben den Forschern viel Kopfzerbrechen verursacht, weil die Reihenfolge schwer festzustellen ist und manches Andere dunkel bleibt. So heißt's in einem Briefe aus Sesenheim: „Um mich herum ist's aber nicht sehr hell, die Kleine fährt fort traurig krank zu sein, und das gibt dem Ganzen ein schiefes Ansehen." Ob mit der „Kleinen" Friederike gemeint sei oder die damals erst fünfzehnjährige Sophie, läßt sich nicht entscheiden. Niemals wird Friederike's Name genannt, niemals eine nähere Andeutung über ihre Beziehung zu Goethe gemacht. Nur zweierlei beweisen die Briefe klar: daß ihn seine Leidenschaft allmälig zu ängstigen begann, und daß er sehr an Fieber und Husten litt. „Mein Husten fährt fort, .. Man lebt nur halb, wenn man nicht Athem holen kann, .. Die Bewegung und freie Luft hilft wenigstens, was zu helfen ist." Er war als Reconvalescent aus schwerer, langwieriger Krankheit nach Straßburg gekommen; der Blutsturz, der ihn vor kaum drei Jahren in Leipzig dem Tode nahe gebracht, mochte ihn noch immer ängstigen, und Sophie Brion erzählte 1835 dem sie besuchenden Heinrich Kruse, „Goethe hätte immer bläßlich ausgesehen, aber lebhafte Augen hätte er gehabt." Daß die Eltern um Friederike's schwache Brust besorgt waren, betont Goethe mehrmals in „Wahrheit und Dichtung", und in seinem Brief an Frau von Stein erzählt er, daß er Friederike in einem Augenblick verlassen mußte, „wo es ihr fast das

Leben kostete", und daß ihr auch noch nach acht Jahren
etwas „von einer Krankheit jener Zeit überblieb." War
Friederike „die Kleine", die schon um Pfingsten 1771 „fort-
fuhr traurig krank zu sein", dann mag die Rücksicht auf
ihre schwache Gesundheit und auf seine eigene, gerade
damals nicht sonderlich starke Constitution im Verein mit
seinem Husten und Fieber ein Beweggrund mehr für ihn
gewesen sein, sich nicht durch eine frühzeitige Ehe zu fesseln.

Da Goethe's Briefe an Salzmann und Näke's „Wallfahrt nach Sesenheim" bei Lebzeiten des Dichters ungedruckt blieben, so erlebte er das Emporwuchern der
Friederikenliteratur nicht mehr. Wie Sophie Brion 1835
dem damaligen Studenten Heinrich Kruse erzählte, hatte
Goethe „noch vor acht Jahren die Familie durch einen
Gesellen, den er in Weimar bei einem Schlosser angetroffen,
grüßen lassen." Dieser Gruß aus dem Jahre 1827 ist
Goethe's letzte Beziehung zur Familie Brion, — einer
Familie, die, abgesehen von Schwiegerkindern und Enkeln,
damals nur noch aus der unverheiratheten, einundsiebzig-
jährigen Sophie bestand!

Goethe selbst lebte in rastloser Arbeit einförmig weiter.
Seine häuslichen Verhältnisse wurden immer unerquicklicher
durch die Ausschweifungen seines Sohnes und durch die
offen ausgesprochene Liebe seiner Schwiegertochter zu einem
jungen Engländer. Auch die im November 1827 erfolgte
Geburt einer Tochter besserte die Beziehungen zwischen
dem jungen Ehepaar nicht. Am 7. November 1825 war
Goethe's vor fünfzig Jahren erfolgte Uebersiedlung nach
Weimar mit großartigen Ovationen gefeiert und ihm und
all seinen männlichen Nachkommen das Ehrenbürgerrecht

für ewige Zeiten seitens der Stadt verliehen worden. Nicht nur bei dieser Gelegenheit, nein, fast täglich wurde er mit Auszeichnungen überschüttet. Das In= und Aus= land wallfahrte huldigend zu ihm. Schon 1820 besuchte ihn der König von Württemberg in seinem Hause und 1831 von Neuem; 1827 besuchte ihn der preußische Kron= prinz mit seinen Brüdern Wilhelm und Carl mehrmals; am 28. August desselben Jahres König Ludwig I. von Bayern; im Juni 1829 Prinz Wilhelm von Preußen mit seiner Braut Prinzessin Augusta.

Den siebenjährigen Krieg als Knabe durchlebt, dem nordamerikanischen Freiheitskriege, der französischen Re= volution und den Napoleonischen Kriegen theils aus der Ferne, theils aus unmittelbarster Nähe zugeschaut zu haben, beim Prinzen Heinrich von Preußen zu Tafel gewesen und von Napoleon persönlich ausgezeichnet worden zu sein, als Zeitgenosse eines Friedrich, Washington, Napoleon, noch am Lebensabend den nachmaligen Kaiser Wilhelm I. mehr= fach bei sich im Hause zu empfangen, auf geistigem Gebiete unbestritten als der Erste unter den Lebenden aller Nationen anerkannt zu sein, — ja, es war ein schier märchenhaftes Dasein, auf das der Frankfurter Bürgersohn, der Enkel eines Schneiders, von der Höhe seines Patriarchenalters zurückblicken durfte!

Die Schattenseite des äußeren Glanzes lag freilich auch klar zu Tage: die politische Ohnmacht, zu der die Partei, welcher Goethe angehörte, immer verurtheilt blieb, und seine unerquicklichen häuslichen Verhältnisse! Im siebenjährigen Kriege stand Frankfurt auf der Seite des besiegten Oesterreich; in den Kriegen gegen die französische

Revolution und Napoleon stand Weimar bis nach der Schlacht bei Jena auf Seite des besiegten Preußen; nach Jena wurde es durch den erzwungenen Uebertritt zum Rheinbund Vasall Napoleons, um mit diesem bei Leipzig besiegt zu werden; und nach Leipzig dankte es nur der Fürsprache des russischen Kaisers die Erhebung zum Großherzogthum.

Immer auf Seite der Geschlagenen stehen zu müssen, war im politischen, wie im häuslichen Leben Goethe's ständiges Mißgeschick. Denn schwer geschlagen war er sowohl durch seine einstige „Gewissensehe", wie durch die erst spät legalisirte Ehe mit Christiane Vulpius und fast noch mehr durch das Zerwürfniß zwischen seinem Sohne und der Schwiegertochter. Ueberdies vereinsamte er immer mehr: 1827 starb Frau Charlotte von Stein, 1828 der Großherzog Carl August, 1830 die Großherzogin Luise. Am schwersten aber lastete auf dem Dichter die Sorge um seinen eigenen Sohn, der durch Ausschweifungen in einen Zustand solcher Zerrüttung gerathen war, daß ein frühzeitiger Tod als die glücklichste Lösung erscheinen mußte. Die Tragödie des beklagenswerthen August von Goethe ist noch nicht in allen Einzelheiten beschrieben; kein Zweifel aber bleibt, daß die unwürdige Stellung, in der seine Mutter länger als achtzehn Jahre zu seinem Vater stand, die erste und hauptsächlichste Ursache seiner wüsten Zerfahrenheit wurde. Längst sehnte sich August aus Weimar fort, und im März 1830 bewilligte der Vater ihm endlich Geld und Urlaub zu einer längeren Reise nach Italien. Während Ottilie mit den drei Kindern in Weimar bei dem Dichter zurückblieb, eilte August am

22. April nach Italien, stürmte dort ungestüm von Genuß zu Genuß, wurde am 27. Oktober 1830 durch einen Nervenschlag zu Rom dahingerafft und am 29. Oktober daselbst beerdigt. Fern seiner Heimath sank er noch nicht einundvierzigjährig ins Grab und ruht noch heute in fremder Erde.

Schwer überwand der greise Dichter diesen Schlag. Ottilie führte ihm den Haushalt in bisheriger Weise weiter, und bei seiner glänzenden Vermögenslage hatte er wenigstens das tröstliche Bewußtsein, die Zukunft der geliebten Schwiegertochter und seiner drei Enkel sehr vortheilhaft gesichert zu haben. Rastlos warf er sich auf neue Arbeiten, und im Juli 1831 vollendete der Zweiundachtzigjährige das Wunderwerk des zweiten Theiles des „Faust". Er siegelte die Handschrift ein, die erst nach seinem Tode ver= öffentlicht werden sollte. In ergreifender Jubelsymphonie läßt er diese in allen Literaturen gleichenlose Dichtung ausklingen und die als Gretchen verklärte Friederike sich zu Füßen der Mater gloriosa schmiegen und mit Hinweis auf Faust's von den Engeln emporgetragenes „Unsterbliches" selig jubeln:

„Neige, neige,
Du Ohnegleiche,
Du Strahlenreiche,
Dein Antlitz gnädig meinem Glück!
Der früh Geliebte,
Nicht mehr Getrübte,
Er kommt zurück!"

Und auf Gretchens erneute Bitte:

„Sieh', wie er jedem Erdenbande
Der alten Hülle sich entrafft,

Und aus ätherischem Gewande
Hervortritt erste Jugendkraft!
Vergönne mir, ihn zu belehren,
Noch blendet ihn der neue Tag,"

erwidert die Mater gloriosa:

„Komm'!· Hebe dich zu höhern Sphären,
Wenn er dich ahnet, folgt er nach!"

Mit der Vollendung des „Fauſt" war Goethe's Lebens=
werk vollbracht. Am 22. März 1832 ſchloß er mit dem
Sehnſuchtsruf „Licht! Mehr Licht!" die ſtets ſo ſonnen=
frohen Augen und wurde am 26. in der Fürſtengruft zu
Weimar unmittelbar neben Schiller beſtattet.

Sein Geſchlecht iſt erloſchen. Zuerſt ſtarb, noch nicht
ſiebzehnjährig, am 29. September 1844 ſeine jüngſte
Enkelin. Seine Schwiegertochter verheirathete ſich nicht
wieder und ſtarb am 26. Oktober 1872. Von ſeinen
beiden Enkeln ſtarb der jüngere 1883, der ältere 1885.
Sie, die ein Alter von 63, beziehentlich 67 Jahren
erreichten, waren, wie alle Zeugniſſe übereinſtimmend ver=
ſichern, hauptſächlich aus Rückſicht auf das in Folge ſeiner
illegitimen Abſtammung ſo traurig verlaufene Leben ihres
unglücklichen Vaters unvermählt geblieben.

Es war nicht die Aufgabe dieſes Buches, eine genaue
Biographie Goethe's zu liefern. Nur der Erſatz, den er
für Friederike's verſchmähte Liebe ſpäterhin bei den Frauen
fand, ſollte gleichſam als Ergänzung zu der Erzählung
von dem einſamen Verblühen des „Haiderösleins von
Seſenheim" geſchildert werden.

Goethe hatte durch die von ihm ſelbſt 1828 veran=
ſtaltete Herausgabe ſeines Briefwechſels mit Schiller das

Vorbild gegeben, auch derlei Privatmittheilungen zu ver=
öffentlichen. Nach seinem Tode wurde der Büchermarkt
mit Publikationen anderer Goethe'scher Briefe förmlich
überschwemmt, sein Leben bis in die geheimsten Einzel=
heiten durchforscht. Eine ganz besondere Aufmerksamkeit
wandte sich der in „Wahrheit und Dichtung" so unver=
gleichlich geschilderten Sesenheimer Epoche zu, und keine
von allen Frauengestalten aus Goethe's Leben hat eine so
umfangreiche Literatur hervorgerufen wie Friederike. Was
diese Literatur an feststehenden Thatsachen zu Tage
förderte, ist in den vorangegangenen Capiteln dieses
Buches erzählt worden. Nach Tieck und Näke hatte als
Dritter der damals kaum zwanzigjährige Heinrich Kruse
im Herbst 1835 eine Wallfahrt nach Sesenheim angetreten.
Aber er begnügte sich nicht mit Sesenheim, er wanderte
weiter nach Niederbronn, wo er von der neunundsieb=
zigjährigen, geistig noch sehr frischen Sophie Brion un=
schätzbare Nachrichten über Friederike erhielt. War auch
Sophie erst ein fünfzehnjähriger Backfisch, als der Student
Goethe im Sesenheimer Pfarrhause verkehrte, so hat sie
doch fast beständig mit Friederike zusammengelebt und in
den Jahren der Trennung wenigstens zeitweilige Besuche
mit ihr gewechselt. Sie war bei Friederike's Tode zu=
gegen, sie hatte früher aus ihrem Munde gehört: „Wer
von Goethe geliebt worden ist, kann keinen Anderen
lieben", und sie erzählte, daß Friederike aus diesem
Grunde alle Heirathsanträge ausgeschlagen habe. „Wahr=
heit und Dichtung" hatte Sophie gelesen und sich geärgert,
daß eben nicht Alles Wahrheit darin sei, — vielleicht
war sie auch ein wenig empfindlich, daß gerade nur sie

allein von allen damals anwesenden Familiengliedern nicht von Goethe erwähnt worden war. Nach Kruse's ausdrücklicher Versicherung betrafen ihre Ausstellungen übrigens nur ganz Unwesentliches. So hätte z. B. das Wäldchen auf dem Hügel nicht „Friederikensruh‘", sondern „Nachtigallenwäldel" geheißen, „weil die Nachtigallen, wie die Bauern sagten, so viel darin plärrten, daß man Nachts gar nicht schlafen könnte." Aus Friederike's Nachlaß will Sophie „wohl an dreißig Briefe von Goethe, die sie ärgerten", verbrannt haben. Um andere, unverfänglichere Erinnerungen an Goethe war sie durch Verleihen und Nichtwiedererhalten gekommen. Eine Rolle einzelner Blätter, welche Kruse zum Abschreiben leihweise von ihr erhielt, umfaßte mehrere Gedichte, — angeblich theils von Friederike, theils von Goethe geschrieben. Unter der unzutreffenden Bezeichnung „Sesenheimer Liederbuch" spielen diese Gedichte in der Friederikenliteratur eine gewisse Rolle, wiewohl die weitaus schönsten von ihnen bereits längst von Goethe in seine Werke aufgenommen waren und es bei manchen minderwerthigen sehr zweifelhaft ist, ob sie überhaupt von Goethe oder nicht vielmehr von Lenz stammen.

In Folge des von Jahr zu Jahr wachsenden Interesses für Friederike und der über sie stets stärker anschwellenden Literatur erließen um 1860 Hugo Oelbermann und Friedrich Geßler durch die Zeitungen einen Aufruf zur Herstellung eines würdigen Denksteins auf Friederike's Grabe, das allmälig bei den Dorfbewohnern in Vergessenheit gerathen war. Nur der alte Todtengräber Hockenjos, der es einst geschaufelt und Jahrzehnte lang die Nelken darauf gepflegt hatte, konnte noch die genauen Angaben darüber machen. Er starb als Greis von über 90 Jahren am 29. April 1871 und war noch Zeuge, wie am 19. August 1866 das neue Denkmal auf Friederike's Grabe zu Meißenheim enthüllt wurde. An die östliche Mauer des Kirchleins gelehnt, erhebt sich die viereckige, in ein mit einer Leyer geschmücktes Giebelfeld auslaufende Grabsäule, aus der auf Goldgrund sich eine weibliche Büste aus weißem Marmor abhebt. Diese Büste, von dem Bildhauer Hornberger modellirt, soll Friederike's Züge nach der Schilderung von „Wahrheit und Dichtung" festhalten, — bei dem Mangel jeglichen Bildes von der Verstorbenen konnte natürlich nur ein Werk der Phantasie entstehen. Die von Ludwig Eckardt, dem Dichter des „Sokrates", verfaßte Inschrift lautet:

Friederike Brion
von Sesenheim gewidmet.
Ein Strahl der Dichtersonne fiel auf sie
So reich, daß er Unsterblichkeit ihr lieh.

Auf der Grabplatte der neben Friederike ruhenden Frau Pfarrer Marx ist die Inschrift im Lauf der Jahrzehnte völlig verwischt worden, und auf der Grabplatte des neben seiner Gattin ruhenden Pfarrers Marx ist die Inschrift im Verlöschen begriffen. Aber von Geschlecht zu Geschlecht lebt in der Meißenheimer Gemeinde heute noch Friederike's Andenken fort als das einer leidgeprüften Frauengestalt im Lichtgewande der Barmherzigkeit.

Auch eine Erinnerungsstätte an die jugendlich strahlende, durch Goethe's Liebe beseligte Friederike sollte profanen Händen entrissen und in würdigen Zustand versetzt werden.

Jener kleine, mit einem Wäldchen geschmückte Hügel bei Sesenheim, den Goethe als „Friederikens Ruhe", Sophie Brion aber als „Nachtigallenwäldel" bezeichnet, war seit lange in Privatbesitz übergegangen; das ehemalige Wäld= chen war abgeholzt worden, der Pflug ging über den immer niedriger werdenden Hügel, und Kartoffeln wurden darauf gepflanzt. Nach langen Verhandlungen gelang es, den Hügel, dessen offizieller Name in den Bannbüchern seit zweihundert Jahren „Ebersberg" (im Volksmund: „öwersch Berri") lautet, seinem Besitzer abzukaufen. Am 18. Juli 1880 wurde der durch Erdaufschüttung wieder erhöhte, mit einer überdachten Laube und gärtnerischen Anlagen geschmückte Hügel durch feierlichen Festakt der Gemeinde Sesenheim als Eigenthum zu treuem Schutze übergeben.

Durch die vorher unter wissenschaftlicher Leitung vor= genommenen Nachgrabungen wurde die längst gehegte Ver= muthung bestätigt, daß der Hügel ein altheidnischer Grab= hügel war. Man fand einen Frauenschädel, sonstige Knochenreste, einen massiv goldenen Fingerring und einen massiv goldenen Armring. Ein zweiter Schädel und ein ziemlich dicker Kupferdenar wurde bei fortgesetztem Nach= graben gefunden. Dieser Denar trägt die Inschrift des im Jahre 552 n. Chr. gefallenen heldenmüthigen Ost= gothenkönigs Badvila, den die Historiker Totilas nennen. Reste eines eisernen Schwertes, zerbrochene Eisensporen, eiserne Helmstücke kamen später zu Tage, und unverkennbar hatten hier mehrere Generationen ihre Todten neben und über einander beigesetzt.

„Friederikens Ruhe" ein Grabhügel!

Wie oft hatte sie dort in seligem Geplauder mit Goethe gesessen! Wie oft wohl sehnsüchtig nach ihm ausgeschaut, wenn sie ihn von Straßburg her erwartete! Wie oft als Verlassene wohl hier geweint! Nur ihrer Liebe, nur ihren Thränen dankt das sonst unbekannt gebliebene Sesenheim seinen Weltruhm. Wohl findet der Name des Dörfchens sich schon 775 in einer Weißenburger Urkunde als Sesinhaim: Heim eines Seso, — Seso die abgekürzte Koseform für einen mit „Siswa" („Zauberlied") zusammengesetzten Namen, wie etwa „Seswald", der „durch Zaubergesänge Herrschende", oder „Sesobod" oder ähnlich. Aber erst ein Jahrtausend später wurde es durch die flüchtigen Besuche eines Dichters · für immer dem Dunkel entrückt, um fortan in unvergänglichem Glanze zu strahlen! Wie schon im vierten Capitel dieses Buches betont wurde, hieß der Ort eigentlich „Sessenheim", aber seitdem das Elsaß wieder deutsch geworden, wurde von der deutschen Verwaltung mit Recht die durch Goethe eingebürgerte Schreibart „Sesenheim" auch amtlich eingeführt, und deshalb ist sie auch in diesem Buche durchweg beibehalten.

Freilich, das Sesenheim, das Goethe kannte und schilderte, hat sich seitdem gar wesentlich verändert. Es ist Eisenbahnstation geworden, und der Bahnhof liegt sehr nahe bei dem Friederiken-Hügel. Waldungen, die sich ehedem bis in die unmittelbare Nähe des Dorfes zogen, sind längst abgeholzt. Der Rhein ist seither eingedämmt und regulirt worden, so daß viele der ehemaligen, nur mit spärlichem Gesträuch bewachsenen Rheininseln trocken gelegt und in Ackerland verwandelt wurden. Der von Goethe erwähnte Bach, der sich quer durch Sesenheim schlängelte und in der Nähe der Kirche überbrückt war, ist abgeleitet und sein Bett zugeschüttet worden.

An der Kirche ist nach 1871 nur der obere Theil des Thurmes in veränderter Gestalt erneuert worden, während das eigentliche Gebäude innen und außen unverändert geblieben ist. Der Pfarrstand, in dem Goethe an Friederike's Seite „eine etwas trockene Predigt des Vaters nicht zu lang fand", ist gleichfalls unverändert erhalten. Der mit einer Steinmauer eingefaßte, längst nicht mehr benützte und zum Grasplatze geebnete Friedhof birgt die Gräber des Brion'schen Ehepaares. Ihre ehedem liegenden, jetzt aufrecht stehenden Grabplatten sind mit eisernen Klammern an der südlichen Kirchenwand befestigt. Die eine Inschrift lautet:

Hier schläft in seinem Erlöser
der
Hochwürdige und Hochgelehrte Herr
Johann Jacob Brion
Treueifriger Lehrer hiesigen Kirchspiels
Seines Alters 70 Jahr 6 Monate.

Sei still und weine,
Christ und Menschenfreund!
Hier ruhen die Gebeine
Eines Mannes, der vereint
Tugend pries und Tugend übte,
Gott in seinem Leben liebte.

Die Inschrift der anderen Grabplatte zeigt ein eingemeißeltes Kreuz und einen Todtenkopf und die allein noch lesbaren Namen „Magdalena Salomea Schoellin", — nach der Mode der damaligen Zeit wurden die Namen weiblicher Familienmitglieder durch ein an-

gehängtes „in" gekennzeichnet, der Vatername „Schoell"
also in „Schoellin" bei der Frau Pfarrer Brion ver=
wandelt. Alles Weitere ist auf dieser Grabplatte nicht
mehr zu entziffern.

Im Dorfe selbst sind natürlich viele Neubauten ent=
standen und gar manches der alten Häuser verschwunden.
Das alte Pfarrhaus, über dessen Baufälligkeit Brion schon
1770 klagte, war erst nach 1659 erbaut worden, hatte in
seinen unteren Räumen während des Feldzuges von 1814
zum Stall für Kosackenpferde gedient und war trotz alledem
bis 1835 bewohnbar geblieben. Dann erst wurde es ab=
gerissen, nachdem inzwischen an einer anderen Stelle des
Pfarrgehöftes ein stattlicher, massiver Neubau aufgeführt
war. Dadurch, daß das neue, geräumigere Pfarrhaus
an einer anderen Stelle steht, haben auch Hof und Garten
gründliche Veränderungen erlitten. Die berühmte Jasmin=
laube wurde schon vor dem Neubau an eine andere Stelle
verpflanzt, gedieh dort noch Jahrzehnte lang, ist aber heute
so verkümmert, daß nur noch spärliche Reste von ihr vor=
handen sind. Als einziger unveränderter Zeuge aus Goethe's
Tagen steht noch die alte Scheune, — „auch diese, schon
geborsten, kann stürzen über Nacht!"

In völligem Flachland, lang gestreckt und freundlich,
mit ersichtlichen Spuren des Wohlstandes liegt das Dorf,
das heute etwa eintausend Einwohner zählt, zwei Drittel
Protestanten, ein Drittel Katholiken. Außer dem evan=
gelischen ist auch ein katholischer Pfarrer im Orte ange=
stellt. Die beiden Pfarrhäuser liegen in einer Front, aber
durch mehrere Bauernhäuser getrennt; die beiden Pfarr=
gärten jedoch stoßen in ihrem hinteren, rechtwinklig ein=

knickenden Theile zusammen und sind dort nur durch einen
Zaun geschieden. Zwischen Protestanten und Katholiken
herrscht gutes Einvernehmen, und auch die aus dem fünf=
zehnten Jahrhundert stammende Kirche dient noch heute,
wie seit den ersten Zeiten der französischen Herrschaft, dem
Gottesdienst beider Konfessionen. Der Hochaltar im kleinen
Chore ist katholisches Eigenthum und wird durch eine
Schnur gegen die Annäherung der Protestanten abgesperrt.
Auch die kleine Sakristei befindet sich fast ausschließlich
im Gebrauch des katholischen Pfarrers, während der
evangelische Pfarrer schon mit dem Talar bekleidet die
Kirche betritt.

Die evangelische Pfarrei umfaßte zu Brions Zeiten
außer Sesenheim noch die fünf Filialgemeinden Runtzen=
heim, Auenheim, Stattmatten, Dalhunden und Dengols=
heim, von denen Runtzenheim und Auenheim 1849 abge=
zweigt und zu einer besonderen Pfarrei erhoben wurden.
Brion war Nutznießer von zweiunddreißig Hektaren Pfarr=
landes und bezog außerdem noch den Feld= und Blut=
Zehnten, so daß seine Einnahme eine recht beträchtliche
war und ihm die große Gastfreundschaft gestattete, die er
nach Goethe's und Anderer Zeugniß ausübte. Er war
der Einzige seines Namens unter den evangelischen
Pfarrern von Sesenheim; nie vor oder nach ihm hat ein
Brion dort amtirt, — abgerechnet die Monate, während
deren sein einziger Sohn Christian sein Adjunktus war.

Von dem alten, 1835 abgerissenen Pfarrhaus waren
glücklicher Weise schon früher sorgfältige Zeichnungen auf=
genommen worden, welche es uns so zeigen, wie es zu
Goethe's Zeiten war. Auch ein genauer Plan von Gehöft

und Garten aus jener Epoche ist vorhanden, so daß die Phantasie nacherschaffen kann, was die Oertlichkeit heute versagt.

Wenn wir rückblickend die von Goethe Geliebten über= schauen, so treten Friederike und Lili besonders leuchtend hervor. Lili's zahlreich erhaltene, bald in deutscher, bald in französischer Sprache geschriebene Briefe zeigen sie als fein gebildete, sehr gemüthreiche Frau, und an äußerer Schönheit scheint sie nach ihrem noch erhaltenen Bilde, nach Goethe's Schilderung und nach sonstigen Angaben wohl den ersten Preis zu verdienen. Sie, die der Dichter uns fast nur im glänzenden Salon vorführt, wäre bei ihrer wahrhaft vornehmen Erscheinung vielleicht die ge= eignetere Repräsentantin im Hause des nachmaligen Weimarer Geheimraths gewesen, als die „sich im Freien besser ausnehmende" Friederike mit dem „artigen, frei in die Luft forschenden Stumpfnäschen", und deshalb mag Goethe als achtzigjährige Excellenz besonders warm, wie Soret und Eckermann berichten, von Lili gesprochen haben. Wer aber seinen Brief aus dem September 1779 an Frau von Stein, seine Schilderung in „Wahrheit und Dichtung" und seine Lieder an Friederike und Lili sich gegenwärtig hält, der wird zugestehen müssen, daß auch für Goethe die reinste, schönste Weihe auf seiner Liebe zu Friederike lag.

Hierzu trägt noch ein Umstand wesentlich bei: Friederike liebte den noch völlig namenlosen Jüngling, Lili und ihre Nachfolgerinnen den bereits weltberühmten Dichter.

Und seltsam: Friederike, deren überhaupt erstes Be= gegnen mit Goethe an einem Sonnabend begann und an einem Sonntag endete, sie, deren Liebe, nach Goethe's

Schilderung, von Feiertagsweihe verklärt ist, sie, deren
letztes Wiedersehen mit dem Jugendgeliebten vom Voll=
mondschein eines Sabbathsabends bis zum Sonnenaufgang
eines Sonntagsmorgens währte, sie entschlief unter der
sinkenden Samstagssonne zum ewigen Feiertagsfrieden, —
nun erst, nach schwer geprüftem Leben, eine in Wahrheit
„Friedereiche"!

Außer der herrlichen Verklärung, die Goethe ihr wie
keiner Anderen spendete, umweben noch besondere Umstände
gerade Friederike's Bild mit eigenartigem Zauber.

Sie, die mit ihren langen schweren blonden Flechten,
ihren heiteren blauen Augen, ihrer hohen schlanken Gestalt,
ihrem „leicht wie das Reh über keimende Saaten dahin=
fliegenden Laufe," ihrer deutschen Tracht fast wie das
Urbild eines echt germanischen Mädchens erscheint, sie war
nach politischer Zugehörigkeit Französin. Schon ihr Vater=
name Brion klingt französisch. Ihr ganzes Leben ver=
bringt sie in zwar deutschen, aber politisch zu Frankreich
gehörenden Landen. Selbst als sie, durch den Tod der
Eltern verwaist, zu ihrer verheiratheten Schwester nach
Baden übersiedelte, lebte und starb sie in einem Lande,
das, als zum Rheinbund gehörend, unter Napoleons
Oberhoheit stand. Aber schon über ihr frisch geschaufeltes
Grab braußten die Frühlingsvorboten jenes Sturmes, der
im Herbst 1813 die französische Herrschaft aus Deutschland
fortfegte.

Genau ein Jahrhundert später, als der Student
Goethe von der Plattform des Straßburger Münsters
fernhin nach dem geliebten Sesenheim ausschaute, wehte
von demselben Thurme endlich wieder das deutsche Banner,

und Etwas von jener sehnsüchtigen Liebe, mit welcher Deutschland das ihm lang entrissene, viel besungene Elsaß seit jeher umfaßte, überträgt sich unwillkürlich auf die holde Elsässerin Friederike Brion. War es doch überdies gerade in der Zeit seiner Liebe zu ihr, daß Goethe dort sich von der „bejahrt und vornehm gewordenen" französischen Literatur abwandte, unter Herders Einfluß deutschen Volksliedern nachspürte und die weitaus deutschesten seiner Dichtungen zu planen begann: „Götz von Berlichingen" und „Faust".

Auch der Umstand, daß in Goethe's Leben keine Epoche an bedeutenden dichterischen Conceptionen so reich ist, wie die Straßburg-Sesenheimer, strahlt einen Abglanz auf Friederike zurück. Als der weltberühmte Dichter des „Götz" und „Werther" sich 1775 mit Lili verlobte, begann für ihn jene unerquickliche Periode, die ihn fast ein Jahrzehnt lang nur Nichtigkeiten schreiben ließ, — „Quark, den Andere auch schreiben konnten," nach Mercks kräftigem Ausdruck. Seine Liebe zu Friederike dagegen bezeichnet den weitaus bedeutendsten Markstein in seinem ganzen Schaffen: der unbekannte Verfasser harmloser Nichtigkeiten entwickelt sich zum größten Lyriker, zum Dichter des „Götz" und „Faust", — ein so gewaltiger Schritt vorwärts, wie er ihn nachmals nie wieder that.

Nicht etwa, daß das Verdienst hieran Friederike allein zufiele! Aber sie hatte das Glück, gerade in dieser für seine dichterische Entwickelung weitaus bedeutendsten Epoche von ihm geliebt zu werden und auf seine Lyrik wie auf sein Gretchen im „Faust" unverkennbar einzuwirken.

Und über dies Alles umschwebt sie und sie allein der

geheimnißvolle Zauber des Unbekannten. Mit einziger
Ausnahme jenes Gretchen, das Goethe als vierzehnjähriger
Knabe zuerst liebte, und das ihn „nur als Kind betrachtete
und eine wahrhaft schwesterliche Neigung zu ihm hegte,"
sind wir über alle seine Geliebten sehr genau unterrichtet.
Von allen besitzen wir Bilder, gleichzeitige Briefe, urkund=
liche Zeugnisse über Geburt, Tod und sonstige Schicksale.
Nur über Friederike nicht. Nicht einmal ihr Geburtsjahr
ist festzustellen, da die betreffenden Akten in den Stürmen
der Revolution vernichtet wurden. Kein Bild existirt von
ihr, kein Brief aus ihrer Jugendzeit. Erst aus ihren
späteren Lebensjahren besitzen wir sechs Stammbuchblätter
und drei Briefe von ihr. Sogar einige Jahre ihres Lebens,
als sie nach dem Tode der Eltern heimathlos während der
Revolution umherirrte, sind in noch unaufgeklärtes Dunkel
gehüllt. Erst über ihr Lebensende im Pfarrhaus zu
Meißenheim liegen wieder sichere Urkunden vor.

So scheint, was Goethe in „Wahrheit und Dichtung"
begonnen hatte, Zufall oder seltsame Fügung fortzusetzen:
gerade Friederike wie keine andere Frauengestalt seines
Lebens in die Dämmerungssphäre der Dichtung zu ent=
rücken! Außer Friederike blieb nur noch die zuletzt von
Goethe geliebte Ulrike von Levezow unvermählt; aber die
Liebe des Vierundsiebzigjährigen zu der Zwanzigjährigen
entbehrt des bestrickenden poetischen Reizes. Alle anderen
auf Goethe's Leben und Schaffen einwirkenden Frauen=
gestalten waren entweder bereits verheirathet oder ver=
mählten sich bald nachher. Nur Friederike überlebte ihre
selig=unselige Jugendliebe noch zweiundvierzig Jahre als
lediges Mädchen und sank unvermählt ins Grab. Auch

das verleiht ihrer Gestalt und ihrem Leben den seltsam rührenden Reiz eines jener schwermüthigen Volkslieder, die mit dem Glück der Liebe beginnen und über den Schmerz des Scheidens hinweg in das „Verlassen! Verlassen!" aus= klingen.

Wenn Goethe im Jahre 1809, als er sich nach Ver= öffentlichung der „Wahlverwandtschaften" zur Abfassung von „Wahrheit und Dichtung" entschloß, die sechzig Jahre seines Lebens überschaute und als schließliche Ausbeute alles ihm gewordenen Liebesglückes die geistig und gesell= schaftlich tief unter ihm stehende Christiane Vulpius als rechtmäßige Gattin neben sich sah, dann mochte seine da= malige Neigung zu der Pfarrerstochter Minna Herzlieb ihn wohl besonders stark an die Pfarrerstochter Friederike Brion gemahnen, der er schon dreißig Jahre vorher in jenem Briefe an Frau von Stein das Zeugniß ausgestellt hatte, „ihn schöner geliebt zu haben, als er's verdiente, und mehr als Andere, an die er viel Leidenschaft und Treue verwendete."

Und diese Anerkennung begründet Friederike's Anrecht auf jene Unsterblichkeit, die er ihr wie keiner Anderen in „Wahrheit und Dichtung" spendete. Nirgends in seiner Lebensbeschreibung erhebt sich Goethe als Dichter zu solcher Höhe, wie bei der Schilderung seiner Straßburg = Sesen= heimer Epoche, und sollte die „Dichtung" wirklich die „Wahrheit" in zu leuchtenden Farben gemalt haben, so wäre es immerhin nur ein schwacher Zoll der Dankbarkeit für das, was Friederike um ihn gelitten hatte. Seine an ihr begangene Schuld konnte er nicht wieder gut machen, aber er sühnte sie, so weit es ihm möglich, durch seine

Kunst. Und deshalb sollte man, unbekümmert um neuere Forschungen, das Bild dieser seiner reinsten, auf sein Schaffen weitaus einflußreichsten Jugendliebe so fortleben lassen, wie er es zeichnete: verklärt vom Feiertagsfrieden der „herrlichen Sonntagsfrühe auf dem Lande," umweht von „erquicklichem Aether", umstrahlt vom „blauen Himmel eines meilenweit freien Horizontes", anheimelnd durch das patriarchalische Familienleben, aufjauchzend in beseligter Liebe zu dem noch namenlosen Jüngling, und dann, „das schönste Herz im Tiefsten verwundet", einsam, verlassen, ohne Klage verblutend wie das waidwund getroffene Reh, — bis er selbst ihr einstiges Glück und ihren nunmehrigen Jammer ausklingen läßt in die ergreifenden Naturlaute des Gretchen im „Faust": die herrlichste Verklärung des unter Herders Auspicien im Bannkreis des Straßburger Münsters erblühten „Haiderösleins von Sesenheim"!

Ende

Druck von G. Bernstein in Berlin.

www.ingramcontent.com/pod-product-compliance
Lightning Source LLC
Chambersburg PA
CBHW060523030726
47498CB00004B/1050